CASTELLA

Castellanos Moya, Horacio
Tirana memoria

W9-CPB-445

33090020672335   NORT

DISCARD

TIRANA MEMORIA

colección andanzas

Libros de Horacio Castellanos Moya en Tusquets Editores

ANDANZAS
El arma en el hombre
Donde no estén ustedes
Insensatez
Desmoronamiento
El asco
Tirana memoria

En TUSQUETS EDITORES MÉXICO
Baile con serpientes

HORACIO CASTELLANOS MOYA
TIRANA MEMORIA

1.ª edición: septiembre de 2008

Diseño de la colección: Guillemot-Navares
Reservados todos los derechos de esta edición para
Tusquets Editores, S.A. - Cesare Cantù, 8 - 08023 Barcelona
www.tusquetseditores.com
ISBN: 978-84-8383-089-5
Depósito legal: B. 33.595-2008
Fotocomposición: Anglofort, S.A.
Impresión: Limpergraf, S.L. - Mogoda, 29-31 - 08210 Barberà del Vallès
Encuadernación: Reinbook
Impreso en España

Índice

A J.C.R.,
a quien entonces le regalé una pipa

¿No sería más correcto que no quedase nada de una vida, absolutamente nada? ¿Que la muerte significase extinguirse de pronto en todos los que retengan alguna imagen de uno? ¿No sería más cortés frente a los que vendrán? Pues tal vez todo lo que queda de nosotros constituye una exigencia que les abruma. Quizá por eso no es libre el hombre, porque queda demasiado de los muertos en él, y ese mucho se resiste a extinguirse.

Elias Canetti

Primera parte
Haydée y los prófugos
(1944)

Diario de Haydée

Hace una semana se llevaron preso a Pericles. Yo creí que hoy lo pondrían en libertad, tal como sucedió en ocasiones anteriores, cuando luego de una semana de encierro volvía a casa. Pero ahora la situación es distinta. El coronel Monterrosa me lo confirmó este mediodía, en su despacho, con expresión compungida, porque él le tiene respeto a Pericles: «Doña Haydée, lo siento, pero la orden del general es terminante: don Pericles permanecerá detenido hasta nuevo aviso». Yo intuí que el general padecía otro enojo, otro miedo, desde que supe que a mi marido no lo encerraron en la habitación cercana al despacho del coronel Monterrosa, que es el jefe de la policía, sino que se lo llevaron a una de las celdas ubicadas en el sótano. Entonces, en ese primer día, el coronel me dijo que lo lamentaba, que la decisión de tratar con mayor rigor a Pericles procedía expresamente de arriba. En los encierros anteriores, mi marido podía ser visitado por algunos amigos, a quienes el coronel autorizaba, y siempre almorzábamos y cenábamos juntos en esa habitación, adonde yo llevaba la comida que preparábamos con María Elena. Ahora Pericles permanece completamente aislado en la

15

celda y únicamente le permiten subir a la habitación una vez al día, a la hora del almuerzo, para que se encuentre conmigo. Pero yo no debería quejarme: la situación de don Jorge y de otros presos políticos es mucho peor.

Luego de hablar con el coronel Monterrosa regresé a casa y llamé por teléfono a mi suegro, para preguntarle si conoce las razones por las que Pericles no será puesto en libertad. Mi suegro me dijo que el general tiene sus motivos, que lo mejor que yo puedo hacer es esperar. No insistí. Mi suegro es hombre de pocas palabras, fiel al general, y le molestan los artículos en que Pericles critica al Gobierno; en cada ocasión en que le he preguntado por qué se han llevado preso a mi marido, él sólo me ha respondido que todo desacato debe ser castigado.

Después llamé a casa de mis padres para contarles la mala noticia. Mi mamá me preguntó cómo se lo ha tomado Pericles. Le dije que me pareció que ya se lo esperaba, que su único comentario fue: «Se ve que el hombre tiene ahora mucho miedo». Mi marido nunca dice el general, ni el señor presidente, ni el brujo nazi, como lo llaman mi padre y sus amigos, sino que nada más le dice «el hombre». Mi mamá me preguntó si llegaríamos a cenar a su casa con Betito. Le dije que sí; Betito es el nieto favorito de mi madre y el más joven de mis hijos.

A la noche vinieron de visita los Alvarado, nuestros vecinos. Lamentaron que Pericles no haya sido puesto en libertad, aunque ellos son muy cuidadosos a la hora de expresar opiniones políticas. Raúl es médico, pero lo que en realidad le apasiona es la astronomía; tiene un telescopio y cuando se va a producir un fenómeno especial, de los que siempre está enterado, como una lluvia de estrellas, por ejemplo, invita a Pericles a pasar la noche en vela. Rosita, su mujer, me trajo unas revistas femeninas que ha sacado del Círculo de Buenos Vecinos, un club patrocinado por la embajada americana del que ellos son miembros, al cual yo quiero afiliarme, y que a Pericles no le hace ninguna gracia.

Sábado, 25 de marzo

Escribo este diario para paliar mi soledad. Desde que nos casamos, ésta es la primera vez en que he permanecido separada de Pericles más de una semana. Cuando era adolescente, escribí diarios, una docena de los cuales yacen apilados en mi baúl de los recuerdos; era la época en que me pasaba los días en mi habitación, leyendo novela tras novela, en un mundo de fantasía. Luego vinieron el matrimonio, los hijos, las responsabilidades.

Esta mañana, antes de que mi padre partiera hacia la finca, conversamos largamente. Le pregunté si se le ocurre una manera de presionar al general para conseguir la libertad de Pericles. Me dijo que en unos días habrá una reunión de la Asociación de Cafetaleros con el embajador americano, que él pondrá sobre la mesa el caso de Pericles como una muestra más de las violaciones a la libertad de prensa, que el dictador no se conforma con mantener preso a don Jorge, el dueño del *Diario Latino* donde publica mi marido, y con haber cerrado el Club de Prensa desde enero, sino que ahora también arremete contra los columnistas. Pero me advirtió que el brujo nazi ya está enloquecido y no escucha a nadie, «ni siquiera a tu suegro», me dijo. Mi papá respeta a mi suegro, aunque a veces lo llama «el coronel cascarrabias» y no le gusta su absoluta sumisión al general.

Al mediodía le llevé libros y tabaco a mi marido. Comimos en silencio. Luego le conté asuntos de familia; él me dijo que está harto de la falta de luz natural, de la humedad. No me gusta su palidez ni esa tos que se le está haciendo crónica. Me repitió que «el hombre» se siente cercado, desconfía de todos, de otra manera no lo hubiera mandado a esa celda del sótano, no lo mantuviera arrestado.

A media tarde pasó por la casa Clemen, mi hijo mayor. Está indignado porque su padre aún permanece en la cárcel. Le conté que su abuelo me ha recomendado esperar, que nada se puede hacer. Clemen es explosivo, poco prudente; estuvo lanzando insultos contra el general, llamándolo «dictadorzuelo de mierda», diciendo que ya nadie lo quiere en este país, que debe dejar el poder y largarse. Le recomendé que moderara su lengua. Me prometió que mañana domingo vendrá a almorzar con su mujer y los niños.

Hacia el final de la tarde llegó Carmela para que tomáramos un cafecito en la terraza; es mi mejor amiga desde la época del colegio. Trajo un delicioso pie de limón. Lamentó que Pericles aún no haya salido en libertad y me advirtió que otra vez circulan rumores sobre un golpe de Estado.

Hace un rato, cuando me disponía a sentarme a escribir, llamó mi hermana Cecilia. Le conté lo de Pericles, pero enseguida nos quedamos hablando sobre su calvario, porque la pobre está peor que yo: su marido, Armando, se ha convertido en un alcohólico consuetudinario, y cada vez que agarra la borrachera se vuelve agresivo, violento; nunca la ha golpeado, porque teme a mi padre, pero siempre se mete en graves problemas y termina en la casa de las mujerzuelas. Ellos viven en la ciudad de Santa Ana, donde nosotras nacimos y estudiamos, donde yo me casé con Pericles, donde está la vieja casona que dejó mi abuelo y que mi padre ha transformado en planta procesadora de café.

Domingo, 26 de marzo

Patricia habló por teléfono temprano en la mañana desde Costa Rica. Le dije que su padre aún permanece en la cárcel. Guardó un largo silencio. Ella es la más juiciosa de mis tres hijos, la que más se parece a Pericles, la más cercana a él. Me preguntó cómo anda de ánimo su padre. Le respondí que el ánimo no es el problema, sino la tos. Me contó que su marido padece también un fuerte resfrío. Patricia y Mauricio se casaron el 1 de diciembre pasado en San José; nosotros viajamos a la boda. Me pidió que la llame en el momento en que Pericles sea puesto en libertad. Pobre de mi hija: es la primera vez en que ella está lejos cuando su padre permanece preso.

Después fui a misa de ocho, como todos los domingos. Recé para que mi marido salga pronto de la cárcel, aunque él no crea en la religión ni en nada que tenga que ver con los curas. Siempre ha respetado mis creencias, así como yo respeto las suyas. A la salida de la iglesia, me quedé platicando un rato con Carmela y otras amigas. Me pidieron que las acompañara al Club, pero yo tenía varios asuntos pendientes en casa, sobre todo porque María Elena se ha ido a su pueblo. Un fin de semana cada mes ella va a casa de su familia, en las faldas del volcán, cerca de la finca de papá.

Pasé el resto de la mañana preparando un arroz con pollo y una ensalada de remolacha. Betito se había ido a nadar al Club y volvió un poco antes de las doce, para acompañarme al Palacio Negro, que es como llamamos a la sede de la policía. A Betito no lo dejan pasar a la habitación donde yo me encuentro con Pericles, sino que tiene que permanecer en la sala de espera. Es la orden del general: yo soy la única persona autorizada para ver a mi marido durante media hora al día. Pericles estaba de muy buen humor: supuse que tendría alguna buena noticia, pero no comentó nada. Yo estoy advertida de que nunca debo hablar de política durante mis visitas, porque las paredes oyen.

Clemen, Mila y mis tres nietos llegaron a la una en punto. Los niños son muy inquietos y mal educados. Marianito tiene cinco años, pero es un pequeño demonio; los gemelos, Alfredito e Ilse, tienen apenas tres años y parece que van por el mismo camino. Pericles pierde fácilmente la paciencia con ellos: no le gusta su carácter destructivo, caprichoso, berrinchudo. Dice que Clemen y Mila no son la mejor pareja. «Qué otra cosa podía salir de un liviano y una resbalosa», se quejó una vez con rabia luego de que los niños se metieran a su biblioteca y despedazaran varios de sus libros; yo le censuré semejante expresión. Esta tarde, desde que llegaron, recorrieron la casa llamando al abuelito. Cuando está tranquilo, Marianito es un niño muy tierno, dulce, y parece el retrato de Clemen a esa edad.

En la sobremesa, mientras Mila salía al patio en busca de los niños, que jugaban con *Nerón,* nuestro viejo perro, le pregunté a mi hijo qué pasaría con su padre si éste permanece detenido mientras se produce un golpe de

Estado. Clemen dijo, terminante, que sería lo mejor, la forma más expedita para que Pericles recobre su libertad. Luego le pregunté qué pasaría con su abuelo, el coronel Aragón, que siempre ha sido tan fiel al general. Me respondió que eso dependería de la actitud que asuma su abuelo a la hora del golpe. Yo no comparto la seguridad de Clemen, la idea de que el mejor camino para que Pericles vuelva a casa sea un golpe de Estado. Me da miedo; preferiría estar junto a mi marido si algo así fuera a suceder. Yo no entiendo gran cosa de política, pero mi hijo es bastante atolondrado. Y el general tiene doce años de controlar este país con puño de hierro.

En la tarde fui al Club. Me enteré de que Betito había estado tomando cervezas con sus amigos del colegio, a escondidas, por supuesto, porque él sólo tiene quince años. Al regresar a casa lo reñí, le dije que debe tenerme respeto y no aprovecharse de la ausencia de su padre para hacer tonterías por las que éste lo castigaría en el acto. Pericles es muy estricto; hace años tuvo problemas con Clemen por ese mismo motivo.

Después de la cena, hablé por teléfono largo rato con mi suegra, Mama Licha, como le decimos todos. La pobre padece una artritis que le dificulta caminar. Me dijo que cada día le pregunta a mi suegro cuándo pondrán en libertad a Pericles y que el coronel sólo le contesta con un carraspeo de fastidio. Mi suegra adora a mi marido, su primogénito. Me preguntó por Patricia, se quejó de que ni Clemente ni Betito la hayan ido a visitar en las últimas dos semanas. Mis suegros viven en la ciudad de Cojutepeque, a cuarenta kilómetros de distancia, donde el coronel es gobernador.

Más tarde, mi mamá llamó para decirme que acababan

de regresar de la finca, donde almorzaron con varios matrimonios amigos, incluidos míster Malcom, el encargado de negocios inglés, y su señora. Supongo que los hombres, como siempre, se la pasaron comentando con emoción los hechos de la guerra en Europa, y luego haciendo burlas del general y de su esposa; mi papá dice que los ingleses no se explican cómo el brujo nazi puede permanecer aún en el poder, por qué los americanos no hacen un esfuerzo definitivo para quitarlo. Mi mamá me preguntó si había alguna novedad sobre Pericles.

Raúl y Rosita vinieron un rato en la noche. Escuchamos la radio, tomamos chocolate y unas galletitas de vainilla muy sabrosas. Raúl tiene su consultorio de médico cirujano, pero también da clases en la universidad, donde, según dijo, el ambiente está caldeado y se preparan nuevas protestas contra el general. Ambos están preocupados porque Chente, su hijo mayor, estudiante de medicina, al parecer se está involucrando en la preparación de las protestas y se niega a acompañarlos a la playa durante estas vacaciones de Semana Santa.

Lunes, 27 de marzo

Es extraño cómo a veces siento nostalgia de la adolescencia mientras escribo este diario. Entonces recuerdo que en octubre pasado cumplí cuarenta y tres años, que tengo tres hijos y tres nietos, y que me he puesto a escribir como sucedáneo a las conversaciones con mi marido. Necesité de la soledad, de la prolongada ausencia de Pericles, para abrir este hermoso cuaderno y comenzar a deslizar el bolígrafo sobre sus hojas color hueso. Lo compré hace nueve años, en Bruselas, cuando ya nos habíamos instalado en la casa del Boulevard du Régent; entonces, en las mañanas, luego de que Pericles salía hacia la embajada y Clemen y Pati hacia el liceo, yo me iba a vagabundear un par de horas por la ciudad con Betito, quien a sus cinco años era muy chico para meterlo a un kinder en una lengua extraña. Compré este cuaderno en una tienda en los alrededores de la plaza Ste. Catherine. Lo vi en la vitrina, me encantó la ilustración en su tapa dura, y de inmediato me dije que lo compraría para escribir mis impresiones como extranjera en esa ciudad, una ilusión que me hice desde que cruzábamos el Atlántico en el barco. Pero nunca escribí en él hasta ahora.

Esta mañana, María Elena regresó de su pueblo más tarde de lo usual; por lo general a las ocho ya está en casa, pero hoy llegó casi a las once. Me explicó que Belka, su hija, sufre una fuerte gripe y tuvo que llevarla muy temprano a la clínica; Belka es una niña de seis años, vivaz y encantadora, que vive con los padres y hermanos de María Elena y a la que nosotros sólo tenemos oportunidad de ver cuando visitamos la finca de papá; la familia de María Elena siempre ha trabajado para mi familia. Le pedí que terminara de cocinar las albóndigas y el arroz que ya estaban en el fuego, mientras yo acomodaba las demás viandas en la cesta que diariamente le llevo a Pericles: el termo con café; huevos duros, leche y pan dulce para el desayuno, y los sándwiches de jamón y queso para la cena. Lo importante es que por nada del mundo tenga que probar la sucia comida del palacio.

Mi marido estaba muy molesto este mediodía: se ha enterado de que el general no lo mandó encerrar por su artículo crítico sobre las violaciones que perpetró a la

Constitución para reelegirse como presidente de la república, sino que alguien le fue con el chisme de que Pericles ha aceptado formar parte del grupo de don Agustín Alfaro, el líder de los cafetaleros y banqueros que ahora adversan al general, la mayoría de los cuales son amigos de papá. Le dije que eso es una tontería, el mismo general sabe que éstos no simpatizan con las ideas de Pericles, a las que tachan de comunistas. Pero los chismes son los chismes. Y no sería la primera vez que eso sucede: hace unos años, cuando comenzaba la guerra en el Pacífico, el general encerró a Pericles una semana, sin motivo aparente, aunque después supimos que alguien le fue con el chisme de que mi marido propagó las versiones de que el general había diseñado un plan para el abastecimiento de submarinos japoneses en la playa de Mizata y otro plan para el desembarco de tropas japonesas en California, y que tales versiones habían predispuesto al Gobierno de Estados Unidos contra «el hombre». Esa acusación también era una tontería, pues todo mundo sabía entonces de las simpatías del general con los alemanes y los japoneses, y sobre esos planes de apoyo.

Al regresar a casa, llamé a mi suegra para contarle lo que me dijo Pericles, con el propósito de que ella se lo comunique al coronel, quien tiene acceso privilegiado al general. Mama Licha me dijo que lo haría sin dilación, que no es posible que su hijo esté preso por chismes estúpidos y que ya es hora de que sea puesto en libertad. Mi suegro pertenece a la vieja guardia militar, quienes apoyaron al general para que diera el golpe de Estado hace doce años y desde entonces le ha sido leal; tanto mi marido como mi suegra lo llaman «coronel», nunca por su nombre propio, al grado que yo misma desistí hace muchos años de llamarlo don Mariano o suegro, y sólo lo llamo coronel. A media tarde fui a la mercería de las Estrada. Le voy a tejer un suéter a Belka; la pobrecita seguramente pasa frío y por eso padece tanto de gripe. La mayor de las Estrada, Carolina, fue mi compañera de colegio. Me ofreció una madeja de lana de un rojo carmesí muy hermoso; luego preguntó por Pericles, me dijo que no es posible que se cometan tales atropellos contra la gente decente, que ya nadie está de acuerdo con los caprichos de ese brujo. Luego pasé por la tienda de Mariíta Loucel, ubicada en el mismo edificio Letona, junto a la mercería de las Estrada. Para mi sorpresa me encontré a mi sobrino Jimmy, el hijo de Angelita, la prima hermana de Pericles. Mariíta y Jimmy hablaban en francés, en voz baja, sigilosos. Cuando me vieron entrar, guardaron silencio un instante, como si los hubiese sorprendido *in fraganti*, pero enseguida me saludaron, preguntaron por Pericles y comentaron los chismes del momento con aparente normalidad. Pero a mí me quedó cierta sospecha, aunque Dios me libre de pensar mal, que Mariíta es incluso un año mayor que yo y Jimmy tiene la misma edad de Clemen. A lo que me refiero es que a Mariíta se le conoce por sus posiciones contrarias al general, en tanto que Jimmy es capitán del Regimiento de Caballería.

Al salir del edificio Letona, me encontré con el maestro César Perotti. Me preguntó por Pati, lamentó una vez más que la boda de ella se haya realizado en San José de Costa Rica y no aquí, donde él gustoso hubiera participado interpretando sus mejores canciones. El maestro Perotti fue profesor de piano y de canto de Pati; siempre elogió la disciplina y las virtudes musicales de mi hija, a quien dio clases dos veces por semana durante cinco años. A veces me cuesta entenderle esa mezcla de italiano y español que habla tan atropelladamente. Pero en esta ocasión se abstuvo de sus gestos grandilocuentes, y ahí mismo, en la calle, en voz baja, me dijo que no me atormente por Pericles pues pronto las cosas cambiarán, que en todos los hogares de bien que él visita para impartir sus clases la gente expresa su rechazo hacia el general, que una situación así no puede durar mucho tiempo. En la plaza Morazán tomé el taxi de don Sergio, el taxista de confianza de Pericles, un hombre silencioso como pocos en su oficio.

Fuimos a cenar con Betito a casa de mis padres. Les conté lo que me había dicho Pericles. Papá dijo que ese brujo nazi es un pícaro, y que como ahora quiere apropiarse de las ideas socialistas para perpetuarse en el poder, teme que mi marido desenmascare su farsa; luego volvió a vociferar contra el aumento en el impuesto a las exportaciones de café, un tema que lo saca completamente de sus casillas y que me hace temer que le dé un ataque mientras come; también se refirió a los rumores sobre un gran descontento entre los oficiales jóvenes del ejército por los bajos salarios. Después estuvimos hablando de la nueva casa que mis padres están terminando de construir en la colonia Flor Blanca. Mi papá quisiera traer mampostería directamente desde Italia, la tierra de su padre, pero no será posible por la guerra y tendrá que conformarse con lo que encuentre en el almacén de los Ferracuti. A mí me encanta la nueva casa, pero lamento que esté ubicada en las afueras de la ciudad, por lo que ya no será tan fácil ir caminando.

En la noche, Betito entró a mi habitación para entregarme una circular del colegio en la que solicitan la presencia de Pericles para tratar problemas relacionados con la conducta de mi hijo. Le pregunté si no le da vergüenza provocar semejante situación ahora que su padre está detenido. Me dijo que no ha sido su culpa, que el inspector le tiene ojeriza. Pericles es extremadamente riguroso en lo concerniente a la disciplina y le enerva que ninguno de nuestros dos hijos varones haya heredado esa virtud; sólo Pati se le parece en ello.

Martes, 28 de marzo

Como todas las mañanas, escuché en la radio los programas de Clemen. Mi hijo es locutor, lee las noticias en la YSP, pero también tiene una vena artística, actoral, por lo que participa en dos radioteatros. Pericles fue redactor jefe de esa emisora y le consiguió el empleo a Clemen. Yo doy gracias a Dios de que mi hijo parece que finalmente ha sentado cabeza. No quiso entrar a la universidad pese a las presiones de su padre, mucho menos a la escuela militar donde lo quería enviar su abuelo el coronel; intentó trabajar con papá en la administración de la finca y en la empresa exportadora de café, pero Clemen nunca ha sabido manejar el dinero y mi papá terminó echándolo de mala manera. Ahora por gracia de Dios ya lleva dos años en la radio.

Mi mamá me llamó después del desayuno para recordarme que en la tarde tendría lugar el té de despedida de soltera de Luz María, la hija de Carlota de Figueroa, que no se me fuera a olvidar; y pasó por casa a media mañana para que fuéramos juntas a buscar los regalos. Yo aproveché para entrar al almacén La Dalia a comprar los puros cubanos que le gustan a Pericles; don Pedro, el dueño del almacén, tan amable, me regaló un Habano especial para que se lo llevara a mi marido.

Llegué al Palacio Negro un poco antes de mi hora de visita, con el propósito de entrevistarme con el coronel Monterrosa. Don Rudecindo, así se llama el hombre, es un militar de origen humilde, como el general, y con muy mala fama, pero que a mí siempre me ha tratado con amabilidad. Le dije que ya era hora de que pusieran en libertad a mi marido, que él no ha cometido ningún crimen sino que sólo expresó sus ideas en un artículo. Don Rudecindo me dijo que él nada podía hacer y me aconsejó que tratara de hablar personalmente con el general; también me dijo que quizá lo mejor es que mi marido permanezca encerrado porque corren rumores de que los comunistas están preparando una conspiración contra el Gobierno y así Pericles no se verá involucrado. Las malas lenguas dicen que el general nunca le perdonará a mi marido el haberlo traicionado, el haberse convertido en un agente comunista. Pero la gente sabe que el general acusa de comunista a todo aquel que se opone a su Gobierno. No le conté a Pericles lo que me aconsejó don Rudecindo: de sobra sé que mi marido consideraría la peor traición que yo le pidiera el mínimo favor a «el hombre». A la salida del palacio le entregué unas monedas al sargento Machuca, quien se encarga de comprar los periódicos temprano en la mañana para entregárselos a Pericles.

La despedida de soltera de Luz María fue en el Casino. Mi hermana Cecilia vino de Santa Ana con un vestido nuevo, color verdeceledón y el corte muy elegante; ella es la mejor amiga de Carlota y por nada del mundo se perdería el té para la hija de ésta. Hubo un pastel de frambuesa exquisito; después algunas nos quedamos jugando canasta. Mis amigas me expresaron su pesadumbre por la situación de Pericles; contaron también nuevos chistes sobre doña Concha, la esposa del general, una mujer ordinaria e inculta que tiene cada ocurrencia y es la hazmerreír de la sociedad. Hubo también una discusión sobre si el doctor Arturo Romero es el político más guapo e inteligente del momento; don Arturo es un ginecólogo muy educado, suave, graduado en París, y se perfila como el líder de la oposición al general. Carlota dijo que esta mañana se encontró al doctor en amena charla con Mariíta Loucel en la tienda de ésta, que hablaban en francés y detuvieron la conversación cuando ella entró; recordé a Jimmy y a Mariíta, aunque nada comenté. Mi hermana estuvo inquieta toda la tarde; vino de Santa Ana con Armando y éste se fue directo al bar Lutecia, donde le gusta beber hasta enceguecerse.

En la noche llamé a mi suegra para preguntarle si tenía noticias del coronel. Me dijo que éste le explicó que el general está ahora muy enojado, colérico, porque asegura que muchos de sus ex colaboradores conspiran contra él, pagados por un grupo de ricos y por los gringos, por lo que sería inconveniente sacarle el tema de Pericles, incluso contraproducente. Mamá Licha dijo que ojalá esta tormenta pase rápidamente para que el general entre en su periodo místico y ordene la puesta en libertad de mi marido. A veces no sé si mi suegra habla en serio o en broma. El general es teósofo, realiza sesiones espiritistas, cree en los médicos invisibles y exige que sus allegados lo llamen «maestro». Al principio la gente mostró respeto ante sus excentricidades, pero luego de que comenzó a dar sus conferencias todos los domingos desde el paraninfo de la universidad, y que retransmite por radio, nos dimos cuenta de que «el hombre» no está en sus cabales. Desde hace meses, esas conferencias son la comidilla para la chanza en las sobremesas del Club y del Casino el domingo en la tarde.

Mi hermana se ha quedado a dormir en casa de mis padres; Armando no ha aparecido ni aparecerá como no sea completamente borracho. Mi papá está que trina del enojo; la enviará mañana con su chófer de regreso a Santa Ana. Yo siempre le recuerdo a Cecilia que dé gracias a Dios porque sus hijos no han heredado la tara de su padre: Nicolás Armando es el empleado de más confianza de papá en el negocio del café, está muy bien casado y es un hombre responsable; también Yolanda y Fernandito son muy buenos muchachos.

Miércoles, 29 de marzo

Los amigos de Pericles llamaron esta mañana como si se hubiesen puesto de acuerdo, uno tras otro, haciendo las mismas preguntas, recibiendo las mismas respuestas. El primero fue Serafín, quien por ahora dirige el *Diario Latino* mientras don Jorge permanezca preso; después habló Mingo, el pobre me contó que el domingo y el lunes estuvo tirado en cama por un ataque de migraña; y por último el Chelón, el marido de Carmela. Los tres lamentaron una vez más la imposibilidad de visitar a Pericles a causa de la orden del general de mantenerlo aislado.

Serafín dice que siente un poco de culpa porque él también debería estar detenido, como responsable del periódico, aunque el artículo lo haya escrito Pericles. Le respondí tal como le dijo mi marido a don Rudecindo, cuando llegó apresado al palacio: a quien las autoridades deberían haber encerrado es a don Hermógenes, el censor, por no poner atención en su trabajo. «Ese tu viejo es incorregible», comentó Serafín, riéndose, porque el pobre don Hermógenes a veces parece empleado de Pericles, del miedo que le tiene. Y tanto Serafín como yo sabemos que ni él ni el censor tienen vela en el entierro, que la cuestión es entre el general y mi marido. Antes de colgar, me dijo que debemos estar atentos, en la ciudad circulan rumores y mucha gente tiene los ánimos crispados.

Mingo está preocupado porque a Pericles lo han encerrado en la celda del sótano. Hace años, Mingo estuvo detenido un par de días, en la habitación cercana a la del director; en esa época era el dueño del periódico *Patria*, en el que mi marido comenzó a trabajar cuando regresamos de Bruselas, luego de su renuncia como embajador. Mingo es un poeta muy sensible, de salud precaria, y aún recuerda con escalofríos el momento en que se lo llevaron detenido; pero el general le tuvo mucha consideración, porque entonces Mingo también practicaba la teosofía, aunque ahora ha regresado a la religión. Le dije que no se preocupara por el ánimo de Pericles, que éste es duro, resistente, no en balde se graduó como subteniente en la escuela militar; luego le pregunté por Irmita, su mujer, quien padece una enfermedad crónica en los pulmones, una especie de asma que asegura haber adquirido cuando vivió con Mingo en Ginebra.

Al Chelón le dije que si él había llamado era porque no tenía nada que hacer, que seguramente estaba de vago en espera de que la inspiración lo iluminara para pintar su próximo cuadro. Nadie está mejor enterado que él sobre los acontecimientos, gracias a Carmela, mi mejor amiga, con quien hablamos a diario. Luego le conté que mi suegra está esperando que al general le entre el periodo místico para que ponga en libertad a Pericles y que como él, el Chelón, es también un místico que cree en las fuerzas invisibles, debería invocar a esas fuerzas para que se le metan al general y le saquen todo el resentimiento que tiene contra mi marido. El Chelón es un pan de Dios, un artista, pero nada tiene que ver con la política.

No hubo novedad en la visita a mi marido. Le entregué los libros que me había pedido. Me dio una carta para Serafín, quien mandó a recogerla a casa en cuanto le avisé. A Pericles le conté que mi papá sigue presionando al abogado Molina, el presidente de la Corte Suprema de Justicia, un timorato sometido al general, para que defina su situación jurídica, pues es ilegal mantener a alguien detenido tantos días, y bajo un régimen indefinido, por una supuesta violación de la ley de imprenta. Y es que el abogado Pineda, quien representa a mi marido y al periódico, se ha enfrentado a un muro infranqueable en los tribunales. «Perdóneme la expresión, doña Haydée, pero con este brujo la ley vale un carajo», me dijo la vez pasada con pesadumbre. Yo le pedí que siguiera presionando, que no se diera por vencido, aunque dentro de mí sé que Pericles no saldrá libre hasta que le pase la calentura al «hombre».

Clemen vino a casa después del mediodía, achispado, hablando hasta por los codos, como cuando le circula más alcohol del debido en la sangre y está a punto de cometer una tontería. Me aseguró que algo se está cocinando, que ahora sí el general se tendrá que largar, que le quedan pocos días en el poder pues los gringos ya se hartaron de él. Por un momento temí que Clemen tuviera alguna información precisa sobre una conjura o incluso que estuviera involucrado en ella, porque con los tragos se va de la lengua y podría terminar en la cárcel como su padre; hasta entonces no me enteré de que venía de un almuerzo ofrecido por la embajada americana a los periodistas nacionales. Le preparé un café muy fuerte, pero luego comenzó a cabecear y se quedó dormido en el sillón. Pobre mi hijo, tan parecido al tío Lalo. Lo dejé dormir aunque su ausencia pudiera causarle problemas en el trabajo; cualquier cosa es mejor que verlo bebido.

Cuando bajara la resolana, a media tarde, yo tenía pensado ir al banco y luego visitar a Carmela, pero preferí quedarme en casa hasta que Clemen despertara; no me gusta la idea de dejarlo a solas con María Elena. Después de hora y media volvió en sí, se quejó de que no lo hubiera despertado y salió a toda prisa hacia la radioemisora. Yo rogué que no se le ocurriera detenerse en el camino a quitarse la sed con una cerveza. Las razones por las que tenemos los hijos que tenemos siempre han sido un enigma para mí: ¿quién me iba a decir, cuando apenas era un bebé, que Clemen tendría tan pocos rasgos de carácter míos, de Pericles o de sus abuelos, y que más bien heredaría todo lo bueno y todo lo malo del tío Lalo, el menor de los hermanos de mi padre, simpático y tarambana, juerguista y faldero? Yo acepté la voluntad de Dios y me adapté; para Pericles ha sido más difícil. Mi papá dice que como al tío Lalo lo mataron unas semanas antes de que naciera Clemen, el espíritu de aquel se metió en éste.

Pati llamó para decirme que está embarazada; el médico se lo confirmó esta mañana. Está feliz, aunque dijo que la situación de Pericles ensombrece la noticia; yo le reproché que mezclara emociones: una cosa es la tristeza por el encierro de su padre y otra cosa es la alegría que él mismo tendrá cuando reciba la buena nueva. Y así fue: Pericles no cabía de la emoción cuando le conté. Lo que no le conté es que yo tengo la ilusión de que lo dejen en libertad mañana viernes, cuando cumpla dos semanas de arresto, porque enseguida viene el domingo de Ramos y la Semana Santa, y lo más lógico es que el general se ablande y ordene la liberación antes de irse de vacaciones; y no se lo conté porque mi marido es especialmente reacio a cualquier ilusión, a lo que llama las mentalidades débiles que creen en «pajaritos preñados», cuando él sólo cree en los hechos.

Mis padres también se pusieron felices con la noticia del embarazo de Pati. Pasé por su casa después de mi visita al Palacio Negro. Mi papá comparte la idea de que Pericles puede ser puesto en libertad mañana; me dijo que si tal cosa sucede, haremos una fiesta en grande el domingo en la finca, con toda la familia, una celebración para matar dos pájaros de un tiro: el embarazo de mi hija y la liberación de mi marido. Y enseguida, el lunes, mis padres partirán hacia Guatemala, donde les gusta pasar la Semana Santa; en mi adolescencia, a mí me encantaba ir con ellos a ver las alfombras de flores sobre las calles, las procesiones multitudinarias, en especial la del Santo Entierro.

Al regresar a casa le dije a María Elena que debemos

tener todo impecable para la bienvenida de Pericles, no debe haber una mota de polvo en su estudio ni en sus libreros; discutimos sobre la mejor opción de platillos para el almuerzo, pues yo espero que lo pongan en libertad en la mañana, tal como ha sucedido en otras ocasiones. Prepararemos una ensalada de berros con tocino, y esa lasaña de espinacas con queso que tanto le gusta a Pericles; de postre habrá dulce de leche. Estrenaremos el mantel floreado que me regaló mi hermana.

Me parece una espléndida señal que el rosal del jardín haya florecido precisamente este día; no más soledad. Mañana temprano iré al salón de belleza para que me corten el cabello, me peinen y me acicalen. Quiero que mi marido me encuentre guapa, elegante, como lo merece, sin las huellas de angustia y abandono que ahora mismo veo en mi rostro.

Me pregunto si mañana que Pericles esté de nuevo a mi lado tendré la necesidad y la constancia para seguir escribiendo en este precioso cuaderno, y me respondo que seguramente no, que debo considerar este diario como si fuese una amiga que vino de lejos para acompañarme y darme consuelo en estos momentos de soledad, y que una vez cumplida su misión parte sin tardanza, aunque con cierta nostalgia, la misma nostalgia con la que yo guardaré este cuaderno en mi baúl de los recuerdos.

Viernes de Dolores, 31 de marzo

¡Horror de horrores! El general ordenó que trasladaran a Pericles a la Penitenciaría. Sin ninguna orden judicial, sin ningún proceso legal, ese maldito se está desquitando quién sabe de qué rabias con mi marido. Yo me enteré a media mañana, luego de regresar del salón de belleza, cuando llamé al Palacio Negro con la esperanza de que me informaran que Pericles pronto sería puesto en libertad. Hubo un tono en el secretario del coronel Monterrosa, un tono esquivo, de negativa a cualquier información, que levantó mis suspicacias, que me hizo temer que fueran a retener en el encierro a mi marido; y mi suspicacia se hizo sospecha cuando el tal don Rudecindo no quiso tomar mi llamada telefónica. «El coronel Monterrosa no está», me dijo el secretario con tal énfasis que yo supe que él estaba ahí pero no quería hablar conmigo. Entonces colgué y llamé de nuevo al palacio, pero a la recepción, para que me comunicaran con el sargento Machuca, que si algo había sucedido yo estaba segura de que él me informaría, no sólo por el respeto que le tiene a Pericles, sino porque le debe favores a mi suegro. Y así fue. Tan pronto contestó, me dijo en voz muy baja, como para que no lo escucharan a su alrededor, que si quería ver a mi marido no esperara hasta el mediodía, que me apresurara a llegar al palacio en ese mismo momento, porque él había escuchado que Pericles sería trasladado. Le pregunté hacia dónde lo iban a trasladar, por qué motivos. Pero el sargento Machuca me dijo que tenía que colgar, que me apresurara. No perdí un segundo. Le pedí a María Elena que llamara de inmediato a casa de mis padres y a la de mis suegros para contarles que iban a trasladar a Pericles a otra cárcel, que yo iba camino hacia el Palacio Negro para enterarme de lo que estaba sucediendo. Por suerte mi mamá me había prestado a don Leo, el chófer de casa, para que me ayudara con los mandados de la mañana; le pedí que me condujera lo más rápido posible.

Me preguntó si había sucedido algún accidente; mientras recorríamos la ciudad a toda prisa, le conté sobre el inminente traslado de Pericles, sobre cómo en otras ocasiones esos traslados habían escondido el propósito oculto del general de acabar con sus rivales políticos. Pronto llegamos al palacio. Corrí escaleras arriba hacia la oficina de don Rudecindo; el secretario trató de detenerme, pero yo ya había empujado la puerta. El coronel hablaba por teléfono y le cambió el rostro cuando me vio. Me le planté enfrente y le pregunté dónde estaba mi marido. Don Rudecindo tapó la bocina con la palma de la mano, me pidió que me sentara y lo esperara un minuto, e hizo señas al secretario para que saliera de la oficina. Luego de colgar, me miró a los ojos y dijo: «Esta mañana el señor presidente me llamó personalmente para ordenarme el traslado de don Pericles a la Penitenciaría Central». Yo ya estaba poseída por el demonio de la furia. Le dije, entre dientes, que eso era una villanía, que cumplir una orden injusta es propio sólo de cobardes, que yo me abrazaría a mi marido para que nos llevaran juntos. Entonces don Rudecindo, observando el reloj de pared, como ajeno a mi insulto, dijo que quizás en ese mismo instante Pericles estaba siendo ingresado en la Penitenciaría. Me desconcerté, porque yo suponía que mi marido aún estaba en la celda del sótano y resulta que cuando el sargento Machuca colgaba, Pericles era conducido al vehículo que lo transportaría a su nuevo encierro. Me puse de pie y, como escupiendo, masculló: «¡Qué se propone hacerle a mi marido ese...!». Iba a decir «brujo tal por cual», pero me contuve, mencionarlo era rebajarme, mientras miraba con el mayor de los desprecios hacia el retrato del general que colgaba de la pared por detrás de don Rudecindo.

Éste me dijo que nadie le haría nada a mi marido, que el propósito del señor presidente era tener juntos a todos aquellos detenidos por atentar contra el orden político en tanto la Fiscalía concluía los expedientes e iniciaba los procesos, que yo podría visitarlo tal como la ley establecía. Le di la espalda y salí.

Don Leo me esperaba estacionado frente al palacio; le indiqué que me condujera hacia la Penitenciaría. Entonces pensé que debí haber buscado al sargento Machuca para que me proporcionara mayor información. No recordaba en ese instante quién era el director del centro carcelario; tendría que ir a casa a hacer llamadas telefónicas y mover influencias. Pero lo importante en ese momento era constatar que Pericles estuviera ahí, que no se tratara de una coartada para llevarlo a escondidas a otro sitio. Los guardias no querían dejarme ingresar hasta que invoqué el nombre y el rango de mi suegro. Me pareció que el director de la Penitenciaría ya me estaba esperando, seguramente advertido por don Rudecindo. Se llama Eugenio Palma; es coronel, feo como un pecado, y me recibió con la cortesía del zafio. Le exigí ver a mi marido en ese mismo instante. Me dijo que ésas no eran horas de visita. Insistí en que no se trataba de una visita sino de comprobar que Pericles estuviera ahí. Llamó a un asistente y le dio indicaciones; me explicó que él satisfaría mi demanda como una consideración especial de su parte, pero también me advirtió que aún no sabía a qué régimen de visitas estaría sometido mi marido, que él tenía que recibir órdenes al respecto, y miró de reojo el retrato del general que colgaba detrás de su escritorio. No pasaron ni cinco minutos antes de que Pericles entrara a la oficina, escoltado por el asistente. Yo me abalancé con alegría a besarlo en la mejilla; hubiera querido darle un gran abrazo, como se abraza a un resucitado, pero mi marido es reacio a esos gestos emotivos en público. El coronel se presentó con formalidad castrense, le garantizó que sería tratado con todo respeto y en el marco de la ley, y repitió que aún no estaba decidido el régimen de visitas, pero que mientras tanto yo podía dejarle comida y ropa con el sargento Flores, el asistente. Enseguida, el coronel ordenó que se retiraran. Me despedí con otro beso en la mejilla; Pericles me susurró al oído que don Jorge no ha sido trasladado, sino que lo mantienen en los sótanos del palacio. Antes de salir, le dije al director que lo llamaría más tarde para saber a qué hora podría realizar la visita diaria a mi marido; él me aclaró que en la Penitenciaría los reos tenían derecho a una visita semanal los fines de semana. Argumenté que Pericles no era un criminal, sino un preso de conciencia, al que ni siquiera se le había iniciado proceso judicial. Me prometió informarme en cuanto tuviera órdenes al respecto.

Entré al auto y le pedí a don Leo que me llevara a casa de mis padres. Él me preguntó, muy preocupado, por el estado de Pericles; don Leo es un hombre de toda confianza en mi familia, hijo de un mecánico al que mi abuelo trajo de su pueblo en Italia. Le dije que mi marido estaba bien, pero que yo aún no sabía cuándo podría visitarlo; mientras hablaba, y veía pasar las casas y la gente a través de la ventanilla, de pronto me entraron unas enormes ganas de llorar, de desahogarme, pero me contuve. En cuanto entré a casa, mi papá me abrazó, me preguntó si había visto a Pericles, cómo se encontraba, y me dijo que acababa de hablar con míster Malcom, el encargado de negocios inglés, a quien le contó la nueva canallada que el brujo nazi ha perpetrado contra mi marido; también había hablado con el general Chaquetilla Calderón, ex ministro de Gobernación, para preguntarle las razones por las que habían trasladado a Pericles a una penitenciaría para ladrones y criminales; el general Calderón le dijo que no estaba enterado del caso, pero que en cuanto tuviera información se la comunicaría. Mi papá le tiene especial consideración al general Calderón porque éste fue el jefe militar encargado de sofocar el levantamiento comunista de enero del 32 en toda la zona del volcán donde está ubicada la finca de la familia; pero el tal Chaquetilla detesta a mi marido, precisamente porque en la época del levantamiento, cuando Pericles era secretario particular del «hombre», expresó su reserva ante los excesos de crueldad cometidos contra los indígenas por el tal Chaquetilla. Yo llamé enseguida a mi suegro, quien por supuesto ya estaba enterado del hecho, y únicamente me dijo que no me preocupara, que quizá permanecer la Semana Santa en el encierro haría reflexionar positivamente a mi marido sobre la conveniencia de respetar el orden y la autoridad; yo hubiera querido responderle algo fuerte, pero tuve la impresión de que detrás de sus palabras había impotencia y tristeza; luego me preguntó por Clemente, si yo tenía noticias de mi hijo, lo que me destanteó, porque me hizo pensar que éste había vuelto a pasarse de copas y el chisme había llegado hasta Cojutepeque. Pero entonces yo no tenía tiempo para ocuparme de Clemen. Llamé al abogado Pineda, le informé de lo ocurrido; él me dijo que al parecer pronto se abriría el proceso en los tribunales. Finalmente conseguí comunicarme con el doctor Ramón Ávila, el ministro de Relaciones Exteriores y Justicia, quien le tiene cariño a mi marido; le pedí que por favor interceda ante el general, que le hacía esa petición sin el conocimiento de Pericles, pero que yo estoy muy preocupada por el rumbo que han tomado los acontecimientos; lamentó la situación y me dijo que yo no dudara de que él hará lo que esté en sus manos. Al doctor Ávila sí le tengo confianza, se portó bien incluso cuando Pericles decidió renunciar a la embajada de Bruselas, mientras que el tal Chaquetilla estoy casi segura de que está detrás de la conspiración contra mi marido.

Regresé a casa a preparar la cesta de víveres y ropa con María Elena. Media hora antes del mediodía llegamos a la Penitenciaría en busca del sargento Flores. No me dejaron pasar de la entrada; costó un mundo que el asistente saliera. Tomó la cesta y me informó que podré visitar a Pericles mañana entre tres y cuatro de la tarde. Le pregunté si ésa sería mi hora de visita diariamente; respondió que él sólo tenía información sobre lo que me acababa de decir, sobre la visita del sábado, nada más. Me quedé junto a María Elena, frente al portón de la Penitenciaría, como aturdida, y luego con una enorme tristeza, porque entonces comprendí que quizá ya no volvería a almorzar con Pericles hasta que lo pusieran en libertad.

Al regresar a casa, me encerré en la habitación y lloré. Cuando me sentí desahogada, traté de hablar con Clemen en la emisora, pero no lo encontré. Luego llegó Betito, le conté sobre el traslado de su padre y comimos en silencio; mi pobre muchacho siente tanta rabia y no encuentra cómo expresarla. Pensé que no le debo avisar a Pati, puede ser dañino para su embarazo. Mi hermana Cecilia me habló consternada, me preguntó si quería que ella se viniera de Santa Ana a acompañarme. Le agradecí, pero le dije que no había necesidad, que no se preocupara. Enseguida intenté de nuevo localizar a Clemen en su casa. Me respondió Mila, estaba como borracha, fuera de sí, habló pestes de mi hijo y me advirtió que éste se ha metido a saber en qué chanchullo, que se la pasa de juerga con los hermanos Castaneda, a saber en qué prostíbulo, que casi ni llega a casa. Mi nuera es una mujer ordinaria; ya una vez me llegó el chisme de que peca de adulterio. Mi hijo no es mejor. Yo rezo por ambos, y por los niños.

Al recapitular este día, sosegada por el cansancio, bajo el silencio de la noche, me reprocho a mí misma la estupidez de la ilusión que tuve ayer sobre la liberación de Pericles, y me parece haber sentido esa emoción hace mucho tiempo, como si no hubieran pasado apenas veinticuatro horas, sino una eternidad. El mejor consuelo que tuve fue la visita de Carmela y el Chelón: cenamos juntos, el Chelón habló del nuevo libro de poemas que piensa publicar, propuso en son de broma que yo le permitiera hurgar en los papeles de Pericles, aprovechando su ausencia, para descubrir los versos que éste a escondidas escribe y de los que con tanta contundencia reniega. Y luego de que Carmela mencionara que ayer en la mañana vio a Clemente saliendo del edificio Letona, el Chelón trató de remedar la forma como Mariíta Loucel recita sus versos. Nos morimos de risa, porque en verdad parecía que imitaba al guasón de Clemen remedando a Mariíta. Estuvieron especialmente simpáticos, como si se hubieran propuesto distraerme, hacerme pasar un rato agradable hablando de otras cosas; se lo agradezco.

Hace unos instantes, cuando recién terminaba de escribir mi jornada del día en este diario, recibí una extraña llamada telefónica; era el general Alfonso Marroquín, el jefe del Primer Regimiento de Infantería. Me preguntó por Pericles, como si no hubiera sabido que éste aún permanece encerrado y que ha sido trasladado a la Penitenciaría. Lo puse al tanto de ello. No dijo nada más; se excusó por haberme molestado tarde en la noche y colgó. El general Marroquín es compadre del «hombre»; Pericles lo considera un oficial cruel y despreciable.

Sábado, 1 de abril

Se acabaron los privilegios, me dijo Pericles esta tarde, mientras conversábamos en una sala donde otros presos recibían la visita de sus familiares. Yo me sentía desorientada, sin saber a quién apelar para que nos permitieran una mínima privacidad, conmocionada por el hecho de que mi marido y yo fuéramos tratados como criminales comunes y corrientes, desorientada desde el momento en que tuve que hacer fila, identificarme, ser registrada y esperar como todo mundo, sin que la mención del sargento Flores sirviera de nada, pues me dijeron que éste no trabajaba hoy y tampoco había dejado indicaciones al respecto; pero, por otro lado, me impresionó la actitud de solidaridad entre los familiares de los presos, el compañerismo entre personas de distinta condición social que parecían víctimas de una misma gran injusticia. Pericles me dijo que se encontraba bien, que comparte celda con dos jóvenes bachilleres, de apellidos Merlos y Cabezas, quienes también están detenidos por motivos políticos y los cuales muestran respeto y consideración hacia mi marido, tal como pude comprobar cuando se acercaron con sus respectivos familiares para ser presentados. Como les comenté a mis padres más tarde, en verdad Pericles me pareció muy animado, incluso optimista, como si el contacto con distinta gente le hubiera dado otro aire. Me dijo que la disciplina es casi cuartelaria, que le hizo bien la gimnasia temprano en la mañana en el patio, que las conversaciones con los jóvenes bachilleres han sido estimulantes y que circulan los más disparatados rumores sobre la inminente caída del «hombre». Entonces le conté con la mayor discreción de la extraña llamada nocturna del general Marroquín; se quedó pensativo unos instantes, pero nada comentó. Me preocupan las condiciones de higiene que padece mi marido, porque en el Palacio Negro tenía acceso a los baños de los oficiales, mientras que en la Penitenciaría debe utilizar los mismos sanitarios que todos los presos. A la salida pregunté a los guardias si mañana puedo visitarlo a la misma hora, pero me dijeron que a los presos que se les permite visita familiar el sábado no se les permite el domingo y viceversa. Pedí hablar con el encargado, pero, tal como supuse, de nada sirvió. Me vine rápidamente a casa para conseguir el teléfono particular del coronel Palma, el director de la Penitenciaría, a fin de solicitarle que me autorice la visita de mañana y me aclare de una buena vez la situación antes del feriado de Semana Santa; me contestó su esposa, me dijo que el coronel no se encontraba en casa y prometió que le daría mi mensaje. No hubo respuesta a lo largo del día; lo llamaré mañana temprano antes de irme a misa. Mi papá trató de comunicarse con el tal Chaquetilla Calderón para que interceda personalmente con el objeto de que se me permita la visita diaria, pero parece que al tal Chaquetilla no se le ve desde el mediodía, cuando estaba en el Casino Militar y ya tenía media botella de whisky en el estómago. Por suerte a Pericles le dejé comida para dos días.

Clemen apareció antes de la cena, otra vez achispado, con una agitación fuera de lo común. Le pregunté qué se había hecho los últimos días; me quejé de haberlo buscado en la emisora y en su casa, y no haberlo encontrado. Se hizo el misterioso: aseguró que estaba concentrado en algo muy importante, pero que aún no podía revelármelo. No insistí, porque me enardece esa facilidad para mentir que heredó del tío Lalo. Hablamos de la situación de su padre; me dijo que ya estaba enterado del traslado, que lamentaba no haberme podido acompañar ni ayer ni hoy a la Penitenciaría, pero que debemos estar atentos, que ese canalla del general pronto las pagará todas. Le dije que si logro que me permitan visitar a su padre mañana sería bueno que él me acompañara, que en la Penitenciaría no existe la prohibición que había en el Palacio Negro a la visita de toda otra persona que no fuera yo. Respondió que no me haga ilusiones, que hay rumores de que este domingo será un día peligroso y lo mejor es quedarse en casa. Hubo cierto entusiasmo, cierta chispa en su mirada, que me inquietó. Preferí preguntarle por los niños. Y entonces explotó contra Mila: que ya no la aguanta, que lo acusa de borracho cuando es ella quien no suelta la botella, que se la pasa jugando póker con las amigas y no hace nada por educar a los niños y mejorar el hogar, que él está harto de tanto reproche y que por eso sólo llega tarde en la noche a dormir. Cuando terminó de desahogarse, María Elena entró a la sala y le preguntó si se le ofrecía una taza de café. Mi pobre hijo me dejó tan mal sabor.

Betito partió esta mañana a la playa del Zunzal con sus amigos de colegio; la mayoría de ellos permanecerá allá toda la Semana Santa, pero Betito deberá regresar el lunes para acompañarme a visitar a su padre a la Penitenciaría. Como todos los domingos, mi papá tiene que ir a la finca; mi mamá se quedará en casa para que vayamos a misa y luego almorcemos juntas; dice que quiere suspender su viaje a Guatemala para no dejarme sola durante la Semana Santa con Pericles preso. Yo le he repetido que no hay necesidad de que suspenda su viaje de vacaciones.

A las ocho de la noche, María Elena y yo escuchamos en la sala el Radio Teatro de América; el programa fue variado y lo disfrutamos mucho. He tratado de leer, pero padezco un desasosiego extraño, como si la incertidumbre sobre la libertad de Pericles estuviera haciendo mella en mis nervios, como si estuviese entrando a una nueva etapa de mi vida para la que no estoy preparada y a la que preferiría no tener que enfrentarme. Mi rezo deberá ser más intenso.

Domingo de Ramos, 2 de abril

¡Golpe de Estado! Clemen está metido hasta las cachas: fue él quien anunció en la radio el inicio del levantamiento contra el general a media tarde, y es uno de los que desde entonces sigue narrando los hechos, llamando al pueblo a que apoye el golpe. No pude ir a la Penitenciaría a ver a Pericles porque las calles están militarizadas. La aviación ha bombardeado los alrededores del Palacio Negro; ahora doy gracias de que mi marido haya sido trasladado. Papá está en la finca y Betito en la playa; no ha habido manera de establecer contacto con ellos porque las comunicaciones con el interior del país y las rutas de entrada a la ciudad han sido cortadas. Clemen anunció que la Dirección de Teléfonos y Telégrafos está en manos de los golpistas. María Elena y yo nos vinimos a casa de mis padres y pasaremos la noche acá. Por suerte me traje este diario; ahora escribo en la que fue mi habitación de adolescencia, bajo la luz de una vela, porque la ciudad está a oscuras. Son las ocho de la noche. Cunde la esperanza, pero más la confusión.

El día comenzó con malos augurios: no hubo manera de que yo encontrara al coronel Palma para que me autorizara la visita a Pericles; su mujer dijo por el teléfono que el coronel había salido desde la madrugada, que ella le había dado mi mensaje pero él no me había dejado ninguna respuesta. «Usted ya sabe cómo son estos hombres, doña Haydée», me dijo, como para disculparse. Después recibí la llamada de Pati desde Costa Rica: se alarmó cuando supo que su padre continúa preso, sin que tengamos una idea de cuándo será puesto en libertad; me quedé con mala conciencia porque tuve que mentirle cuando me preguntó si nada ha cambiado. Con mamá fuimos a misa de ocho; en su homilía, el padre criticó una vez más a aquellos que se alejan del catolicismo y promueven doctrinas religiosas exóticas y alejadas de la verdadera fe, en alusión a las creencias ocultistas del general. A la salida de la iglesia conversamos con las amistades; nadie tenía la remota idea de que el golpe de Estado se iniciaría esta tarde: ha habido tantos rumores durante tanto tiempo. Fui a la Penitenciaría hacia el final de la mañana, con nuevas provisiones para Pericles y la expectativa de encontrar al sargento Flores o de convencer al jefe de turno de que me permitiera el ingreso o al menos de que le entregara la cesta a mi marido. Ésa era la hora de visita para los presos comunes; no me dejaron pasar, un vigilante con cara de pícaro me dijo que le entregaría los víveres a Pericles y regresé a casa con una fea sensación de impotencia, de abandono.

Mamá me convenció de que fuéramos a comer al Casino para que se me bajara la tristeza; hasta me hizo tomar un aperitivo bien cargado. Comimos una paella muy sabrosa; de postre, una tarta de guayaba exquisita. Después del café decidimos partir, pese a la insistencia de algunas amigas para que nos quedáramos jugando canasta; ahora doy gracias de que Dios nos haya protegido. Mamá me pasó dejando por casa, donde me encontré a María Elena lista para salir: iba a la función de cine de las tres en el Teatro Colón. Me acosté en el sofá a dormir una siesta. Una media hora más tarde, María Elena me despertó, asustada, mientras sintonizaba la radio y me decía que había estallado un golpe de Estado. Yo estaba tan profundamente dormida, con tal sopor, que me costó reaccionar. Ella me explicó que no pudo cruzar el centro de la ciudad por la movilización de tropas, que pronto escuchó el tableteo de las ametralladoras y vio que los aviones de guerra sobrevolaban la ciudad y dejaban caer bombas. Entonces distinguí la voz de Clemen en la radio: decía con exaltación que el dictador había muerto, que la aviación y la infantería están con los golpistas y que sólo falta reducir a la policía y a la guardia; después se turnaron el micrófono otros locutores y profesionales, la mayoría de ellos amigos de Pericles, y las palabras estelares estaban a cargo del doctor Romero. Cuando por fin comprendí la dimensión de los hechos, pensé en mi marido, en lo que estaría sucediendo en la Penitenciaría. Traté de hablar por teléfono con Clemen para que me diera información, pero no lo logré; tampoco pude conseguir comunicación con mamá ni con mis suegros. Le dije a María Elena que iría a la Penitenciaría para ver qué estaba sucediendo ahí, que tal vez ya habían puesto en libertad a Pericles; ella me advirtió que le parecía muy peligroso salir a la calle en ese momento, pero que me acompañaría. Yo le dije que se quedara por si entraba una llamada telefónica; ella insistió en ir conmigo. La Penitenciaría está ubicada a unas siete cuadras de casa. La gente caminaba deprisa por la calle, con nerviosismo. Vi en la distancia los aviones que se acercaban al centro de la ciudad. Muchas personas permanecían en las aceras, frente a las puertas abiertas de sus casas, a la expectativa, con la radio a todo volumen, celebrando la muerte del general. Dos cuadras antes de llegar a la Penitenciaría, un retén de soldados nos impidió proseguir y nos ordenó volver sobre nuestros pasos. Yo alegué. Pero no hubo manera de convencerlos. En ese instante, además, dos aviones volaron rasantes y se escucharon fuertes explosiones por el sector del Palacio Negro. Entonces tuve miedo. Le dije a María Elena que mejor nos encamináramos hacia la casa de mis padres. No había tranvías. Tropecé con varios conocidos en las calles; la excitación era tremenda. Quiso Dios que Mingo pasara en su auto en esos momentos. Le conté que nada sabía de la situación de Pericles en la Penitenciaría. Me explicó que nadie sabía nada de nada, la situación era confusa; la gente sólo estaba enterada de lo que Clemen y los otros golpistas decían por la radio, que los del Primer Regimiento de Infantería peleaban contra la policía en los alrededores del palacio, que el general estaba muerto y que la aviación apoyaba el golpe. Me dijo que nos conduciría en una carrera a casa de mis padres, que cualquier cosa que necesitara tratara de llamarlo. Mamá estaba fuera de sí: don Leo había ido a buscarme y no encontró a nadie en casa, ella no había podido comunicarse con papá, la voz de Clemen en la radio le hacía temer lo peor. Poco a poco se fue calmando. Enseguida lograron entrar algunas llamadas telefónicas de amistades que viven en otras partes de la ciudad y también platicamos con los vecinos. Supimos que los aviones erraron el tiro, las bombas no cayeron sobre el Palacio Negro sino que sobre la manzana donde está ubicado el Casino, que hay incendios y un montón de muertos en las calles. Mamá exclamó que es obra de Dios que nosotras tres estemos vivas, porque en esa misma manzana estaba el Teatro Colón, al que María Elena se dirigía y que aún arde a estas horas de la noche. Más tarde, uno de los hermanos Castaneda, compañeros de Clemen, anunció por la radio que el general no ha muerto y que se ha atrincherado en el Palacio Negro. «Ese brujo les va a ganar», exclamó mi mamá con espanto. Yo la reprendí, le pedí que no repitiera eso, que no invocara la mala suerte. Y entonces comprendí con estupor lo que les puede suceder a Clemen y a Pericles si el golpe fracasa, la cólera del general en su venganza. ¡Dios no lo quiera!

Antes de que oscureciera don Leo nos condujo a mi casa, a recoger ropa para pasar la noche acá, y a trancar puertas y ventanas, no vaya a ser que los ladrones aprovechen el caos; metí en el neceser mi diario y mi rosario; dejé un mensaje sobre la mesa por si Betito o Pericles aparecen. María Elena ayudó a su tía Juani a preparar la cena; la Juani trabaja con mamá desde hace veinticinco años y la pobre padece unas varices horribles. Cuando terminé de cenar fui un rato a la cocina donde comían los criados: María Elena contaba que, cuando estalló el golpe, se dirigía a ver por tercera vez la película *Flor silvestre*, con Dolores del Río y Pedro Armendáriz, en la que una pobre joven campesina se casa con el hijo de un rico hacendado, pero que ahora ya no será posible verla de nuevo porque la película debe de haberse quemado en el Teatro Colón. Me dio tanta ternura. Volví a la sala; mamá propuso que rezáramos un rosario. Pero en eso sonó el teléfono: era Clemen. Le pregunté si se encontraba bien, si sabía algo de su padre; le conté de mi intento infructuoso de ir a la Penitenciaría. Me dijo que ahora todos los esfuerzos están concentrados en asaltar el Palacio Negro, donde se refugia el general, que primero deben acabar con la bestia en su guarida y después habrá tiempo para ir a la Penitenciaría, que él pasará la noche de guardia en la radio y si sabe algo de su padre me llamará de inmediato. Le pregunté cuál era la situación. Me dijo que no me preocupara, que a más tardar mañana arrasarán con el Palacio Negro, que todo hubiera sido más fácil si ese imbécil del teniente Mancía hubiera capturado al general en la carretera al puerto, tal como estaba planeado, pero que éste se les fue entre las manos, disfrazado, el muy pícaro, en un auto particular. Clemen hablaba con exaltación, con la voz más ronca de lo normal; supuse que no ha parado de tomar whisky y de fumar desde hace muchas horas. Le quise preguntar por mi suegro, pero la comunicación se cortó.

Después de rezar el rosario, en el que casi no me pude concentrar por las emociones que se revuelven en mi interior, me vine a la habitación. Los aviones dejaron de bombardear con la llegada de la noche; también los nutridos tiroteos han cesado, aunque una que otra ráfaga se escucha con cierta regularidad. El doctor Romero, a quien han proclamado líder civil del golpe, anunció por la radio que las fuerzas contrarias al general cesarán los ataques durante la noche, a fin de evitar más víctimas inocentes; hizo un llamado a la población para que se sume al movimiento democrático; confirmó que el general Marroquín y el coronel Tito Calvo, medio hermanos y desafectos a mi marido, encabezan la asonada militar. Después ya no hubo transmisión.

Me voy a acostar un rato, sólo a descansar, porque no creo que pueda dormir con tanta angustia: quiero creer que todo saldrá bien, que el general será derrotado y Pericles saldrá libre en cualquier momento, pero al mismo tiempo temo lo peor, tengo malos presagios.

(Medianoche)

Papá llegó un poco antes de las diez. Yo me había quedado dormida; me despertó el ruido en la sala. Venía con amigos. Pronto estuve de pie enterándome de los acontecimientos. Papá supo del golpe mientras permanecía en la finca; dormía una siesta y lo despertó don Toño, el capataz, para contarle lo que estaban diciendo en la radio. Salió de inmediato hacia la planta procesadora de café y los otros almacenes para constatar que todo estuviera en orden y advertir a los vigilantes que se mantuvieran atentos, que se había producido un golpe de Estado y con la anarquía los maleantes acechan. Luego se dirigió a Santa Ana, a la casa de mi hermana Cecilia, donde se reunió con amigos cafetaleros para informarse sobre quiénes encabezan el movimiento y encontrar una forma de apoyarlos; el destacamento militar de la zona apoya la revuelta, según dijo papá. Enseguida se propuso venir a la capital. Algunos le advirtieron que mejor se quedara allá durante la noche, que ya comenzaba a oscurecer y la carretera sería peligrosa. Pero papá es necio y una vez que toma una decisión no hay quien lo baje del macho. Contó que para salir de Santa Ana no tuvo problemas, pero que a la altura de San Juan Opico encontró el primer retén militar, luego otro a la entrada de Santa Tecla y el último a las puertas de la capital; en cada uno de los retenes perdió mucho tiempo convenciendo a los militares de que lo dejaran pasar. Es evidente que papá estaba enterado de la posibilidad de que hubiera un golpe, pero desconocía los detalles y la fecha precisa; le irrita que no le hayan informado. Comentó con entusiasmo sobre la participación de Clemen en la toma de la radio: «Por fin se decidió a hacer algo bueno», dijo; mamá no fue de la misma opinión, le parece una imprudencia exponerse tan abiertamente, dijo que si el golpe fracasa vendrá el temblar y crujir de dientes. Papá me preguntó si el capitán Ríos Aragón, a quien mencionan al mando de las tropas que tomaron el aeropuerto de Ilopango, es el mismo Jimmy, el primo de Clemen; le respondí que sí, que es el hijo mayor de Angelita, la prima hermana de Pericles.

Juan White, Güicho Sol y mi tío Charlie se paseaban exaltados por la sala, sin soltar sus vasos de whisky, dijeron que los militares son unos inútiles, cómo se les pudo escapar el general entre las manos, y que los pilotos son peores, en vez de bombardear el Palacio Negro dejaron caer las bombas a dos manzanas de distancia, por eso destruyeron el Teatro Colón y todos los almacenes a su alrededor. Mamá metió su cuchara y preguntó si el Casino también ha sido destruido; le dijeron que no, que por suerte está intacto. Güicho dijo que parece que los jefes golpistas no quieren atacar de verdad, sino sólo asustar al general, como si así le fueran a ganar, que sólo a un pusilánime se le pudo ocurrir la tontería de suspender los ataques durante la noche, cuando deberían estar dándole el golpe de gracia al Palacio Negro para acabar de una vez por todas con el brujo nazi. Güicho dijo que él desconfía del general Marroquín, el jefe del Primer Regimiento de Infantería, cuerpo encargado de asaltar el palacio. Entonces pensé en las razones por las que ese general Marroquín llamó en busca de Pericles el viernes por la noche: ¿por qué quería involucrarlo cuando es de dominio público que mi marido está preso? Papá se preguntó hasta dónde la embajada americana apoyará el golpe. Güicho contó que estuvo un rato en la tarde con el embajador, que éste le dijo que no habrá apoyo ni pronunciamiento hasta que se conozca el desenlace. Juan está fúrico porque él esperaba que las tropas americanas vinieran a apoyar a los golpistas. Después de beber otro par de whiskies, Juan y Güicho partieron. Papá no me preguntó hasta entonces si había podido hablar con mi suegro; le dije que no, que tampoco hay línea telefónica hacia Cojutepeque, pero que el coronel seguramente estará fuera de sí por la participación de Clemen en el golpe. Le expresé mi ansiedad por la situación de Pericles. Me dijo que en ese instante empezáramos a mover todos los contactos para que lo pongan en libertad de inmediato, aprovechando que el general está sitiado, a punto de ser derrocado. Pero no logró comunicarse ni con el tal Chaquetilla Calderón, ni con el doctor Molina, presidente de la Corte Suprema, ni con don Agustín Alfaro, el dirigente de los cafetaleros que dicen que está en el Primer Regimiento con los militares golpistas. Me dijo que no se explica por qué Clemen no ha convencido a un oficial para que con un contingente de tropas vayan a la Penitenciaría a liberar a su padre y a los demás presos políticos.

Me he venido a descansar un rato a la habitación. Papá permanece en la sala con otros amigos, alumbrados por las velas, bebiendo whisky, comentando los últimos chismes, repasando los nombres de los oficiales involucrados en el golpe. Pienso en la preocupación que debe de padecer Pati, la pobre enterada del golpe y sin poder comunicarse con nosotros; en que Betito estará en la playa con sus amigos, quizá sin la menor idea de los acontecimientos. Y pienso en Pericles, en la incertidumbre que privará en la Penitenciaría, en que después de todo Dios lo ha protegido, porque si aún estuviera en el Palacio Negro, estaría a la merced de la terrible cólera del general. Oraré para que este Lunes Santo sea un buen día, para que se rompa por fin el sortilegio con que ese brujo arruina nuestras vidas y somete al país.

Lunes Santo, 3 de abril

Siento como si éste hubiera sido el día más largo de mi vida. Me sorprende que aún tenga fuerzas para sentarme a escribir, para consignar unos hechos que me queman como nunca. El golpe fracasó. Mis temores se hicieron realidad: el general retomó el control, los militares golpistas se rindieron, Clemen está de huida, Pericles permanece en la Penitenciaría en una situación muy delicada, aislado, sin posibilidad de recibir nada del exterior. Estoy en casa, insomne, atormentada por mis miedos; Betito duerme en casa de su amigo Henry. Por suerte la luz eléctrica y los teléfonos funcionan con normalidad desde el mediodía. Pati ha llamado en dos ocasiones, angustiadísima la pobre, hasta me propuso tomar un vuelo para venir a ayudarme; me preocupa que tanta tensión vaya a afectar su embarazo. También he hablado con mi suegra, quien me dijo, con gran tristeza, que si Clemen se deja agarrar es hombre muerto. Dos polizontes vestidos de civil vigilan la casa desde el anochecer; María Elena los descubrió cuando regresaba de comprar tortillas. En las calles impera la desbandada y el pánico.

¿Dónde estará mi pobre Clemen ahora, Dios mío? Me he propuesto no pensar en él, sacarlo de mi mente para que la angustia no me destruya; me repito que nada puedo hacer por él, que sólo Dios y el destino lo salvarán. La última vez que hablamos fue a la una de la tarde. Logré encontrarlo aún en la radio. Me dijo que no perdían las esperanzas de que los regimientos de Infantería y de Ametralladoras dieran el golpe final al Palacio Negro, aunque reconoció que comenzaba a cundir una actitud derrotista, que muchos de los que estaban ahí con él hablaban sobre las embajadas en las que podrían asilarse si el golpe fracasaba. Le pregunté qué haría él si esa situación se presentaba. Me respondió que aún no lo sabía, que estaba barajando algunas posibilidades, que no me preocupara. Sonaba cansado, un poco zombi; supuse que apenas habría dormido y que la excitación y el alcohol habían hecho mella en su cuerpo. A esa altura del día papá y sus amigos ya daban por perdido el golpe, decían que los oficiales habían cometido la peor estupidez: negociar por teléfono con el brujo nazi, tratar de obligarlo a que se rindiera, cuando lo que estaba sucediendo era todo lo contrario, pues el general era quien les estaba doblando el brazo. A esa altura del día también yo ya estaba enterada de que mi suegro había brindado su completo apoyo público e incondicional al general, que reprobaba con rabia la aventura de Clemen.

Entonces los rumores tenían en vilo a la ciudad: que el coronel Tito Calvo se paseaba en un tanque por las calles bravuconeando con que demolería a cañonazos el palacio de la policía; que los aviadores habían lanzado las bombas adrede sobre la manzana del Casino y del Teatro Colón, porque en verdad no querían atacar al general, sino sólo amilanarlo; que la emboscada contra el general había fallado porque éste tenía infiltrados entre los oficiales golpistas; que un montón de borrachines callejeros han quedado muertos a causa de las refriegas en los alrededores del Parque Libertad; que el brujo nazi tiene un pacto con el diablo, que hizo una misa negra en los sótanos del palacio y que ahora fusilará a todos los que se confabularon contra él; que tropas procedentes de Cojutepeque y San Vicente marchaban desde el oriente hacia la capital en apoyo del general, y que ya habían tomado la guarnición del aeropuerto de Ilopango.

Un rumor horrible es que el general se desquitó la rabia ayer mismo con el pobre don Jorge. Dicen que, en cuanto se sintió seguro dentro del palacio, lo primero que hizo fue ordenar que torturaran a don Jorge, que luego lo sacaran de la celda y lo ejecutaran en la calle, para que el cuerpo les quedara como advertencia a los golpistas. Parece que a don Jorge lo balearon y lo dejaron por muerto, pero que ha logrado sobrevivir. Terrible. He llamado a su casa para hablar con Teresita, su esposa, pero la línea está cortada. Le pido a Dios que sólo sea un rumor.

Yo traté de acercarme a la Penitenciaría temprano en la mañana, pero estaba el mismo retén de soldados que ayer me impidió el paso. En la tarde, cuando ya era evidente que los golpistas estaban fracasando, hice un nuevo intento y entonces pude lograr mi propósito. De nada sirvió. Los vigilantes de la Penitenciaría permanecían atrincherados, aún temerosos de un asalto de las fuerzas rebeldes. Yo llevaba la cesta de alimentos para Pericles; me acerqué a la casamata a pedir que llamaran al sargento Flores. No obtuve ningún resultado. Había varios grupos de familiares de presos en los alrededores; los vigilantes también les habían dicho que en la cárcel todo estaba en orden, que no habría visitas hasta nuevo aviso y que se alejaran, que evitaran el peligro. Reconocí a la mamá del bachiller Merlos, uno de los que comparte celda con Pericles; ella tenía los ojos llorosos, se secaba con un pañuelo. Temí lo peor. Alarmada, le pregunté qué había sucedido. Me respondió que tenía miedo de que ahora el general decidiera fusilar a los presos políticos, de que se desquitara de su rabia con ellos. Era el mismo miedo que a mí me corroe. Le dije lo que yo también me digo: que eso no puede suceder, que su hijo y mi marido son inocentes, han permanecido encerrados, ajenos a la conjura, sin participación ni responsabilidad en el golpe. Y entonces, cuando terminaba de hablar, me golpeó con toda la contundencia la imagen de Clemen. Ella me lo vio en el rostro, porque enseguida me dijo: «Roguemos a Dios para que su hijo logre escapar». Estuve a punto de desmoronarme, de ponerme a llorar como una Magdalena a media calle, frente a los vigilantes que nos observaban y los demás familiares; sentí el tremendo nudo en la garganta y las dos lágrimas que brotaban de mis ojos y bajaban por mis mejillas. Pero logré contenerme. Me despedí con premura de doña Chayito, así se llama la madre del bachiller Merlos, di media vuelta y emprendí el regreso a casa. Tantos años junto a Pericles me han enseñado a contener el llanto. Pero lo que no lloré en la calle, lo lloré en casa, encerrada en esta habitación, hasta que tuve la sensación de que ya no me quedaba ni una lágrima dentro, de que mi marido me observaba con su ceño severo.

Unos minutos después de las tres de la tarde, papá llamó a casa para decirme que los golpistas acababan de rendirse. «El brujo les minó el alma a los muy maricones», dijo con amargura; me contó que una bandera blanca ondeaba sobre el cuartel del Primer Regimiento de Infantería. «Sólo veinticuatro horas nos duró el alegrón», dijo. No supe desde dónde llamaba, pero se escuchaba al fondo el vocerío de los amigos, seguramente bebiendo y lamentando el desenlace de los eventos. Me dijo que ahora teníamos que conseguir un lugar donde esconder a Clemen, ayudarlo a escapar. Me preguntó si había hablado con él en las últimas horas. Le conté de la plática de la una de la tarde. Luego me aconsejó que Betito se fuera con ellos, que mamá lo estaba esperando para que pasara la noche ahí, que lo peor que podría suceder es que los esbirros del brujo quieran desquitarse con él de la participación de su hermano en el golpe; le conté que Betito está donde su amigo Henry y que ahí se quedará a buen resguardo. Papá me instó a que yo permaneciera en casa, por si Clemen volvía a llamar. Pero no fue éste quien llamó, sino su mujer, Mila; era la tercera y última vez que hablaba con ella

a lo largo del día: ahora estaba completamente desquicia-
da, borboteaba insultos contra la irresponsabilidad de Clemen, decía que ni ella ni los niños tienen por qué pagar
las barrabasadas de un exhibicionista que se metió a esa estupidez sólo para impresionar a la secretaria que tiene de
amante en la radio. Yo «apagué las luces», como dice Pericles cuando mi mente simple y sencillamente se larga de
donde no quiere estar o no escucha a quien no quiere escuchar, hasta que Mila dijo que si el general condena a
muerte a mi hijo, éste bien merecido se lo tiene. «Estás diciendo barbaridades, Milita, de las que después te vas a
arrepentir», le dije, y enseguida le pregunté si había hablado recientemente con Clemen. Me respondió que ese «tal
por cual» no la llamaba desde el mediodía, pero que entonces ella aprovechó para restregarle en la cara lo que ella
piensa sobre la imbecilidad que él ha cometido, que hasta
a su propio abuelo, el coronel Aragón, ha metido en problemas; le dijo que ella piensa pedir el divorcio en cuanto vuelva la calma. Me quedé muda: bien dicen que las
desgracias nunca llegan solas.

Por suerte después hablé con Mama Licha. Mi suegra
es un roble: no le tiembla la voz frente a las catástrofes.
Me repitió que el coronel apoya al general por principios,
porque para él la autoridad y el orden están por encima de
todo; pero que también es un ser humano, un padre y un
abuelo, y que como tal sufre en silencio; quería hacerme
saber que el coronel hará todo lo que esté a su alcance
para ayudar al escape de Clemen, pero que si éste cae detenido nada lo salvará de la furia del general. Luego me
preguntó por Pericles; le conté de la imposibilidad de verlo en la Penitenciaría. Me alentó a que tenga fortaleza, a
que no pierda la fe. Ella sabe de lo que habla: le tocó pre-

senciar el fusilamiento de su padre, cuando era una niña de doce años, en la plaza pública de Cojutepeque.

Me apresuré a transmitir a papá el mensaje de Mama Licha, con el propósito de que él encuentre una forma de hacérselo llegar a Clemen. Papá me dijo que en estas circunstancias él no se fiaría del coronel, pero que después hablaríamos de ello, en pocos segundos comenzaría el mensaje del general en la radio, que él me llamaría en cuanto terminaran las amenazas del brujo. Yo había apagado el aparato, porque ya me sentía mal de los nervios; le pedí a María Elena que lo encendiera de inmediato. Me senté en el sillón de Pericles, algo que rara vez hago, y de pronto me descubrí repitiendo su gesto de atención; María Elena permaneció de pie, en el umbral de la cocina, frotándose las manos con una mueca de miedo. Y mientras yo escuchaba al «hombre», en vez de concentrarme en el contenido de su mensaje, me puse a contar mentalmente las veces que repetía la palabra traición, y en la manera de entonar esa palabra percibí la cólera del todopoderoso que ha sido desafiado, el regocijo de quien se apresta a la venganza; cuando al final anunció la inmediata entrada en vigencia del estado de sitio y la ley marcial, me puse de pie y me dirigí a la cocina a buscar algo para tomar. María Elena me cedió el paso y murmuró con agobio: «Pobre de don Clemen».

Antes de la cena, papá había venido a casa un rato: me dijo que aún nada sabe sobre los rumbos de Clemen, que la mayoría de golpistas corren desesperados de embajada en embajada en busca de asilo, que muchos ya fueron capturados, que la población está aterrorizada porque el brujo nazi instalará de nuevo sus consejos de guerra para condenar al paredón a quien lo haya desafiado, pero que pese a ello varios amigos están atentos para echar una mano en lo que sea posible; me advirtió que todo lo que tenga que ver con Clemen mejor lo hablemos personalmente y no por teléfono. Le dije a papá que no nos debemos cansar de hacer saber a aquellos amigos y conocidos cercanos al general que Pericles ha estado por completo fuera del golpe, que permaneció aislado durante más de quince días precisamente en el palacio donde todos le fueron leales al general; lo mismo le había dicho antes a mi suegra y a mis cuñados, que nunca estará de más insistir en este hecho en las extremas circunstancias que ahora padecemos.

Más tarde me habló Angelita, la prima hermana de Pericles. Lloraba angustiada porque no sabe nada de Jimmy, que ya el aeropuerto fue retomado por las fuerzas del Gobierno y no mencionan a su hijo entre los oficiales golpistas capturados; le dije que yo estoy en las mismas con Clemen, que nada sé de su paradero desde que me habló a mediodía antes de dejar la radio. Debemos pedirle a Dios, me dijo, que el general los perdone; yo la secundé, pero también le advertí que lo más importante es que logren escapar y le conté lo que me había dicho mi suegra sobre el paredón que les espera de ser capturados. Consuela un poco saber de la misma angustia compartida, pero no por ello viene la calma. ¿Dónde estará ahora Clemen? ¿Qué sucederá con mi hijo y con mi marido? Siento como si mi alma estuviese despellejada y en carne viva. He tomado una jarra de té de tila, para calmar mis nervios, para poder dormir aunque sea un rato. Por suerte tengo este desahogo de escribir mis penas.

Día infernal. Desesperación, angustia, rumores, impotencia. Y el terror en todas partes. De cierto nada sé sobre Clemen: unos amigos me llaman para contarme que dicen que lo han visto en un lado; otros para contarme que dicen que lo han visto en otro lado. El teléfono no ha parado de timbrar: todo el mundo pregunta, me da ánimos, aconseja. En la radio repiten los nombres de los oficiales capturados y hacen un llamado a los que se han dado a la fuga para que se entreguen, que confíen en la clemencia del general. El *Diario Latino* y los otros periódicos opositores han sido clausurados. Papá y sus amigos algo se traen entre manos, pero en el mayor de los sigilos, sin hacerme partícipe de nada. La pobre Mila llamó temprano para decirme que si Clemen se pone en contacto conmigo debo convencerlo para que se entregue, que ningún sentido tiene tratar de huir, que ella se esforzará por convencerlo también; después volvió a llamar histérica porque un contingente de policías acababa de allanar su casa en busca de mi hijo, hicieron destrozos, asustaron mucho a mis niños y los muy cobardes mataron a *Samba,* la linda perra hija de *Nerón* que nada les debía. No me extrañaría que en cualquier momento irrumpan aquí. El rumor sobre don Jorge resultó cierto: el pobre se debate entre la vida y la muerte, sometido a delicadas operaciones. Fui a la Policlínica a acompañar un rato a Teresita y a sus familiares; salí muy impresionada. A media tarde creí que me derrumbaría, que sufriría un shock nervioso: me metí en cama y dormí profundamente durante tres horas. Me levanté como zombi. Ahora mismo me gustaría estar en una burbuja, en otro mundo, ajena a todo, únicamente junto a Pericles, para que me acariciara y pudiéramos conversar como antes; pero luego me entra el gusano de la angustia, la sensación de que debo hacer algo, aunque no sepa qué, que si no me movilizo mi hijo y mi marido sufrirán las consecuencias. Pero las calles están tomadas por las tropas del general, nadie puede acercarse a los cuarteles, ni a los edificios de Gobierno, ni a la Penitenciaría; las autoridades hacen llamados para que la gente permanezca en sus casas. Entonces mi agitación se encharca en la impotencia. Me he dedicado a terminar de tejer el suéter para Belka.

Prófugos

I

1

–No te movás... –le dice Jimmy, con sobresalto, y se lleva el dedo índice a los labios para exigir silencio. Larguirucho, yace tendido en un petate, sobre el suelo de madera; descalzo, sin camisa, viste un pantalón verde olivo y el cinturón con la hebilla plateada.

Los toques en la puerta de la calle han sido leves, pero insistentes.

–¿Quién será? –pregunta Clemen, gesticulando con la boca, sin articular sonido; permanece sentado en su petate, los brazos alrededor de las rodillas alzadas, igualmente descalzo y sin camisa.

Jimmy pega su oreja a una rendija en el suelo de madera.

–¡Momento! ¡Ya va! –grita una de las muchachas desde el fondo de la casa.

Luego escuchan, por debajo de ellos, el ruido de las chancletas que cruza las habitaciones y se dirige a la sala.

–¿Quién es? –pregunta la muchacha.

Oyen la voz de otra mujer, pero no entienden lo que dice.

–Parece que es una vecina –musita Jimmy.

Resuena un fuerte golpe.

Clemen se sobresalta.

–¡Puta!, ¿qué fue eso? –exclama, en un susurro, con una mueca de terror.

–Se le cayó la tranca de la puerta a la muchacha –murmura Jimmy, sin darse la vuelta para mirarlo, aún con la oreja pegada a la rendija en el piso del desván.

–Creí que era la Guardia –exhala Clemen, con alivio.

Escuchan voces animadas, risas, despedidas y luego la tranca que encaja de nuevo en la puerta. El golpeteo de las chancletas pasa por debajo, de regreso hacia el fondo de la casa.

–Le trajo un regalo al cura –dice Jimmy y vuelve a tenderse boca arriba en el petate.

–¿Cómo sabés?

–Pues oí.

–No te creo –dice Clemen; se tiende también boca arriba sobre su petate, con las manos tras la nuca.

–Me tengo que ir de aquí lo más pronto posible –dice Jimmy, hablando consigo mismo, reflexivo–. Ésta es una ratonera.

–¿Y adónde vas a ir?

–Es mejor que no lo sepás. No vaya a ser la mala suerte...

–Yo no me muevo de aquí, a menos que el cura me saque a la fuerza. Afuera nos capturarán de inmediato.

–No te hagás ilusiones de que aquí estamos seguros.

–Más que en la calle, sí.

Entonces, de súbito, Clemen estornuda, con tal estruendo que él mismo se incorpora con una mueca de miedo.

–Lo siento –dice–. No pude controlarlo.

Jimmy se vuelve para mirarlo con reprobación.

–Si iba pasando alguien por la calle, ya nos delataste –le reprocha.

–Te digo que lo siento. Es culpa del polvo de este lugar –musita, y mira a su alrededor, hacia los cachivaches arrinconados, las telarañas, la capa de polvo que cubre el piso del desván.

Permanecen en silencio, atentos, pero nada se oye afuera.

–Aunque no creo que se haya oído en la calle –dice Clemen–. Si hace un rato no logramos distinguir lo que hablaban las mujeres con la puerta abierta, tampoco se oye fuera lo que nosotros decimos.

–Te puedo jurar que hasta las muchachas al fondo de la casa se asustaron –dice Jimmy con fastidio.

–¿Qué horas son? –pregunta Clemen–. Ya tendría que estar regresando el cura.

Jimmy saca un reloj de leontina del bolsillo de su pantalón, lo pone frente al tragaluz que ilumina el desván y dice:

–Apenas son las cinco y veinte. Dijo que regresará a las seis.

–Tengo casi cuatro horas de estar encerrado aquí, dos más que vos... Me están dando ganas de mear.

–Pensá en otra cosa, que aquí no hay dónde.

–Son los nervios –dice Clemen–. Necesito un cigarrillo, ponerme de pie y caminar –agrega, observando el techo perpendicular, a un metro de sus cabezas–. Estar en este tabanco es como estar en una bartolina.

–Da gracias de que tenemos donde escondernos, ingrato. No me quejo yo, que soy más alto que vos. Mejor contame otra vez cómo es que te disfrazaron de criada... –le pide Jimmy, con un asomo de risa.

–Ya te dije: fue idea de la mujer del vicecónsul Gardiner.

–¿Y cómo se te ocurrió meterte ahí?

–Soy muy amigo de Tracy. Por suerte ella estaba en casa. Pasé la noche en la habitación de huéspedes y esta mañana, luego de disfrazarme, me sacaron en su coche...

–¿Y te maquillaron?

–Claro, con peluca, bien depiladito y arreglado. Mirame –dice Clemen y recorre su ceja con el dedo–. Y bajo el uniforme de criada llevaba calzón y refajo, y en el pecho un sostén con bolas de papel humedecido adentro. De tal manera que si la policía me bajaba del coche, la única forma de descubrirme era que me hubieran tocado entre las piernas...

–Y como seguramente tenés los huevos así de chiquitos –dice Jimmy, juntando las yemas de sus dedos, divertido–, nunca te hubieran descubierto.

–Pero funcionó, aunque me hagás burla.

–Me hubiera gustado verte: la criada más fea que jamás se haya visto...

–Burlate lo que querrás. Pero de otra manera no estaría aquí, sino que el hijo de puta de tu general me estaría machacando los huevos como al pendejo de Tito Calvo.

–Pobre... –dice Jimmy, ahora serio, con el ceño fruncido.

–Son una partida de maricones...

Jimmy lo mira con reprobación.

–Sólo unos culeros pudieron dejar pasar al brujo en el retén de la carretera –le reprocha Clemen con amargura–. ¿Por qué los tanques no bombardearon el cuartel de la policía cuando el hijo de puta estaba ahí? –Ha subido la voz, vehemente–. ¿Ah?, ¿por qué los aviones tiraron las bombas sólo sobre las manzanas que rodean el cuartel y no sobre el único objetivo que importaba?...

Jimmy se incorpora y le ordena, terminante:

–Bajá la voz que nos van a oír.

–A dar órdenes al cuartel, cerote –responde Clemen.

Entonces oyen unos fuertes toques en la puerta de la calle.

Clemen se incorpora; ha palidecido, traga saliva con pavor.

Jimmy se abalanza hacia el rincón donde yacen su chaqueta, su pistola, sus botas de oficial de caballería; toma la pistola y pega la oreja a la rendija en el suelo de madera.

Los toques se repiten, insistentes.

Nadie responde al fondo de la casa.

–¿Adónde se habrán metido las muchachas? –se pregunta Jimmy.

Clemen no se repone del susto.

Enseguida escuchan las pisadas de alguien que viene corriendo desde el fondo de la casa, el ruido de la tranca, un intercambio de saludos, carcajadas, otra vez la tranca y las pisadas de regreso.

–¿Qué estará sucediendo? –pregunta Clemen, ansioso.

–Quizás esto sea lo normal. Es la casa de un cura: siempre hay visitas, gente que trae regalos –dice Jimmy mientras devuelve la pistola al rincón y se tiende sobre el petate.

–Lo que me da miedo es que estas indias nos delaten.

–Se supone que no saben que estamos aquí.

–Tan pendejas serán...

–Es lo que me dijo el padre, que ellas desconocen la

existencia de este desván –dice Jimmy–. A mí ni siquiera me vieron. Me trajo directamente al cuarto de oración y me indicó por dónde debía subir al armario para empujar la tabla falsa en el techo.

–Casi me matás del susto…

–Sos un miedoso.

–Es que a mí sí me vieron. Hasta almorcé aquí…

–¿Con el uniforme de criada?

–Ajá… Cuando retiraron los platos, el cura les dijo que me tenía que confesar, que permanecieran en la parte de atrás de la casa. Yo creo que nunca habían visto una criada uniformada. Entonces entramos al cuarto de oración, me quité el uniforme y la peluca, los metió en una bolsa, me dio este pantalón, que me queda largo y flojo, y me subí por el armario.

–Estás bien jodido, ni siquiera tenés ropa adecuada para irte.

–Ya te dije que yo no tengo adónde ir, a menos que el cura me lleve a otro escondite. Y vos, ¿creés que vas a poder andar por la calle con ese uniforme de oficial sin que te reconozcan?

–Pues así llegué –dice Jimmy–. Y la ropa del padre a mí sí me quedará, tenemos casi la misma estatura, pero vos parecés mudo de hospicio –y señala burlón los pantalones del otro.

–No entiendo cómo mi abuelo te pudo mandar para acá, sabiendo que yo ya estaba en este lugar… –comenta Clemen mientras trata de ponerse de pie, lentamente, buscando la parte más alta del desván, encorvado, para no golpear con la cabeza el techo.

–Aquí huele a whisky –se queja Jimmy, olfateando a su alrededor.

–¿Dónde? –pregunta Clemen, con súbito entusiasmo, husmeando hacia los cachivaches–. Yo no huelo nada en medio de esta polvareda, de este tufo a viejo, a encierro.

Jimmy se le queda mirando; luego se abalanza a olfatearlo.

–Sos vos. Estás sudando whisky.

Clemen lo ve, incrédulo; luego se huele el brazo.

–Es cierto –dice, con asombro y una sonrisa–. Lástima que no me lo pueda beber –agrega, pasándose la lengua por el brazo.

–Qué descaro. Grandes golpistas ustedes los civiles –dice Jimmy, indignado–. Mientras nosotros combatíamos, nos jugábamos el pellejo a tiros, ustedes en la gran fiesta dale que dale al whisky. Y todavía te atrevés a reclamar por qué las cosas salieron como salieron...

–No jodás, Jimmy. Ustedes estaban peor que nosotros. Si tu tal coronel Tito Calvo llegó a la embajada gringa cayéndose de borracho cuando salió del tanque...

–Vos no estabas ahí.

–Pero me lo contó el cónsul, quien sí estaba ahí. Cayéndose de borracho y cagado del miedo, rogando que le dieran asilo. Y ése era el gran jefe militar –dice Clemen con desprecio–. No me vengás con sermones ahora.

–En la aviación no fue así...

–El golpe fracasó porque ese maricón tuvo miedo de usar los tanques contra el cuartel de la policía. Si lo hubiera hecho, otro gallo nos hubiera cantado.

Clemen vuelve a tenderse sobre su petate.

–No es tan sencillo –masculla Jimmy, meditabundo.

–Pues no, se necesitan huevos.

–Así pensaba yo en esos momentos, mientras sostenía

comunicación con el Primer Regimiento de Infantería y le preguntaba con insistencia al general Marroquín cuándo comenzaría el ataque de los blindados al cuartel de la policía, hasta que él me dijo que en los sótanos del cuartel estaban presos políticos importantes, amigos nuestros, gente de buenas familias a quienes no iba a exponer a la muerte, que él no daría esa orden.

–Mariconadas. De lo que se trataba era de atacar de una vez, sin darles oportunidad de que reaccionaran.

–Quién sabe. Si tu papá hubiera estado ahí, en los sótanos del cuartel, pensarías de otra manera –dice Jimmy; luego toma del rincón su camisa doblada, la coloca bajo su cabeza, en forma de almohada, y se acomoda como si fuese a dormir.

–Ese Marroquín es medio hermano de Tito Calvo y compadre del hijo de mil putas de tu general. No sé cómo se les pudo ocurrir poner a esa pareja de inútiles a la cabeza del golpe.

–Ésa no era la idea –explica Jimmy, y se da la vuelta en el petate, de espaldas a Clemen–. La idea era que la jefatura estuviera en manos del coronel Aguilar, pero las cosas salieron de manera diferente. Ahora dejame dormir un rato y me despertás cuando venga el padre...

–No creo que te logrés dormir.

–Si te callás, sí.

Clemen yace tendido con la mirada perdida en el tragaluz; es un cristal sucio, de unos veinticinco centímetros cuadrados, rodeado de tejas, por el que entra una luz cada vez más tenue.

–Qué bueno que tenemos este tragaluz –dice.

Jimmy respira con pesadez, acompasadamente, con los ojos cerrados, como si durmiera.

−Espero que el cura nos deje dormir allá abajo. Aquí estará cabrón −insiste Clemen.

Unas campanadas resuenan en las cercanías.

−¿Son las cinco y media o un cuarto para las seis? −pregunta−. No puse atención. Jimmy...

−Qué jodés... −dice Jimmy, sin moverse, sin abrir los ojos−. Sos una ladilla...

−No vas a poder dormir, no seás necio. Además, el cura regresará en cualquier momento.

−Me dijo que trataría de venir a las seis −aclara Jimmy−. Y vos, como dormiste la borrachera bien arrulladito en la casa del cónsul americano, estás descansado. Pero yo pasé la noche en el monte, que no se te olvide...

−¿No que dormiste en la casa del lago de los Novoa, pues?

Jimmy se incorpora, se frota los ojos con los dedos y mira a Clemen con fastidio.

−Lo peor es que sos una ladilla sorda... Yo no te dije que dormí donde los Novoa; te dije que el teniente Peña y yo logramos romper el cerco de las tropas enemigas y escapar de la base aérea de Ilopango al final de la tarde, que caminamos como tres horas entre los cafetales para llegar a las orillas del lago, que luego permanecimos emboscados en las cercanías de la casa de descanso de los Novoa hasta muy tarde en la noche, atentos a que no nos fueran a sorprender y a que nadie se diera cuenta de nuestra presencia. Y que hasta entonces no me acerqué a las habitaciones del mozo que cuida la casa, a quien conozco desde hace años, le pedí que no hiciera el menor ruido ni le contara a nadie de nuestra presencia, y que nos ayudara a cruzar el lago. Y salimos en el cayuco a las tres

73

de la mañana. ¿Te queda claro por qué no he dormido?

–Buena onda ese mozo. A ver si no te delata...

–Ahora ya no importa.

–¿Y si encuentran el cayuco?

–En las tonterías que pensás... ¿Para eso me despertaste?

–Tengo la impresión de que yo conozco a ese Cayetano Peña...

–El teniente es un tipo valiente, decidido, sin él no hubiera roto el cerco... Yo me bajé del cayuco en Candelaria y caminé dos horas para acercarme a Cojutepeque; él se fue de largo hacia el otro lado del lago, pues allá tiene un compadre, cerca de San Miguel Tepezontes.

–Ojalá haya logrado llegar bien... –dice Clemen y vuelve a ponerse de pie, encorvado, con la nuca pegada al techo perpendicular–. Espero que ese cura cerote venga de una buena vez, ya no aguanto las ganas de mear.

–Ese «cura cerote» es el que nos está salvando el pellejo. A ver si aprendés a respetar.

–No me vengas con sermones –dice Clemen, apretándose con la mano los genitales–, que yo al cura Dionisio lo conozco desde que tengo memoria.

Jimmy ha vuelto a tenderse en el petate; ahora ha sacado la camisa doblada de debajo de su cabeza y se la ha puesto sobre el rostro, cubriéndose los ojos.

–Lo que no entiendo es qué hacías vos, que sos un capitán de caballería, en la base aérea de Ilopango, en vez de haber ido con tus tropas a atacar el cuartel donde tu general estaba atrincherado. Por eso nos fue como nos fue, todo estaba mal organizado, ustedes en vez de usar la cabeza usaron el culo.

Jimmy permanece inmóvil.

—Da gracias de que estoy agotado —masculla Jimmy—, si no te pegaría un sopapo por bruto. La aviación no tiene tropas propias y nosotros fuimos a protegerla, así de sencillo.

Clemen se ha sentado, con las rodillas alzadas; mueve las piernas con desasosiego.

—No habrá un bote por aquí donde pueda mear —dice, observando a su alrededor.

—No seás cochino. Vas a apestar el lugar. No te das cuenta de que no circula el aire.

—No me jodás. Ya no aguanto —dice Clemen mientras gatea hacia el rincón de los cachivaches.

—Bajá la voz, que nos van a oír —dice Jimmy.

Clemen hurga con ansiedad entre muebles viejos, herrería oxidada, ropa mohosa.

—Y no hagás tanto ruido.

—A la puta, dejá de darme órdenes. Ustedes los chafarotes se pasan la vida dando órdenes.

—Que no hagás ruido, inconsciente. Nos estás exponiendo a que nos descubran —insiste Jimmy, quien permanece tendido, sin moverse, con la camisa doblada cubriéndole los ojos.

—¡Mirá lo que encontré! —celebra Clemen, alzando una vieja lata de pintura vacía.

—¿Qué es? —pregunta Jimmy, sin moverse.

—Una lata donde puedo orinar... —dice Clemen mientras regresa al petate.

—No vayas a hacer una chabacanería...

De súbito, con estruendo, una pila de cachivaches cae al suelo.

Jimmy se incorpora de un brinco; se golpea la cabeza en el techo.

–¡Idiota! –escupe entre dientes, furioso, encimándose agresivamente sobre Clemen.

–Fue un accidente... –se lamenta éste con un gemido, alzando las manos para protegerse.

Y entonces, en ese instante, en medio del tenso silencio, oyen con claridad el chancleteo de alguien que corre hacia el fondo de la casa.

–Ya nos descubrieron –masculla Jimmy, furioso aún, sentándose en el petate–. A ver cómo le explicás al padre tu cagada.

Clemen se lleva las manos empuñadas a las sienes y se frota, presionando, con una mueca de dolor y los ojos cerrados, como si la cabeza le fuese a estallar.

–Hasta las ganas de mear se me fueron –dice mientras hace a un lado la lata vacía y se tiende sobre su petate.

–¿Qué hacemos? –se pregunta Jimmy, ahora con un gesto de preocupación.

–¿Cómo?

–Qué tal si la muchacha se ha asustado y decide salir a la calle a contar lo que ocurre.

–No creo que salgan sin permiso del cura.

–Yo no me confío. Puede que hasta crean que es el diablo –dice Jimmy mientras se pone la camiseta blanca.

–¿Vos creés?

–Ponete en su lugar: un montón de ruidos extraños en el techo del cuarto de oración, sobre el altar.

Jimmy se abotona la camisa verde olivo y luego se dispone a calzarse las botas.

–Es cierto –dice Clemen, sonriente, de nuevo con confianza–. Han de estar muertas del miedo... ¿Pero qué vas a hacer?

–Voy a bajar, a decirles que estamos haciendo una reparación aquí arriba para el padre, que no se asusten.

–¿Y si hay alguien con ellas que no es de confianza?

Jimmy permanece pensativo unos segundos. Luego saca su reloj de leontina del bolsillo.

–Faltan cinco minutos para las seis –dice.

–Si querés, bajamos, así aprovecho para mear. Pero el cura Dionisio es muy enojado y a mí me enfatizó que por nada del mundo fuera a bajar hasta que él regrese.

–Lo mismo me dijo a mí –dice Jimmy dubitativo.

–No vaya a ser que se encabrone y nos eche a la calle.

–No lo creo capaz.

–Porque no lo conocés. Mejor esperemos estos cinco minutos y, si no viene, bajamos.

Jimmy se tiende para pegar la oreja a la rendija en el suelo de madera.

–Esperemos –dice–, pero si oigo que una de las muchachas va para afuera, bajo de inmediato a detenerla.

Y se desplaza hacia la tabla desclavada que sirve de entrada al desván.

–Permanezcamos callados, entonces –dice Clemen con tono circunspecto.

–Eso digo yo: que cerrés la boca.

La luz se torna de pronto gris, como si el sol cayente hubiese sido tapado por una nube o un follaje; una bandada de pericos vuela con alharaca sobre la casa.

–Dentro de un rato, ya no veremos nada –dice Clemen.

Jimmy revisa los bordes de la tabla que deberá levantar en caso de emergencia; se da la vuelta y mira a Clemen con reproche, pero éste no se percata.

–Así nos quedamos a oscuras en la radio –continúa

Clemen–, de un momento a otro nos cortaron la luz y a la mierda pastores que se acabó la fiesta...

–Shh... –reclama silencio Jimmy.

–No sé cómo se les pudo olvidar enviar tropas para tomar y proteger la central eléctrica.

Jimmy lo mira con incredulidad y luego con rabia.

–Vos participaste en la planeación del golpe –agrega Clemen–. ¿No hubo nadie con dos dedos de frente a quien se le ocurriera ocupar y defender la central eléctrica?

–¿Vas a callarte de una vez? –masculla Jimmy.

–No te preocupés, que si las muchachas no han salido es que ya no saldrán, que el cura les tiene prohibido ir a la calle sin su autorización. Lo esperarán para contarle de los ruidos.

Clemen se sienta y se agarra los genitales de nuevo.

–Ésa fue una metida de patas, pero no nuestra, sino de ustedes, los civiles –dice Jimmy–. A nadie de ustedes se le ocurrió que necesitaban energía eléctrica para la radio...

–Ya no aguanto –dice Clemen alcanzando la lata vacía–. Voy a mear.

–Sos un puerco.

–No estoy para delicadezas.

De rodillas y de espaldas a Jimmy, Clemen se ha desabotonado la bragueta y orina dentro de la lata; mientras el chorro cae, suelta dos cortas ventosidades.

–Perdón... –dice, con expresión de alivio.

Estupefacto, Jimmy hace un movimiento de negación con la cabeza. Luego contrae el rostro en una mueca de asco y se tapa la nariz con la palma de la mano.

Entonces oyen claramente que alguien abre la puerta de la calle.

Jimmy toma los bordes de la tabla, dispuesto a alzarla; Clemen se acomoda el pantalón con premura.

–¡Ya vine, chicas, y aquí está doña Chon! –exclama el padre Dionisio con su voz carrasposa y su acento español–. ¡Vengan a recoger los tamales!

Se oye un chancleteo, saludos, la bendición del padre a doña Chon y la puerta que se cierra.

–Padre, doña Ana le trajo un trozo de queso de regalo hace un rato.

Clemen y Jimmy permanecen inmóviles, atentos; éste sin quitar la palma de la mano de su nariz.

–¿Cuál doña Ana, hijita? Hay varias.

–La de la farmacia, padre.

–Qué bueno, porque vamos a tener dos invitados para la cena. Pero cuántas veces les he repetido que no le abran la puerta a nadie cuando yo no estoy.

–Perdón, padre…

–No quiero que vuelva a suceder. Mañana las voy a confesar porque a ustedes siempre se les mete el diablo.

Burlón, Clemen hace un gesto obsceno con las manos, insertando el cordial derecho en un ojete hecho con el índice y el pulgar izquierdos.

–Padre…

–¿Sí?

Las voces suenan como si estuvieran exactamente debajo de ellos.

–Hay unos animales allá arriba…

–¿Dónde, hijita?

–Ahí en el techo, padre, en el cuarto de oración… Oímos un gran escándalo.

–Algunos ratones deben de haberse metido. Ya les vamos a poner veneno. No te preocupes, hijita. Ve con tu hermana a preparar la cena. Y quédense allá al fondo, en la cocina, hasta que yo las llame. No me vengan a perturbar.

–Como usted ordene, padre.

El chancleteo se aleja. La puerta del cuarto de oración ha sido cerrada. Enseguida perciben un leve golpe en el piso del desván.

–Bajen –dice el padre.

Jimmy levanta la tabla, desciende por el hueco, apoya los pies en el armario y salta al piso; Clemen lo sigue, con sumo cuidado, pone primero la lata sobre el armario y luego baja.

–¿Qué es eso? –pregunta el padre, intrigado.

–Me estaba orinando, padre. Disculpe. Ya no aguantaba. Por suerte encontré esta lata.

Jimmy hace un gesto de desaprobación.

–Tú no tienes compostura, Clemen. Lleva eso al excusado… Que no te vayan a ver las muchachas desde la cocina.

El padre Dionisio es un viejo alto, fornido y rubicundo; la barba cana, la nariz encarnada y el ceño fruncido.

–Vengan a mi habitación para darles ropa –dice.

Clemen se dirige al excusado mientras los otros dos entran a la habitación del padre Dionisio. Éste abre un armario, saca una camisa, un pantalón y un par de zapatos, mientras le dice a Jimmy:

–Somos más o menos de la misma estatura. La ropa te quedará un poco holgada, pero no se notará. Pruébate los zapatos, que esas botas son como azufre del diablo, espantarán a la gente.

Clemen entra con la lata vacía.

–Tú eres de la misma talla del coronel. Te traje dos

mudadas y unos zapatos –dice el padre, señalando una bolsa de papel de empaque que yace en el suelo.

Jimmy se ha cambiado la ropa con rapidez, como si debiera estar listo para partir enseguida; Clemen le pregunta al padre si le ha conseguido cigarrillos.

–Busca dentro de los zapatos –le indica el padre.

Jimmy le pregunta con ansiedad qué noticias trae.

–Ahora les contaré. La situación está horrible.

Clemen ha terminado de vestirse; toma unos fósforos de la mesa de noche del padre y enciende un cigarrillo.

–Padre, perdone la confianza –dice Clemen–. Y una cervecita o un traguito, ¿no tendrá por acá?

Jimmy se da la vuelta y lo mira con asombro.

–Vamos al cuarto de oración. Después te conseguiré algo.

Luego de cerrar la puerta y de indicarles que se acomoden en las bancas, con una voz apagada, conspiradora, el padre les cuenta: el golpe ha sido completamente derrotado, la mayoría de oficiales rebeldes está en manos del dictador, de los civiles no tienen noticias, la Guardia Nacional patrulla los caminos y hace cateos a la menor sospecha, todo el mundo está aterrorizado.

–Pero aquí estamos seguros, ¿verdad, padre? –pregunta Clemen.

–Ustedes no están seguros en ningún lado, hijo.

–Yo necesito salir del país –dije Jimmy–. Si el general me pone la mano encima, soy hombre muerto.

–Estamos muy lejos de cualquier frontera –comenta el padre.

Enseguida les dice que el jefe de la Guardia Nacional en Cojutepeque es un viejo enemigo del coronel, aunque éste sea gobernador político del departamento, y que no le extrañaría que lo tenga sometido a vigilancia, a sabiendas de que Clemen participó en el golpe y que pueda haber ido a buscar la protección de su abuelo.

–Tenemos que encontrar otro lugar donde esconderlos, más alejado de la ciudad.

–Pero aquí estamos en las afueras. Nadie sospechará –dice Clemen, tragando saliva y dando los últimos jalones del cigarrillo ansiosamente.

–Ese hombre que dirige la Guardia es un zamarro, un pícaro –dice el padre y le señala a Clemen el platillo de un candelero para que deje la colilla–. No me extrañaría que sospeche por mi amistad con tu familia y que aproveche mi ausencia, cuando estoy dando misa en la parroquia, para venir a allanar la casa.

–Yo tengo un plan para irme en cuanto sea posible –dice Jimmy.

El padre lo mira con sorpresa.

–Muy bien, hijo. Me lo contarás mientras cenamos, que la angustia me despierta el hambre –dice el padre mientras se dispone a abrir la puerta, y agrega–: Ésta será vuestra última cena aquí abajo. En adelante permanecerán allá arriba, yo les dejaré los alimentos sobre el armario y sólo bajarán en la madrugada y en la noche, cuando la casa esté trancada, a hacer sus necesidades.

–¿Y las muchachas?

–De ellas no se preocupen. Son mis ahijadas. Sólo hablan con quien yo autorizo y no salen si no es conmigo. Les prohibiré que entren al cuarto de oración. Y no sabrán que ustedes están ahí. Además, ellas pasan la mayor parte del día en la parte de atrás de la casa, donde están la cocina, los lavaderos y su habitación.

El cura sale al patio y con un par de palmadas ordena

que sirvan la cena; Jimmy y Clemen pasan al comedor y se acomodan frente a frente, en la mesa rectangular.

–¿Y el traguito, padre? –pregunta Clemen.

–Todo a su hora, hijo –dice el padre.

Luego abre una alacena de la que saca una botella de ron; a Clemen le resplandece el rostro. Sirve tres vasos y se sienta en la cabecera.

Dos muchachas, casi adolescentes, de facciones indígenas, bajitas y menudas, entran al comedor con los platos. Saludan con un «buenas noches», pero con la vista hacia abajo, sin atreverse a mirar el rostro de los tres hombres. Dejan en la mesa frijoles, arroz, plátanos refritos, queso, crema y tortillas.

–¿Y si mientras cenamos tocan la puerta? –pregunta Jimmy, preocupado, una vez que las muchachas han salido.

–Todos los fieles saben que no deben venir a molestarme mientras ceno.

–¿Y si fuera la Guardia? –insiste Jimmy–. ¿Hay salida por el patio de atrás?

El padre, que se servía plátanos en ese instante, lo mira con súbito miedo; Clemen bebe de un trago su vaso de ron.

–Se suben de inmediato y sin hacer ruido al tabanco –dice el padre recuperándose del susto–. Pero no creo que vengan esta noche; apenas se están organizando. Cenen deprisa y se van para arriba.

Comen con voracidad, inquietos, en silencio.

–¿Y cuál es el plan del que hablabas, hijo?

–Partir hacia el oriente en cuanto se pueda, padre. Mi idea es llegar al golfo de Fonseca. Ahí está la base de los americanos, donde tengo varios amigos.

–Los caminos están tomados –explica el padre–. Las parejas de guardias y las patrullas cantonales le exigen los documentos de identidad a cualquier desconocido y buscan los nombres en la lista de los golpistas que llegó esta mañana por telégrafo a todas las comandancias del país. Los nombres de ustedes dos están en la lista, me dijo el coronel.

–¿Me puedo servir otro traguito, padre? –pregunta Clemen, quien tiene la mueca de quien es víctima de un ataque de pánico.

–El último… No te vayan a dar ganas de orinar allá arriba a medianoche.

–Tenemos que encontrar una forma de que me vaya –dice Jimmy.

–De que se vayan juntos –dice el padre, aún con la boca llena.

Jimmy y Clemen se miran con sorpresa.

–Yo no me quiero ir, padre –dice Clemen.

–Ni yo quiero que venga conmigo –acota Jimmy.

–Allá arriba no podrás estar muchos días sin que te descubran, hijo –le advierte el padre a Clemen, como si no hubiese escuchado a Jimmy–. Mucha gente viene a esta casa. Y nos vamos a meter en problemas todos, incluido tu abuelo. Debemos encontrar la manera de que se vayan juntos.

Jimmy bebe un sorbo de ron.

–Con todo respeto, padre, yo creo que los militares debemos ir por un lado y los civiles por otro. Lo mejor será conseguirle un nuevo escondite a Clemen y yo me iré solo por mi ruta. Llegar hasta el golfo será peligroso, pueden darse situaciones de emergencia para las que mi primo no está preparado…

Una de las muchachas entra con más tortillas. Guardan silencio. Ella le pregunta al padre si debe traer tres cafés. Éste afirma con la cabeza, sin mirarla, masticando.

Ella sale deprisa, con el mismo chancleteo.

–¿No conoce usted a un guía de confianza, padre, a alguien que me pueda conducir por veredas hacia la línea del tren a medianoche? –pregunta Jimmy con voz queda, acercándose al padre, como si temiese que la muchacha se hubiera quedado tras la puerta escuchando.

El padre restriega un trozo de tortilla en el plato, empapándolo en los restos de caldo de frijoles y crema; aguza el rostro, como si repasase mentalmente a cada uno de sus fieles en busca del hombre que Jimmy necesita, luego se mete el trozo de tortilla a la boca y niega con un movimiento de cabeza.

–De nada te serviría –dice, cuando ha terminado de tragar–. En los trenes siempre viaja una pareja de guardias que inspecciona cada vagón.

Clemen aprueba con un gesto lo que ha dicho el padre, lanza una mirada perdonavidas hacia Jimmy, y apenas sorbe del vaso de ron, con ganas de que éste le dure toda la noche.

–¿Y a vos qué te pasa? –le dice Jimmy, molesto–. Ya se te subió el ron, ¿o qué?

–Nada, que hay que estar loco para querer salir a medianoche a caer en manos de una patrulla.

–Cuando quiera escuchar tu opinión, te la voy a preguntar, ¿oís?

–Pues si me la estabas preguntando...

–Muchachos –los interrumpe el padre, con hartazgo–. Lo conveniente es que terminen de cenar, pasen a asearse y luego se suban al tabanco. No hay como el descanso para que el Señor nos ilumine con nuevas ideas.

Entonces entra la muchacha, siempre cabizbaja, con las tres tazas humeantes; Clemen la observa con detenimiento, y cuando ella sale, le echa una mirada al trasero.

2

–Jimmy, ¿estás despierto?... ¿Qué fue eso? –susurra Clemen.

Aquél sigue roncando.

–Jimmy...

Clemen tantea con la mano en la oscuridad hasta que toca el hombro de Jimmy; lo empuja un par de veces.

–Jimmy...

Éste abre los ojos como animal asustado; le lleva tres segundos recordar dónde y con quién está.

–¿Qué pasa? –susurra.

La oscuridad es casi total: el tragaluz, muy sucio, apenas deja pasar restos de penumbra.

–¿No oíste el ruido allá afuera?

–No.

–Como si fuera tropa marchando.

Yacen tendidos en los petates, paralelos, a un metro de distancia.

–No oigo nada.

–Pasaron cuando estabas roncando, por eso te desperté –susurra Clemen.

–¿Hace mucho que estás despierto?

–Tuve una pesadilla.

–¿Estás seguro de que oíste tropa que pasó marchando o fue parte de tu pesadilla?

—La pesadilla me despertó hace rato y lo de la marcha fue hace un minuto.

—Qué raro... —susurra Jimmy.

—Sí, verdad. Pero no lo estoy imaginando.

Abajo se oyen los ronquidos acompasados del padre Dionisio; arriba, el silbido del viento entre los árboles.

—¿Como qué horas son?

—No creo que logre ver en esta oscuridad —susurra Jimmy, y saca su reloj de leontina del bolsillo del pantalón.

—Yo tengo fósforos.

—No seás loco. El reflejo saldrá por el tragaluz.

—¿Vos creés?

—No nos arriesguemos.

Jimmy se incorpora y acerca la cara del reloj al tragaluz.

—Puedo encender el fósforo aquí cerca del suelo y hacer una pantalla con las manos para que no se vea nada fuera —susurra Clemen.

—Es medianoche. Las doce y cuarto.

—Yo creí que era más tarde... Es que nos subimos muy temprano.

Jimmy ha vuelto a tenderse; bosteza, se acomoda dispuesto a dormir de nuevo.

—El cura tiene razón —susurra Clemen—. Cualquiera se volvería loco luego de pasar muchos días metido en este tabanco.

—Más vale que te acostumbrés. No será fácil que te encuentren otro lugar.

Clemen suspira.

—Qué mierda —se queja—, ¿cómo pudo salir todo tan mal?

–De nada sirve lamentarse. Demos gracias a Dios de que no nos han capturado.

–Vos, como no estás casado ni tenés hijos, no te importa. La pobre Mila la debe de estar pasando mal...

–No creo que le hagan nada –trata de consolarlo Jimmy–. Ni con ella ni con los niños se van a meter.

–Y mi pobre viejo, preso... ¿Quién sabe lo que le irán a hacer?

–Si estaba preso, él no sabía del golpe. El general viene por nosotros, los militares que nos insurreccionamos. No nos perdonará la traición.

–Ese brujo maldito hijo de mil putas tiene pacto con el diablo –dice Clemen, con rabia, alzando un poco la voz.

–Shh... Tranquilo, que vas a despertar al padre.

Clemen se agita sobre el petate, desasosegado.

Jimmy palpa en el suelo para confirmar que la pistola está a su lado. Luego susurra, hablando consigo mismo, como si estuviera convenciéndose de algo:

–Si me captura, soy hombre muerto.

–¿De veras te vas a ir por tu cuenta?

–Sólo descansaré esta noche, para reponerme. Le pediré al padre la información detallada de las veredas hacia la línea del tren. Y mañana a esta hora iré de camino...

–Estás loco... ¿Y si te encontrás con una patrulla?

–Para eso tengo la pistola y soy militar. Aún me quedan dos cargadores.

–Te van a matar...

–Ése es el riesgo –susurra Jimmy–. Cuando uno se mete a cosas de hombres, tiene que hacerle huevos... Te conté que con el teniente Peña rompimos el cerco a tiros. No me voy a dejar capturar.

–Te deberías quedar aquí unos días mientras la situación se define –susurra Clemen, cauteloso.

–La situación ya está definida. Prefiero jugármela en movimiento a que me arrinconen como rata.

Entonces oyen el ruido en la calle; las fuertes pisadas que se aproximan a la casa.

–Oí. Ahí vienen de regreso.

Jimmy se ha sentado, alerta, con la pistola empuñada en el regazo.

Permanecen en silencio mientras pasan los marchantes; enseguida escuchan la voz de mando que empieza a repetir, a medida que se aleja: «un, dos, un, dos...».

–Es una patrulla –susurra Jimmy.

–Guardias...

–No, una patrulla cantonal –explica–. No te fijaste que algunos no llevaban el paso.

–Puta, estoy cagado del miedo.

–Shh...

Se han acostumbrado a la oscuridad: Clemen percibe la mano de Jimmy señalando hacia abajo, hacia la habitación donde antes el padre roncaba y ahora impera el silencio.

–¿Por qué andan marchando a esta hora?

–Patrullaje en periodo de emergencia. Han decretado el toque de queda.

–¿No creés que sea un mensaje porque sepan que estamos aquí? –gime Clemen.

–Calmate y bajá la voz –le ordena Jimmy en susurros–. Si supieran que estamos aquí ya hubieran entrado a sacarnos.

Jimmy aguza el oído, pero el padre no ha vuelto a roncar.

–Callémonos un rato hasta que el padre se duerma.

–Debe de estar cagado del miedo como nosotros...

–Shh...

Jimmy ha vuelto a tenderse; coloca la pistola junto al cojín que le sirve de almohada. También subieron sábanas y sendos vasos de agua. Y barrieron el suelo.

–No me voy a poder dormir –susurra Clemen.

–Pero al menos dejame dormir a mí.

–Necesito un whisky.

–Tomá agua.

–Sólo me darán ganas de mear. Y en esta oscuridad puede que no le atine a la lata y termine meando en el suelo.

El padre tose, carraspea; luego cruje su cama.

–Te lo dije: cerrá el hocico –susurra Jimmy, molesto–. Dejanos dormir.

Clemen se sienta. Tantea en busca de su vaso de agua; bebe un sorbo. Permanece con la mirada fija en el sucio tragaluz.

–Ojalá se pudiera ver el cielo –susurra–. Me distraería con las estrellas.

Jimmy le ha dado la espalda.

Clemen se despereza; enseguida vuelve a tenderse con las manos tras la nuca.

La respiración de Jimmy se hace pesada, rítmica, como si ya estuviera entrando al sueño.

–Desde el momento en que supe que la emboscada había fallado, que el brujo había logrado meterse al cuartel de la policía, tuve el presentimiento de que todo se había ido al carajo... –murmura Clemen, con amargura, hablando consigo mismo–. Pero yo no tuve la culpa.

De pronto, canta un tecolote, muy cerca, como si estuviera en el techo de la casa. Clemen aguza el oído: a lo lejos oye un zumbido.

Jimmy se reacomoda sobre el petate.

–¿No tuviste la culpa de qué? –pregunta intrigado.

Clemen se incorpora con desasosiego.

–Necesito fumar –murmura.

–Bien sabés que el padre nos pidió que no fumáramos aquí arriba.

–Pero tengo mucha ansiedad... ¿Oís ese zumbido?

–Parece un motor...

–Como que se viene acercando.

Ambos se concentran en el zumbido lejano.

–Por momentos se acerca, por momentos se aleja –murmura Jimmy–. Pues sí, ¿de qué estabas hablando?

–De que yo no tuve la culpa de que el hijo de mil putas se fuera a meter al cuartel de policía.

–¿Y quién dice que vos tengás la culpa?

–El maricón de Juan José me reclamó que yo tuve la culpa porque dije ante el micrófono que sólo la Policía y la Guardia no apoyaban el golpe y que por eso el hijo de mil putas se fue directo al Palacio Negro...

–Yo te oí –susurra Jimmy.

–Pero eso lo dijimos todos. Y el maricón de Juan José fue el primero que habló cuando nos tomamos la radio y aseguró que el general había muerto en la emboscada que le habían tendido en la carretera al puerto...

–Ustedes los civiles siempre se van de la boca.

–Y ustedes los militares no sirven para una mierda. Primero nos embolataron con la emboscada mortal y no hubo tal emboscada, luego se suponía que tenían sitiado el Palacio Negro y el hombre se les pasó entre las piernas como Juan por su casa...

–Shhh... Bajá la voz.

–Ese Juan José... Venir a reclamarme... Hasta el doctor Romero dijo en la radio que el general había muerto y que la Guardia y la Policía no nos apoyaban. Todos quedamos como pendejos por culpa de ustedes.

El padre carraspea de nuevo.

–Es un camión y ahora sí se viene acercando –susurra Jimmy.

Clemen se pone la palma de la mano tras la oreja, como pantalla.

–Tenés razón –susurra; traga saliva–. Es la Guardia...

–O el Ejército...

–Se detuvo... Está como a doscientos metros.

–Transporte de tropa para patrullaje –musita Jimmy, completamente despabilado; se sienta, hace a un lado la sábana y toma la pistola.

–¿Creés que vengan hacia acá?

–Espero que no –susurra Jimmy.

–¿Por qué se ha detenido?

Jimmy sigue atento; apenas se encoge de hombros.

–Y esos acelerones... Es como si estuvieran esperando a alguien –susurra Clemen; se remueve, ansioso, en su sitio–. ¿Será que vienen cateando casa por casa?

–Preparémonos... –dice Jimmy.

–¿Cómo? ¿Qué pensás hacer?

–Si entran a la casa, nos replegamos a ese rincón –susurra Jimmy indicando la esquina posterior del desván.

–No vayás a usar esa pistola que nos van a matar a los dos –musita Clemen, desplazándose de una vez hacia el rincón.

Al moverse, nervioso, golpea con la rodilla el vaso de agua.

–Mierda… Se cayó el vaso.

–¿Estaba lleno?

–No… –susurra Clemen, acurrucado en el rincón.

–Ojalá el agua no traspase la madera.

–No creo… Ahí vienen. Oí.

El traqueteo del motor se acerca a la casa.

–Que se vayan de paso, que se vayan de paso… –murmura Clemen, como una letanía.

–Shhh…

El camión se ha detenido frente a la casa. Oyen una voz de mando, pisadas fuertes. Unos toques a la puerta.

–¡Abran! ¡Es la Guardia!

–No es aquí –susurra Jimmy–. Es en la casa de enfrente.

Clemen está paralizado, con el espanto en el rostro.

Oyen el crujido de la cama del padre; una línea de claridad entra por la rendija del suelo. Luego el andar arrastrado del padre se dirige hacia la puerta de la calle.

–¿Qué va a hacer el cura? ¿Por qué les va a abrir si no están llamando aquí? –gime Clemen.

–Shhh…

El padre ha abierto la puerta.

–¿Qué es el escándalo, sargento Marvin? ¿Ha sucedido algo?

–Buenas noches, padre. –La voz del sargento suena pastosa, como si se le pegaran las palabras–. Disculpe la molestia, pero andamos alertando a los vecinos porque nos informaron de que varios traidores comunistas andan de huida por la zona…

–¿A estas horas?

–Sí, padre. Nos ha llegado el reporte. Son unos oficiales que estaban en el aeropuerto de Ilopango durante la revuelta. Dicen que agarraron para acá.

—Acérquese, sargento.

—Sí, padre.

Desde arriba, escuchan los pasos que entran a la sala. Clemen se contrae en el rincón; Jimmy permanece inmóvil.

—Usted se ha tomado sus copas en horas de servicio, sargento —le dice en corto el padre, con tono de reproche.

—No, padre Dionisio, sólo un traguito, se lo juro, para aguantar el desvelo.

—Un traguito... No jure en vano, sargento, y no me ande asustando a la gente a medianoche, que estamos en Semana Santa y por su culpa les entrará el miedo y no irán a las procesiones...

—No, padre. Nada más les estoy advirtiendo a los pobladores en mi zona. Cumplo órdenes... ¿Y las muchachas?

Jimmy y Clemen se miran.

—Dormidas, hijo. A esta hora sólo las almas en pena permanecen en vela.

Las pisadas van de regreso hacia la puerta.

—Bueno, vaya con Dios, sargento. Y tranquilo... Que si me entero de que algún desconocido anda deambulando por acá, usted será el primero en saberlo...

—No todos son desconocidos, padre —baja un poco la voz, como quien hace una confidencia—. Mi teniente sospecha que un nieto de mi coronel, uno que insultó a mi general en la radio, venga a esconderse en esta zona...

Clemen se encoge y abre los ojos como platos; Jimmy le hace señas con la mano, que se apacigüe, que se calme.

—Si eso sucediera, el propio coronel se los entregaría —dice el padre, con cierto tono de indignación, de regaño—. El coronel le tiene más lealtad al general que todos ustedes juntos. No lo olvide.

Desde el andén, el padre advierte con tono fustigador:

–Cuidado con ese camión, no vayan a destruir las alfombras de flores que con tanto esmero han hecho los fieles en las calles del centro de la ciudad.

Oyen las órdenes del sargento, carreras, el ruido de la portezuela del camión, los acelerones. El camión comienza a alejarse; el padre permanece en la puerta.

–Buenas noches, padre Dionisio... –se oye una voz, lejana, pero distinta a la del sargento.

–Es el vecino de enfrente –susurra Jimmy.

–Buenas noches, hijo. Vuelve a tu cama...

Cuando el padre cierra la puerta, a Clemen se le escapa una ventosidad, sonora.

–Perdón –musita.

Jimmy lo mira con repugnancia, y se lleva la mano a la nariz.

El padre ha seguido de largo hacia su habitación; cruje la cama, desaparece la línea de luz en la rendija del suelo y, luego de un carraspeo, exclama:

–¡Demos gracias al Señor!

Los ojos de Jimmy brillan en la oscuridad, con ganas de fulminar a Clemen.

–Sos un cerdo –susurra, sin dejar de taparse la nariz con la mano.

Clemen se desplaza con sumo cuidado hacia su petate; luego musita:

–Puta, qué pesadilla... ¿Creés que regresen?

–Espero que no.

–¿Cómo se habrá enterado ese teniente de que me vine a esta zona?

–El sargento dijo que su teniente sospecha, no dijo que esté enterado –susurra Jimmy mientras se acomoda en el petate–. Y el padre nos advirtió que ese teniente le tiene ojeriza a tu abuelo, aunque por el rango no pueda hacer nada contra él.

–Entonces, ¿por qué vinieron precisamente a esta casa?

–Venían rastrillando la zona. Bien oíste.

–Mucha coincidencia...

–Quizás el sargento hizo tanto escándalo porque le gusta alguna de las muchachas del padre –aventura Jimmy.

Clemen se lo queda mirando con asombro, como si de pronto hubiera comprendido.

–Es cierto. Preguntó por ellas... –susurra, y luego, con tono de picardía, y llevándose las manos a los genitales, agrega–: La que nos sirvió la cena ya está al punto como para darle una buena cogida... ¿Vos creés que el cura se la coja?

–Shhh... Te va a oír... Las cosas que se te ocurren...

–Qué rico me caería... –suspira, sin soltarse los genitales.

Permanecen en silencio. La noche ha refrescado. Un grillo empieza a cantar dentro del desván, por el lado de los cachivaches.

–Se me fue el sueño –musita Jimmy.

El padre ha vuelto a roncar.

–Nos va a delatar... –susurra Clemen, con brusca agitación.

–¿Quién?

–La india esa que nos sirvió la cena, la que ya está buena para cogérsela...

–No sabe que estamos aquí.

–Seguramente el sargento vendrá a cortejarla cuando

el cura no esté y le dirá que dos extraños estuvieron cenando aquí.

–Le advertiré al padre, aunque él dijo que las tiene bajo control.

–Nadie controla a las mujeres, menos en estos días en que el cura no estará en casa por las procesiones.

–Tenés razón.

–Y si el sargento comienza a husmear por la casa –susurra Clemen, con aflicción–, no tardará en dar con nosotros.

–Tenemos que irnos de aquí cuanto antes.

–Pero ¿adónde? –gime Clemen.

–El coronel y el padre te conseguirán una casa más refundida en el monte. Y yo debo seguir con mis planes...

–¿Cuáles planes? Si no tenés planes... ¿Salir a la calle para encontrarte con una patrulla? ¿Subirte al tren para que te capture la Guardia? Dejá de llevártelas de héroe...

Jimmy se vuelve para mirarlo, al principio incrédulo, luego con desprecio.

–Yo no te voy a dar explicaciones. Claro que tengo un plan. Lo que necesito es una identificación falsa o un disfraz para pasar inadvertido en el tren, así como vos pudiste salir de la capital disfrazado de sirvienta.

–Aunque te disfrazaras de puta, a vos te descubrirían.

Jimmy se incorpora; coge su vaso y bebe un sorbo de agua.

De pronto, Clemen se lo queda mirando con asombro.

–Tengo una idea –musita.

Jimmy se tiende, dándole la espala, molesto, como si no lo escuchara.

–Tengo una gran idea... –repite Clemen, con regocijo, sentándose, cada vez más asombrado.

Jimmy guarda silencio.

–¿Me oíste? Tengo una gran idea para que te podás ir en el tren sin que te descubran y para que yo pueda trasladarme a otro escondite sin ningún problema...

–Ajá... –masculla, displicente

El padre carraspea; cruje el colchón de su cama.

Diario de Haydée

Miércoles Santo, 5 de abril

Clemen no ha sido capturado y ruego a Dios que consiga escapar. Sobre sus rumbos sólo sabemos que salió de la radio el lunes, momentos después de hablar conmigo, un par de horas antes de que los militares golpistas se rindieran; y de ahí, nada. Me tiembla el alma sólo de imaginar que lo puedan capturar. Los rumores son macabros. Dicen que a los golpistas los están torturando con salvajismo para que revelen los nombres de todos aquellos que los han apoyado, que el propio general está en el Palacio Negro supervisando los interrogatorios, que ya comenzaron los preparativos para los consejos de guerra y que pronto ordenarán los fusilamientos. La estampida es tremenda. Dicen que la embajada del Perú está repleta de quienes piden asilo; que les fue muy mal a los que trataron de refugiarse en la embajada de México, sin saber que el embajador Méndez Plancarte es un ferviente admirador del general, de lo que se ha jactado más de una vez frente al propio Pericles, y que jamás abriría las puertas a ningún golpista. También dicen que el coronel Tito Calvo llegó a la embajada americana en un tanque, con la seguridad de que Estados Unidos le daría asilo político, pero que cuando se bajó del armatoste para entrar a la sede, los marines le impidieron el paso; el coronel discutió a gritos, insultó a los marines, y cuando regresaba al tanque para dirigirse a otra embajada, las tropas del general le cayeron encima y se lo llevaron.

Hoy he ido en dos ocasiones a la Penitenciaría, a exigir que me dejen ver a mi marido, sin ninguna suerte. No ha habido manera de que me reciba el coronel Palma, ni de que salga el sargento Flores para poder hacerle llegar víveres a Pericles. Frente a la Penitenciaría me he encontrado con las mamás de los bachilleres Merlos y Cabezas; hemos compartido angustias. Gracias a Dios mi suegra me llamó antes de la hora de cena para decirme que debemos rezar por Clemen, pero que a Pericles no le pasará nada, que el general no tomará represalias contra los que no participaron en el golpe, que el coronel está seguro de ello, que el propio señor presidente sabe que el general Marroquín y el coronel Tito Calvo siempre le han tenido tirria a mi marido. Sentí un gran alivio. Enseguida llamé a doña Chayito, la mamá del bachiller Merlos, para comunicarle lo que me acababa de decir mi suegra; se comprometió a hacérselo saber esta misma noche a doña Julita, la mamá del bachiller Cabezas. Quedamos de encontrarnos mañana a las nueve frente a la Penitenciaría.

Pati llamó para decirme que ella y Mauricio están haciendo gestiones para que Clemen sea recibido en la embajada de Costa Rica. Le expliqué que el problema es que ahora todas las embajadas están rodeadas por los policías del general y nadie puede entrar ni salir sin que ellos se enteren; iba a decirle que no se preocupara, que nosotros estamos resolviendo el problema acá, cuando recordé la advertencia de papá. Pati me propuso sacar del país a Betito, que se vaya por una temporada a Costa Rica. Le dije que Betito aún es un adolescente ajeno a la política, que nada puede sucederle, aunque en verdad en estos momentos nadie sea ajeno a la política en el país y hasta los niños hablan de ella.

Unos minutos antes de las ocho fui a la habitación de servicio en busca de María Elena, para decirle que las transmisiones de radio ya se han regularizado y proponerle que me acompañara a escuchar un nuevo programa cómico cubano, que falta nos hace distraernos en medio de tanta desgracia. La encontré arrodillada, de bruces en la cama, como si rezara, pero en verdad lloraba, desconsoladamente. Le pregunté qué le sucedía. Me dijo que no era nada, que la perdonara, que pronto estaría bien, mientras se incorporaba para limpiarse el rostro con una toalla. Me conmovió la tristeza en sus ojos. Le dije que no se preocupe, que Clemen saldrá bien de este percance, que Dios nos está ayudando. A veces una tiene que mostrarse fuerte, con fe y esperanza, aunque por dentro la incertidumbre y el miedo nos hagan pedazos.

Jueves Santo, 6 de abril

Ninguna noticia sobre Clemen. Todos me dicen que la mejor noticia es que no haya noticia. Pero las madres queremos una prueba de que el hijo perseguido está bien, una palabra que testimonie que se encuentra a salvo de sus enemigos; de ahí la ansiedad enquistada en mi pecho.

Mi suegra vino por sorpresa esta mañana, acompañada de mi cuñada Bertita, la hermana que le sigue a Pericles. Me explicaron que habían salido de Cojutepeque en el primer tren, a las cinco de la mañana. Mama Licha me instó a que preparara con rapidez lo que necesitaba llevarle a mi marido; habían venido de la estación en un coche de alquiler que esperaba fuera. Enseguida partimos hacia la Penitenciaría. Ingresamos sin problema; el sargento Flores esperaba nuestra llegada. Pronto estuvimos en una sala adonde llevaron a Pericles: no pude contenerme, corrí a abrazarlo y le cuchicheé al oído que Clemen ha logrado escapar, que don Jorge aún está vivo; él estaba ojeroso, con la ropa un poco sucia, pero de buen ánimo. «Y usted, ¿qué hace aquí con su reumatismo?», le preguntó Pericles a su madre, con aparente sorpresa, pero cariñoso. Ella sólo dijo que tenía una enorme necesidad de verlo, de constatar que se encuentra en buenas condiciones y que gracias a Dios se había presentado la oportunidad de una visita de veinte minutos, sin mencionar los evidentes buenos oficios del coronel. Pericles habló todo el tiempo como si estuviera seguro de que alguien registraba al detalle nuestra conversación: preguntó por la familia, por Pati y Betito, por Mila y los nietos, por mis padres y mi hermana, pero ni por el coronel ni por Clemen; hizo un relato de las horas de incertidumbre vividas dentro de la Penitenciaría durante el golpe, presos y custodios se la habían pasado atentos a lo que decía la radio, y hasta hubo apuestas sobre quién vencería, si los rebeldes o «el hombre»; mencionó el nerviosismo de los oficiales a cargo del presidio, quienes esperaban que de un momento a otro se produjera un ataque; se regocijó en voz baja de los exabruptos de entusiasmo de un grupo de custodios a quienes les desagrada el general; sentenció con desprecio que nadie en su sano juicio podría pensar que una pareja de cobardes como Marroquín y Calvo sería capaz de derrocar al «hombre»; lamentó la suerte que han corrido algunos de sus conocidos y se refirió a capturas de las que yo no estaba enterada. Me percaté de que dentro de la Penitenciaría circula más información que fuera de ella y que seguramente mi marido, aunque habló puras generalidades, ya está ubicado en el vórtice. Me hubiera gustado preguntarle de una buena vez si él estaba enterado de que se produciría ese golpe, de la participación de Clemen, pero jamás me hubiera perdonado semejante imprudencia. Bebimos café con pan dulce; Pericles comió bocadillos de las provisiones que le llevamos. El tiempo se nos fue volando. El propio coronel Palma, director de la Penitenciaría, llegó a la sala a decirnos que había llegado la hora: saludó con reverencia a mi suegra, luego a Bertita y a mí; exclamó con voz estentórea que Pericles no se podía quejar del trato recibido en la cárcel y anunció que ahora que la traición violenta ha sido derrotada, la vuelta a la normalidad se irá imponiendo poco a poco, que el próximo Domingo de Resurrección, como una muestra más de la magnanimidad del general, podré realizar una nueva visita; después dijo que para él sería un honor acompañarnos a la salida. Mama Licha se puso de pie y le dio la bendición a Pericles. Cuando nos despedíamos con un abrazo, éste me susurró al oído que le dijera a los familiares de los bachilleres Merlos y Cabezas que éstos se encuentran bien, y me besó en el pabellón de la oreja, de la manera que me encanta. Lo vi salir con mi corazón constreñido, conteniendo el llanto, como si lo hubiese reencontrado luego de darlo por perdido durante mucho tiempo y ahora me lo quitaran de nuevo. En el portón de salida, con la misma falsa obsequiosidad, el coronel Palma envió un saludo respetuoso a mi suegro y también a mis «señores padres», como si en verdad los conociera. Eché un vistazo alrededor en busca de doña Chayito y doña Julita, las madres de los bachilleres, pero era temprano y aún no habían llegado. Mi suegra me pidió que las acompañara a la casa de Clemen, quería visitar a sus bisnietos, saludar a Mila; subimos al mismo coche que nos esperaba. En el camino de pronto me sentí leve, como si me hubiese quitado una tristeza de encima; mi suegra sólo hizo un par de comentarios sobre las procesiones, sobre lo lindas que están las alfombras de flores en las calles de Cojutepeque. Un contingente de la policía secreta estaba apostado en la bocacalle frente a la casa de mi hijo; un par de ellos se acercó a husmear cuando nosotras salíamos del coche. Ana, la empleada de Clemen y Mila, nos abrió la puerta; dijo que la señora acababa de salir, que los niños jugaban en el patio. Mama Licha le preguntó si ésta regresaría pronto; Ana, que es prima de María Elena, respondió que no sabía, aunque tuve la impresión de que algo se guardaba. Marianito vino a la carrera, tan lindo, mi niño, gritaba de la alegría; detrás de él corrían Alfredito e Ilse: aún están conmocionados por el asesinato de *Samba;* nos condujeron al patio, al sitio donde los policías la mataron. Estuvimos poco rato. Luego mi suegra y Bertita pasaron dejándome por casa; ellas irían a hacer otro par de visitas y regresarían a Cojutepeque en el tren del mediodía para llegar a tiempo a la procesión de Jesús con la cruz a cuestas. María Elena me recibió con un mensaje de doña Chayito, que se habían quedado esperándome frente a la Penitenciaría. La llamé para contarle lo sucedido.

A papá no le pareció extraño el inesperado permiso de visitar a Pericles gracias a mis suegros. Dice que el brujo nazi en este momento desconfía de todos los oficiales jóvenes, por eso se apoya en los viejos militares, como el coronel Aragón, que siempre le han sido leales; también me recordó que el general dice que sus enemigos son ahora los ricos y no los hombres con ideas socialistas, como considera a mi marido. Papá partió este mediodía hacia Santa Ana junto con Betito, quien permanecerá en casa de Cecilia y Armando unos días; mamá se empecinó en quedarse para hacerme compañía, por si se ofrece una emergencia. Papá se quejó de que ayer tuvo que ir al Palacio Negro, a fin de obtener un salvoconducto que exigen las autoridades para permitir la salida en auto de la ciudad.

Después del mediodía, Mingo pasó a tomar un cafecito. Le conté sobre la visita a Pericles; me dijo que el apoyo del coronel Aragón fue de vital importancia para el general durante el golpe, que seguramente mi suegro trata de garantizar que no haya represalias contra Pericles porque sabe que poco podrá hacer a favor de Clemen. Me confirmó que Serafín ha buscado asilo en la casa del cónsul de Guatemala, que está muy asustado, el pobre, teme que las tropas del general irrumpan para capturarlo; que quién sabe cuándo volverá a publicarse el periódico. Luego empezó a relatarme el chisme que anda de boca en boca: que en verdad el general pudo salvar su vida y desbaratar el golpe gracias al trabajo del padre Mario, un cura guatemalteco que a mí me parece un buen hombre, pero que para Pericles es un intrigante, arribista e inescrupuloso. Dicen que el padre Mario fue el primero en llamar al general a la casa de la playa para informarle del estallido de la revuelta, le advirtió de la emboscada que le tenía preparada el teniente Mancía e incluso le aconsejó que para regresar a la ciudad cambiara de auto a fin de pasar inadvertido a quienes lo esperaban. Pero eso no es todo. Mingo asegura que el propio padre Mario viajó a la carretera donde estaban los emboscados y convenció al teniente Mancía de que permitiera el paso del general, que por eso éste pudo entrar tan campante al Palacio Negro. Increíble. Según lo que me reveló Mingo, el padre Mario también se encargó de convencer al general Marroquín y al coronel Calvo, primero de que no lanzaran los tanques contra el palacio, luego de que negociaran por su intermedio con el general, y finalmente de que se rindieran porque el general se comprometió a respetar sus vidas. Cómo me hace falta Pericles cada vez que me cuentan semejantes chismes políticos: él sabe discernir con exactitud lo que es verdad de lo que es fantasía.

En la tarde, Carmela y yo fuimos a la procesión. Ambas tenemos maridos no creyentes, cuyas ideas no comprendemos, aunque las respetemos; eso hace nuestra amistad más fuerte. Mamá sufría dolor de cabeza y prefirió quedarse en casa. Alcanzamos la procesión en el barrio Candelaria. El ritual parecía como el de todos los años, pero había otra atmósfera, temor en los ojos de la gente. Encontré a madres y esposas de quienes participaron en el golpe; hubo abrazos y llanto. Yo sentía como si una garra me apretara la garganta y apenas podía repetir, a todo aquel que me preguntaba, que por la gracia de Dios Clemen no ha sido capturado. La gente que nos reconocía nos reconfortaba con palmadas en el hombro. Angelita, la mamá de Jimmy, iba junto a las madres de otros oficiales jóvenes que ya están en la cárcel. Algunos se entregaron confiando en la promesa de clemencia que se les hizo, pero ahora la radio anunció que serán sometidos a corte marcial. Por suerte Jimmy tampoco ha sido capturado. Nadie ha podido ver a aquellos que están encerrados en los sótanos del Palacio Negro y los rumores sobre torturas son cada vez peores. La incertidumbre es tremenda.

¿Dónde estará en estos momentos mi hijo? Veo su foto sobre mi tocador y se me vienen las lágrimas... Le pedí a María Elena que se quede conmigo estos días de Semana Santa; papá pasará por la finca y le entregará a Belka el suéter y otros regalitos. Pienso que somos muchas las mujeres que ahora estamos solas, agobiadas por la suerte de nuestros hombres. Mila y los niños pernoctan en casa de los padres de ella; la pobre quedó traumada con el cateo. *Nerón* ha aullado varias veces esta noche; al principio me asusté, creí que alguien merodeaba, después me dije que este animal sí tiene un sexto sentido y presiente la muerte de *Samba*; luego, al oír el aullido de los demás perros del barrio, recordé la luna llena.

(Madrugada)

Acabo de soñar que Clemen estaba escondido en la finca de papá, en una bodega ubicada en medio de los cafetales; en mi sueño, don Tilo, el papá de María Elena, conducía al pelotón de guardias hacia el sitio donde sorprendían a mi hijo. Me desperté sudando en el momento en que éste corría bajo las balas de los guardias. No he podido volver a pegar un ojo.

Viernes Santo, 7 de abril

Nada de información. Los periódicos opositores siguen clausurados; hoy tampoco aparecieron los dos que apoyan al general. La radio transmite únicamente programas de Semana Santa, como si nada estuviera sucediendo, y cuando hay un breve noticiero, se trata de puras alabanzas al general y de acusaciones y amenazas contra sus adversarios.

En la mañana fui a la Policlínica: don Jorge sigue en estado crítico. Varios periodistas estaban de visita; preguntaron muy preocupados por Clemen y por Pericles. También llegaron Mingo e Irmita. Con razón todos aseguran que ya no hay garantías de vida para nadie, que si el general se atrevió a perpetrar semejante barbarie contra don Jorge a mansalva, se la puede hacer a cualquiera. Don Jorge no es sólo el dueño del periódico, sino que pertenece a una de las mejores familias del país. Es cierto que tiene un carácter rebelde, a veces irascible, y que con frecuencia se refiere con insultos y hace mofa del general, pero nadie merece ser torturado y luego acribillado a media calle como si fuera perro sarnoso. Doy gracias de que Pericles haya sido siempre prudente, que haya criticado en sus columnas las medidas políticas del «hombre», nunca las cuestiones personales; lo conoce mucho, le sirvió dos años como secretario particular, lo sabe rencoroso e implacable, por eso es muy cauteloso a la hora de contar sus experiencias de ese periodo. Cuando me despedía de la pobre Teresita, llegó de visita una delegación de la embajada americana. Mingo e Irmita se ofrecieron a conducirme a casa de mi madre. Según dice Mingo, el general no fusilará al general Marroquín ni al coronel Tito Calvo: al primero porque es su compadre y al final de cuentas es quien le entregó la rebelión; al segundo porque no fue capturado frente a la embajada, tal como a mí me contaron y mucha gente cree, sino que logró entrar a la sala donde el embajador Thurston estaba reunido con otros representantes del cuerpo diplomático, ninguno de los cuales aceptó darle asilo, por lo que míster Thurston lo convenció de que se entregara, luego de hablar por teléfono con el general para solicitar su clemencia. «Si el embajador se lo entregó al general, éste no puede fusilarlo», dijo Mingo; yo espero que así sea y que también perdone a Clemen y los demás involucrados. Al llegar a casa de mamá, los invité a entrar, a que se quedaran a almorzar con nosotras, a que probaran el rico bacalao y los jocotes en miel, pero tenían un compromiso familiar.

Mingo me confirmó también que Mariíta Loucel ha desaparecido; dicen que no se la encuentra en su casa ni en su finca. Ahora comprendo que ella estaba enterada del golpe, por eso la visitaban Jimmy, el doctor Romero y el mismo Clemen; por eso hablaban en francés, para que los confidentes del general no entendieran. Yo nunca hubiera creído que ella fuera tan osada. Espero que haya logrado salir del país. Del doctor Romero tampoco se sabe nada; quizás huyeron juntos. Pericles dice que Mariíta hubiera sido una gran poeta si no se dedicara a tantas cosas a la vez, porque quiere destacar como comerciante, como defensora de los derechos de la mujer, como finquera, como política. El poema de ella que más me gusta se titula «Sospecho que estás loco», hasta me lo sé de memoria. Me encanta cuando Pericles me lo recita con su voz grave:

¿Que no escriba más versos? Sospecho que estás loco
para pedirlo en tono de quien demanda poco.
Me da igual, no podría llegar a complacerte.
Es como si pidieras que no mate la muerte.
Es como si desearas que un hijo concebido

permanezca en la entraña por tiempo indefinido.
Mi verso es el engendro de un dolor homicida.

Es un poema precioso, aunque me gustan más, por supuesto, los que Pericles escribió para mí. Hace un rato, en medio del silencio de esta noche lúgubre, estuve entretenida releyéndolos, con tanta nostalgia... Me traen muchos recuerdos los que compuso cuando me cortejaba, pero me emocionan más los que escribió en el primer año de nuestro matrimonio. Son muchos, me he dado cuenta ahora que los he revisado, cada uno escrito con tinta verde, en una hoja color marfil doblada con esmero y debidamente lacrada. Y tengo tan presente cuando, cada vez que me entregaba uno, me repetía que era un regalo sólo para mí, que nadie más debía leerlo y que nunca deberán ser publicados, que cada poema es algo exclusivo, personal, entre él y yo. Tengo tan metida esa idea dentro de mí que incluso no me atrevería a transcribir uno en este diario; sería como traicionarlo.

La tarde entera y parte de la noche las pasé con mamá. Fuimos un rato a la procesión del Santo Entierro, luego vinimos a casa. El Club, el Casino y el Círculo Militar permanecen cerrados por órdenes del general; las prohibiciones son tales que no se pueden realizar fiestas ni reuniones familiares sin permiso expreso de las autoridades; poco ha faltado para que también prohíban las procesiones. La policía política está desatada, infiltra orejas por todas partes, hasta en la procesión de hoy, donde fueron fácilmente reconocidos y poco faltó para que la gente los abucheara, por descarados; los que vigilan la casa siguen por ahí, merodeando. Mucho miedo debe de tener «el hombre»; más miedo tenemos nosotras.

María Elena vino a decirme que éste ha sido el Viernes Santo más triste de su vida; yo pienso lo mismo. Ella fue también a la procesión con su prima Ana, quien tiene que quedarse en las noches a dormir solita en casa de Clemen, con las puertas trancadas, espantada de miedo, con terror a que los policías irrumpan por la fuerza a violarla. Pobrecita. Le dije a María Elena que le proponga que se venga a dormir con ella, pero dice que Mila no le permite dejar la casa sola. Y yo no tengo ánimos para exponerme a que mi nuera me responda una grosería.

Sábado de Gloria, 8 de abril

Terrible sorpresa la que tuve esta tarde, antes de salir a la procesión de la Virgen, cuando el coronel apareció sin previo aviso por casa. Mi suegro sólo visita la capital por un excepcional asunto de trabajo; a sus setenta años dice que le fastidia viajar, que le crispa los nervios. Vino a una junta de gobernadores departamentales convocada por el general. Estuvo como quince minutos, en el porche, de cara al patio, sentado en la mecedora de Pericles. Yo estaba en guardia, atenta, porque el coronel no hace visitas de cortesía, sino que venía exclusivamente a decirme algo. Aceptó tomar un vaso de fresco de tamarindo; *Nerón* vino a echarse a sus pies. Preguntó por Pericles; le conté que está bien, que mañana podré verlo de nuevo. Lamentó la «estupidez» de Clemen, así la llamó, y dijo que yo debo pedirle a Dios que no capturen a mi hijo; le dije que todos debemos rezar por ello. Comentó que a él le gustaría poder hacerlo, pero que Dios ya no escucha sus ruegos. *Nerón* se levantó y fue hacia el patio, andando deprisa, como si hubiera olfateado un peligro en el aire. Y entonces me lo soltó, a boca de jarro: habrá un consejo de guerra y seguramente Clemen será condenado a muerte. Sentí un piquete en el corazón; permanecí demudada. Luego reaccioné: le dije que mi hijo es un civil, que los consejos de guerra juzgan a los militares. No, si el cargo es traición a la patria, murmuró carraspeando. Le conté lo que yo había escuchado sobre los ofrecimientos de perdón, sobre los compromisos de clemencia. «Usted mejor que nadie, Haydée, sabe cómo reacciona el general en estas situaciones», dijo, terminante. Entonces recordé los últimos días de enero de 1932, cuando Pericles regresaba de la Casa Presidencial agotado, a muy altas horas de la noche, y me relataba las conversaciones con «el hombre» sobre el destino de Martí y los otros líderes de la revuelta comunista que enseguida serían fusilados. «Son ellos o nosotros», musité con un temblor, porque ésa era la frase que el general le había dicho a Pericles cuando éste le preguntó si no iba a reconsiderar la sentencia. Mi suegro dio un sorbo a su fresco de tamarindo. Le pregunté, con horror, si él participará en ese consejo, si a eso vino a la ciudad. Me dijo que no, que no le corresponde porque él no pertenece a esa estructura orgánica del ejército y que el general tampoco necesita ponerlo a prueba. Le pregunté si él puede hacer algo para evitar esa condena; apenas negó con un movimiento de cabeza. Se puso de pie, con esfuerzo; dijo que tenía que marcharse. Cuando cruzábamos la sala, inquirí sobre la fecha cuando se realizará ese consejo; me dijo que no sabía con precisión, pero pronto, muy pronto, una vez que pasen los días santos. Lo vi caminar hacia el coche, más envejecido, con el gesto rígido de quien ya se acostumbró a esconder la pesadumbre. Alcancé a llegar al sofá, donde me dejé caer, derrumbada, con el llanto hecho un nudo en mi garganta. María Elena llegó a consolarme, como si intuyera de lo que yo me había enterado.

Papá regresó a la ciudad al final de la tarde: dijo que una escuadra de guardias llegó el miércoles a la finca en busca de Clemen, interrogaron a los peones, entraron al casco de la hacienda, recorrieron la propiedad y luego se quedaron a pasar la noche en el caserío cercano, donde vive la familia de María Elena; a la mañana siguiente volvieron a recorrer la finca con más minuciosidad, preguntando por cuevas o probables escondites. No encontraron nada, pero amenazaron a los peones. Papá contó que varios conocidos que apoyaron abiertamente el golpe han cruzado la frontera hacia Guatemala, también algunos de sus amigos cafetaleros han puesto pies en polvorosa, temerosos de la furia del brujo nazi. Le pregunté si Clemen ha logrado cruzar la frontera; me respondió que si estuviera del otro lado ya lo sabríamos. Hasta entonces le conté de la visita del coronel, de lo que me había revelado. De inmediato salió de casa, en busca de sus amigos, a contarles la tribulación que nos espera.

En la procesión conversé un rato con Angelita, la mamá de Jimmy. Iba con Linda y Silvia, sus dos hijas, tan bien casadas, y quienes le hacen compañía en estos duros momentos, porque ella enviudó del doctor Ríos hace diez años, y su otro hijo, Salvador, está en el seminario en Roma. No quise sacar el tema del consejo de guerra, pues de nada sirve angustiar al prójimo con lo que es inevitable. Pero ella ya estaba enterada. Cargamos un corto trayecto la pesada imagen de la Virgen y rezamos varios rosarios durante la procesión para que nuestros hijos no sean capturados. Angelita tiene la esperanza de que si

Jimmy cae en manos del general, los militares americanos lo defiendan: Jimmy realizó un curso de un semestre en la Escuela de Caballería de Kansas, y luego estuvo destacado durante otro semestre en un cuartel de Laredo; el pobre regresó al país hace apenas nueve meses a reincorporarse al ejército. Yo expresé mis dudas en torno a la posibilidad de que los americanos metan las manos por alguien. Pero Angelita me dijo al oído que ella está segura de que si Jimmy se involucró en la aventura del golpe fue con el visto bueno de los militares americanos, que a ella le consta que su hijo se reunía con frecuencia con míster Massey, el agregado militar de la embajada, con quien lo une una estrecha amistad. Fue cuando descubrí a una fisgona que caminaba cada vez más cerca de nosotras sin quitarnos el ojo de encima; se lo advertí a Angelita. Seguimos rezando.

Betito pasará el fin de semana con la familia de mi hermana en la casa del lago de Coatepeque. Yo debo pensar con cuidado lo que le diré mañana a Pati, no quiero alarmarla más de lo que ya está; espero que ante la inminente visita a Pericles mejore mi ánimo, se aclare mi mente. Porque hoy iré a la cama como alma en pena, desolada, con la sensación de que una nube negra se ha estacionado sobre mi hogar, sobre los míos.

(9:30 p.m.)

Papá vino hace un rato, sorpresivamente, a darme una tremenda noticia sobre el escape de Clemen. Dice que el lunes en la tarde, luego de salir de la radio, mi hijo se refugió en la casa de míster Gardiner, el vicecónsul americano. Logró colarse por la puerta de servicio, gracias a la confianza de una empleada doméstica y a su amistad con la esposa del vicecónsul; el programa de radio teatro de mi hijo es muy popular, su carácter gracejo le gana la simpatía de la gente, aunque papá comentó que quién sabe qué se traía Clemen con esa empleada. Míster Gardiner estaba en una reunión en la embajada y no se percató de la presencia de Clemen en su casa hasta que regresó en la noche. Entonces le advirtió que no le podía dar asilo político, pero a esa altura tampoco podía echarlo a la calle, donde los policías del general lo hubieran capturado de inmediato. Clemen pasó la noche en esa casa. El martes en la mañana, disfrazado de empleada doméstica, con una peluca de la señora Gardiner, lo sacaron en un auto diplomático y se lo llevaron a otro escondite. Es lo que sé; papá no me quiso contar cómo se enteró de la historia y me advirtió que no debo comentarlo absolutamente con nadie, ni siquiera con el matrimonio Gardiner.

Domingo de Resurrección, 9 de abril

Son las once de la noche. Muchos estamos en vela, con el alma en un hilo. El Consejo de Guerra comenzó esta noche, entre las ocho y las nueve, en el Palacio Negro. El general no ha respetado el día santo; grande es su apostasía, más grande será su sed de venganza. Todo quiso hacerlo en el mayor de los secretos, pero el chisme corrió como pólvora. En esta ciudad casi todo se sabe. Dicen que Tonito Rodríguez y Memito Trigueros están sirviendo como abogados defensores; también que el general Luis Andréu es quien preside el consejo. La ciudad está como petrificada, en un silencio de muerte. Siguen vigentes el toque de queda y la ley marcial desde las diez de la noche. Mis padres querían que me fuera a pernoctar con ellos, pero he preferido permanecer en casa. He rezado varios rosarios con María Elena. Nada más puedo hacer. Y estar atenta al teléfono, pues las familias de los juzgados nos damos consuelo.

No pude ver a Pericles. Las calles amanecieron llenas de guardias y policías. Los periódicos oficiales y las radios dijeron que el Gobierno tenía informes de que los comunistas se aprestaban a provocar hoy una insurrección con la excusa de conmemorar una semana del golpe, hicieron llamados a que la gente permaneciera en sus casas, recordaban que éste no es un día de procesión y pedían denunciar reuniones de extraños. De locos. Pero no hubo manera de que pudiéramos llegar con María Elena a la Penitenciaría; los retenes de guardias nos impidieron el paso. Mi desesperación fue mucha. En algún momento recordé lo que me reveló mi suegro, sobre la inminencia del Consejo de Guerra, pero en semejante situación una nunca puede estar segura de nada. Lo que más temo es que se vayan a llevar a Pericles de regreso al palacio por una confusión, porque dicen que algunos de los participantes en el golpe estaban detenidos también en la Penitenciaría; pero enseguida me digo que con mi marido no puede haber confusión, que el general ya debe de conocer en detalle los entretelones de la conspiración. Recuerdo lo que le sucedió a don Jorge y me estremezco.

Nada sé sobre las rutas de Clemen. Papá insiste en que si no lo han capturado a esta altura, ya se les logró escapar. Yo ruego por ello. Y me digo que esta horrible experiencia al menos servirá para que mi hijo siente cabeza de una vez por todas, que nadie puede tentar a la muerte y seguir en lo mismo como si nada hubiera pasado.

La turbación en mi espíritu es demasiada; me resulta imposible continuar escribiendo.

(Medianoche)

Sigo en vela. Siento mis nervios al rojo vivo. Sé que no sabré nada nuevo hasta que entre la luz de la mañana, pero no puedo dormir. Estoy segura de que Pericles también permanece en vela, sabedor de que se está realizando el Consejo de Guerra, porque en la Penitenciaría tienen pronto información del palacio que a veces a nosotros ni nos llega. Cómo me gustaría escucharte, amor, para que me explicaras lo que debe estar sucediendo en el juicio, para que calmaras mis tormentos...

Lunes, 10 de abril

¡Condenaron a muerte a Clemente! ¡Y fusilaron al general Marroquín, al coronel Tito Calvo y a otros ocho oficiales! Las radios repiten una y otra vez la noticia. Es el acabose. Todos estamos consternados. Los fusilamientos fueron a las ocho de la mañana: a Marroquín y a Calvo les tocó en el mismo patio del palacio, mientras que a los otros en el cementerio. ¡Doy gracias a Dios de que mi hijo no haya sido capturado! ¡Ahora mismo estaría llorándolo! Brujo maldito... Desde que comenzaron a leer en la radio el listado de los condenados, supe que mi hijo estaría en la lista. Y así fue. Imposible describir mi angustia en ese momento. Estábamos en la sala, con María Elena, atentas a la radio. Ella comenzó a sollozar, quedito; yo sólo me eché hacia atrás en el sillón y le supliqué a la Virgen con todo mi corazón que por favor ayude a Clemen a escapar del país... Nadie creyó que este endemoniado se atrevería a matar a su propia gente con tal inclemencia. No sólo mató a su compadre Marroquín y a Tito, sino también al hermano menor, el capitán Marcelino Calvo. ¡Los tres hijos de la misma madre! ¡Pobre anciana! ¡Pobre familia! Y yo que me creía la mujer más desdichada por tener a mi hijo en fuga y a mi marido preso... También condenaron a muerte a Jimmy, al doctor Romero, a don Agustín Alfaro y a muchos más que han logrado huir, incluido el doctor Mario Calvo, hermano de Tito y de Marcelino. La bestia reclama toda la sangre.

Apenas terminaban de trasmitir la noticia en la radio, cuando los amigos y conocidos comenzaron a solidarizarse. Los Alvarado llegaron de inmediato; el teléfono no paró de timbrar. Lo mismo sucedió en casa de mis padres y de mis suegros. La gente tiene miedo, pero no se amilana. Todos me dicen que confíe en Dios, que Clemen logrará salvarse; algunos me aconsejan que mejor saque a Betito del país. Papá asegura que el general no se meterá con un menor de edad que en nada ha participado; yo quiero pensar lo mismo, pero a veces me asaltan las dudas. Mamá insiste en que Betito se vaya rápidamente a Guatemala adonde mi tía Lola, quien desde hace muchos años vive en esa ciudad, que la frontera está a un paso de Santa Ana y mi cuñado Armando lo puede llevar hasta allá. Pati también me pide que saque a su hermano de inmediato, ya sea a Guatemala o a San José. Sólo mi suegra me tranquiliza, dice que nada le pasará a Betito, que si me siento insegura lo envíe a casa de ellos a Cojutepeque, que el coronel respondería por la inocencia de su nieto. Yo hablé con Betito esta tarde: dice que no se quiere ir del país, que no me va a dejar sola en esta situación, que mañana regresará a casa, se vendrá de Santa Ana con mi hermana y Armando.

Mila está como enloquecida; Ana le contó a María Elena que no ha parado de beber desde hace varios días. Yo la llamé para pedirle que me traiga a mis nietos, pero no la encontré; Ana me dijo que permanecen la mayor parte del tiempo en casa de mis consuegros. Pero lo peor no es que Mila recurra al alcohol ante esta catástrofe, más grave es aún lo que esta noche María Elena me reveló con pesadumbre y vergüenza, porque teme que yo la considere una chismosa, pero con la buena intención de evitar que yo me enfrente después a una sorpresa mayúscula: dijo que Ana le contó que la señora habla por teléfono y sale con frecuencia con un coronel de apellido Castillo, ante quien se refiere de forma despectiva sobre Clemen y a quien en una ocasión le dijo por teléfono que ella creía que «el cobarde» de su marido se escondía en la finca de papá. Quisiera disculpar a mi nuera diciéndome que ella no estaba preparada para hacer frente a una situación tan extrema como la que ahora padecemos, pero lo que María Elena me reveló esta noche rebasa cualquier justificación. Mila es una canalla, una traidora. Me tiembla el pulso de rabia al escribirlo. Ya lo decía Pericles, desde que Clemen comenzó a salir con ella, que esa muchacha era una «resbalosa» y por eso jamás le permitió la menor confianza; a Pati tampoco le hizo gracia. Yo he sido la que siempre les ha dicho que no sean prejuiciosos y que acepten a la gente tal como es. Trataré de borrarla de mi mente hasta que Clemen esté a salvo, para no pudrirme de amargura.

Mamá dice que a Clemen lo condenó su carácter bromista, burlón, desbocado; que jamás debió ridiculizar al general por la radio, mucho menos insultarlo, hacer mofa de sus defectos personales, repetir los chistes sobre él que se cuentan en la calle, burlarse hasta de doña Concha. Por eso muchos otros locutores y profesionales que hablaron por la radio a favor de la revuelta no han sido condenados, sino que sólo Clemen, quien incluso dio con gran alegría la noticia de la supuesta muerte del general. Es la maldición del tío Lalo, según papá.

En la ciudad se respira luto, miedo, rabia. Papá consiguió hablar con Memito Trigueros, quien formó parte del equipo defensor de los fusilados; le contó que el juicio fue expedito: cada abogado sólo tuvo diez minutos para argumentar su defensa, a las dos de la mañana las sentencias ya estaban dictadas y a las cinco el general rechazó la apelación interpuesta. Memito confirmó que el Consejo de Guerra no ha terminado, que habrá nuevas reuniones esta misma noche para juzgar a los demás participantes en el golpe, que la lista es larga e incluye a muchos otros, ya sea que estén capturados o aún libres.

He movido cielo y tierra para confirmar que Pericles continúa en la Penitenciaría. Logré hablar por teléfono con el coronel Palma, el director: me aseguró que mi marido se encuentra ahí, en buen estado, pero que no habrá permisos de visita hasta nueva orden, que yo debo comprender que vivimos una situación extraordinaria. Es extraño, pero en vez de prepotencia, que era lo que yo esperaba, tuve la impresión de que Palma tenía miedo. Se lo comenté a Mingo, quien pasó por casa a tomar un café después del almuerzo. Me explicó que entre los oficiales del ejército cunde el desconcierto, el temor, la sospecha, porque más de los que uno imagina estaban enterados o involucrados en el golpe. Por si esto fuera poco, me dijo

Mingo, todos tienen conocimiento de que Tito Calvo fue entregado por el propio embajador Thurston al general bajo el compromiso de clemencia, que muchos de los oficiales golpistas habían regresado recientemente de cursos especializados en Estados Unidos, como es el caso de Jimmy, y que no sería raro que la mayoría de jefes piense que el general, con los fusilamientos, está pegando patadas de ahogado, que los gringos ya le dieron la espalda por completo. Es lo que me gusta a veces de hablar con Mingo, que siento como si fuera el propio Pericles quien me está explicando lo que sucede.

Mingo me dijo también que entre los fusilados se cuenta al teniente Mancía, quien comandaba el pelotón que emboscaría al general a su regreso de la playa y a quien éste le debe la vida, porque lo dejó pasar sin problemas hacia el Palacio Negro, gracias a la labor de convencimiento realizada por el padre Mario. Pobre teniente. El general no perdona el mínimo gesto de traición ni gusta de la menor deuda con un subordinado, es lo que siempre ha dicho Pericles. Esta tarde lo recordamos con Carmela y el Chelón mientras comíamos cemita y tomábamos café en el porche, frente al jardín, comentando los sucesos de la mañana, cuando el sol comenzaba a caer, el calor reculaba y hacíamos guasa de los ronquidos de *Nerón*. El Chelón evocó aquella ocasión en que el general lo invitó a la Casa Presidencial, allá por 1936, unas semanas después del fusilamiento del teniente Baños, ese hecho que tanto nos conmocionó, porque el pobre muchacho no había hecho más que expresar su rebeldía en un arrebato alcohólico, pero «el hombre» quería sentar precedente de que ninguna crítica debía surgir dentro del ejército. «Le gusta hablar del más allá, del mundo invisible, pero tiene una relación extraña con la muerte, le niega cualquier significado, ha hecho una ensalada a su medida con las doctrinas orientales, en especial con el tema de la reencarnación, por eso dice que es más grave matar a una hormiga que a un hombre, porque éste reencarna y aquélla no», dijo el Chelón. Y agregó: «Quiso sonsacarme, me preguntó sobre el cuerpo astral, sobre el desarrollo de los chacras, sobre los viajes en el tiempo para recordar anteriores reencarnaciones, que a él le habían dicho que yo era un conocedor, pero yo me anduve con mucho cuidado, me hice el neófito curioso, no fuera a ser que me agarrara inquina si descubría que en algún tema yo sabía más que él. De todas formas no le gusté y nunca más volvió a invitarme». «Por suerte», dijo Carmela. Y entonces yo recordé, sin comentarlo con mis amigos, lo que Pericles me contó aquella mañana del 1 de febrero de 1932 mientras se disponía a descansar luego de una noche en vela: esa madrugada, cuando regresó del cementerio a la Casa Presidencial para dar testimonio personal al «hombre» de que Martí y los otros líderes comunistas acababan de ser fusilados, lo sorprendió en su despacho con los ojos húmedos, inflamados, como si hubiese padecido la culpa del crimen en las últimas horas, como si hubiese purgado la conciencia de haber traspasado un límite del que ya no había regreso. Esos ojos llorosos, esa evidencia de debilidad ante los primeros fusilamientos de su carrera política, es algo que Pericles ha guardado en secreto, que sólo me contó a mí en nuestra intimidad. Y ahora me pregunto si no será ese silencio el que aún lo mantiene con vida.

Prófugos
II

1

–Casi me desculo –exclama Clemen aún respirando a bocanadas luego de la carrera, dejándose caer en el asiento junto a Jimmy en la primera fila del vagón medio vacío, a espaldas de los demás pasajeros.

–¡Qué es esa manera de expresarse, sacristán! –lo regaña Jimmy, con una mirada de reprensión, sentado junto a la ventanilla–. ¿Qué le pasa?

Clemen se vuelve para mirar a su alrededor, temeroso de que alguien lo hubiera oído.

–Perdone, señor padre. Me arrepiento... –dice, aún resollando, pero con cierta picardía, luego de comprobar que ningún pasajero pudo haberlo escuchado en medio del ruidoso traqueteo–. Quise decir que casi me caigo de la escalerilla...

–Su condición física es deplorable, sacristán –dice Jimmy, mientras comprueba que no se le haya desabotonado la sotana.

Subieron a la carrera, cuando el tren ya estaba en marcha, para evitar el puesto de la Guardia en la estación, para evitar que alguien los reconociera en la taquilla.

–¿Y que querés? –rezonga Clemen, hablando cerca

del oído de Jimmy–. Después de pasar casi una semana encerrados en ese tabanco, da gracias de que no nos ha dado un calambre. –Luego propone–: Deberíamos buscar un compartimiento.

Están sentados de cara a la dirección en que corre el tren. Jimmy observa de nuevo a los pasajeros dispersos en el vagón, luego los montes a través de la ventanilla, y dice:

–Esperaremos al revisor para que él nos conduzca.

Clemen viste un pantalón gris y una camisa blanca; porta una mochila. Jimmy está enfundado en la sotana negra, con el crucifijo en el pecho y una Biblia entre las manos.

–Buenos días, señor padre –saluda una mujer que entra al vagón con una niña tomada de la mano y enseguida se santigua.

–Buenos días, hija.

Clemen adopta una expresión sumisa, con la sonrisa medio tonta. Jimmy lo observa y le susurra al oído:

–No tenés que parecer mongólico. No todos los sacristanes son mongólicos.

–Dejame representar mi papel como yo creo que debo hacerlo –le replica Clemen, molesto, también al oído–, que en esto tengo más experiencia que vos.

–Pues no parece...

Clemen aprovecha que Jimmy se ha puesto a mirar por la ventanilla para pegarle un golpe con el dedo cordial en la coronilla, en el centro mismo de su nueva tonsura.

Jimmy iba a reaccionar colérico, pero en ese instante entra un grupo de pasajeros que lo saluda con reverencia.

–Buenos días, hijos –responde Jimmy bendiciendo con la señal de la cruz–. Vayan con Dios.

Clemen asume su sonrisa medio tonta.

—No seas bruto —le dice Jimmy al oído, enfadado—. ¿Cómo se te ocurre hacer algo así? Si alguien te vio, ya nos pusiste en peligro.

—Nadie me vio —murmura Clemen.

—Parece mentira. Nada te lo tomás en serio. Estás jugando con nuestras vidas.

—Te queda bien la tonsura —dice Clemen, burlón—. Nadie te reconocería.

Jimmy se pasa la mano por ella y declara, solemne:

—El padre Dionisio sabe lo que hace.

—Debió haber sido peluquero antes de hacerse cura...

—A vos te dejó como pelón de hospicio —masculla Jimmy entre dientes, sin darse la vuelta para mirarlo, sin perder su expresión hierática—. Te ves mejor así que como eras antes...

Clemen se pasa ambas manos por su cabeza rapada.

El vagón se ha llenado; la locomotora silba con furia.

—Pasate a este asiento —le ordena Jimmy, en voz baja—. Es mejor que vayamos frente a frente.

—No me gusta ir de espaldas porque me mareo —le responde Clemen—. Aquí voy bien.

—Sacristán, le estoy ordenando que se cambie de asiento —le dice Jimmy de mal modo.

Una mujer joven y guapa se ha detenido junto a ellos; carga un par de maletas que pone en el suelo. El tren se balancea; ella, a punto de perder pie, se agarra de una manecilla. Clemen se apresta a ayudarla.

—Buenos días, padre. ¿Me puedo sentar acá?

Con celeridad, Clemen coloca las maletas en el asiento frente a Jimmy y le señala a ella el asiento contiguo.

—Gracias. Muy amable —dice.

Es blanca, de ojos claros, esbelta, con un vestido color crema muy bien tallado, la cabellera agarrada con un pañuelo rojo.

Clemen la observa, al principio sorprendido, entusiasta, pero enseguida asume su expresión medio boba. Ella le sonríe, espléndida, mientras toma asiento; los labios carnosos y la dentadura perfecta.

Jimmy la observa un segundo con el rabillo del ojo; permanece reconcentrado, como si orara, con la Biblia en el regazo, agarrada con ambas manos.

—¿Acaba de subir? —le pregunta Clemen, con un tono impostado, de corderito.

—No —responde ella—. Vengo desde la capital, pero me cambié de vagón, porque en el otro van unos niños y uno de ellos recién vomitó, el pobrecito... —explica con una mueca de asco—. Perdón por mencionarlo, padre —agrega dándose la vuelta para mirar a Jimmy.

Pero éste apenas le lanza una mirada plácida, y luego hace un leve gesto de asentimiento con la cabeza, como si le estuviese concediendo el perdón.

Clemen ha acentuado su expresión bobalicona, pero no le quita la vista de encima, como encantado.

—¿Se encuentra bien, sacristán? —pregunta Jimmy, dirigiéndose con severidad a Clemen; luego le dice a ella—: Él también se marea un poco. La falta de costumbre a los viajes en tren.

—Estoy bien, señor padre —dice Clemen y sonríe como tonto. Luego le pregunta a ella—: ¿Hacia dónde va?

—Me bajaré pronto, en San Vicente. ¿Y ustedes?

—Hasta Usulután...

Clemen ha colocado su mochila en el suelo, entre sus piernas; se inclina para abrirla y hurga en ella, como si no encontrase lo que busca: aprovecha para fijarse disimuladamente en las pantorrillas de la mujer.

–Fui a pasar la Semana Santa con mis tíos, pero todo estuvo tan agitado por culpa de ese golpe de Estado... –se lamenta ella.

–¿Estuvo usted en peligro, hija? –pregunta Jimmy.

–Horrible, padre. La casa de mis tíos está en el barrio El Calvario, cerca del Segundo Regimiento de Infantería. Yo creí que moriríamos con esa balacera... –dice ella, con un gemido, persignándose.

–Tranquila, hija, que por la gracia de Nuestro Señor ya todo ha pasado...

Clemen ha permanecido inclinado, hurgando en la mochila, viendo furtivamente las pantorrillas de la mujer. Jimmy lo mira con severidad:

–¿Se le ha perdido algo, sacristán?

–Una naranja, señor padre.

–Quizá la dejó en la parroquia.

–Yo estaba seguro de que la traía conmigo –dice incorporándose.

–Yo tengo una naranja –dice ella abriendo su bolso de mano.

–No, por favor, hija –le advierte Jimmy–. No le hace bien comer en el tren; se le revuelve el estómago.

Clemen lo mira con enojo, pero enseguida asume su expresión sumisa.

Entonces aparece a su lado el revisor, con su uniforme azul, la gorra y un bigote fino, coqueto.

–Buenos días, padre –saluda con reverencia.

La mujer saca su boleto del bolso y se lo entrega; el revisor lo perfora, se lo devuelve, con una sonrisa que quiere ser cortés pero trasluce lascivia.

–Le pagaremos lo nuestro ahora –le dice Jimmy–. No pudimos pasar a la taquilla. Subimos en el último momento. Casi nos deja el tren por estar acompañando a unos fieles. Espero que no haya problema.

–Ninguno, padre. ¿Hasta dónde van?

–Subimos en San Rafael Cedros y bajaremos en Usulután.

Clemen saca unos billetes del bolsillo del pantalón, con la misma sonrisa boba, y se los tiende al revisor.

–Le quiero pedir, hijo, si nos puede conseguir un compartimiento... –solicita Jimmy, ceremonioso.

El revisor mira a la mujer.

–Para el sacristán y para mí –aclara Jimmy–. El trabajo ha sido agotador durante esta Semana Santa y no me gusta que los fieles me vean dormitando...

–Ahora mismo no hay ninguno disponible, padre. Veré si le consigo uno en San Vicente.

Le entrega los boletos y el vuelto a Clemen.

–El Señor se lo agradecerá, hijo.

El revisor se despide, le echa una última mirada a la mujer y sigue su camino.

El tren baja la velocidad súbitamente; los pasajeros se remueven, zarandeados.

–¿Es usted de San Vicente? –le pregunta Clemen a la mujer.

–Sí –responde ella–. Ahí nací y ahí vivo.

–Un pueblo muy lindo –dice Clemen, lambiscón.

–Gracias.

–¿Vive con sus padres?

–Ajá.

–¿Y trabaja?

–Soy maestra, en la escuela primaria, en el turno vespertino.

Jimmy carraspea, molesto; ha cerrado los ojos, como si estuviese concentrado en sus oraciones.

–Qué interesante –exclama Clemen–. Le gustan los niños...

–Muchísimo –dice ella sonriente.

–¿Cómo se llama usted?

–Ana María –responde ella–. Ana María Fuentes, para servirle. ¿Y usted?

–Tino, me dicen Tino –contesta Clemen desplegando su sonrisa–. Qué suerte la suya que pronto llegará a su destino. ¿La estará esperando su novio, verdad?

A ella se le encarna el rostro.

–Sacristán, ya sabe que al Señor le disgustan los chismes –advierte Jimmy con tono severo, mirando de soslayo a Clemen–. Conténgase. Dedíquese a la oración.

Ella baja la vista, avergonzada. Abre su bolso; saca un periódico, lo desdobla y empieza a hojearlo, alzándolo de tal forma que se interpone entre ella y los hombres.

Jimmy y Clemen quedan con la boca abierta, pasmados, los ojos fijos en la primera plana: FUSILAN A GOLPISTAS, dice el titular, con letras enormes. Tragan saliva y se miran, demudados.

–Qué terrible –comenta ella–. Pobres hombres...

Jimmy carraspea, haciéndose el desentendido, como si nada hubiese leído.

La expresión bobalicona de Clemen se ha desfigurado con el miedo; ahora parece baboso, fuera de sí.

–¿A quiénes fusilaron? –pregunta mascullando, con la boca reseca, para darse valor.

–A los jefes del golpe –dice ella bajando el periódico.

Se dispone a tendérselo a Clemen, pero antes se vuelve hacia Jimmy y le pregunta, con timidez:

–¿Quiere leerlo, padre?

–A ver, hija. Enterémonos de lo que sucedía mientras nosotros celebrábamos el Domingo de Resurrección.

–No, padre –aclara ella–. Los fusilamientos fueron esta mañana. El periódico recién llegaba calentito a la estación cuando yo iba a abordar el tren.

Jimmy lee con atención, tratando de controlar cualquier asomo de avidez; Clemen intenta leer, ansioso, encimándose al hombro de aquél.

–Don Tino, no sea mal educado –le reclama Jimmy, regañón, doblando el periódico y devolviéndolo a la mujer–. Eso no se hace: no se fisgonea lo que el prójimo lee.

Clemen prácticamente le arrebata el periódico a ella.

–Déjeme ver –dice.

Jimmy le lanza una mirada reprobatoria y luego se dirige a ella, con un gesto de resignación:

–Nunca terminan de aprender...

Clemen permanece con la vista clavada en la lista de los condenados, embobado, pálido; Jimmy tiene el rostro vuelto hacia la ventanilla y comienza a aparentar que dormita.

El vagón se balancea, pero Clemen sigue ido, como en shock.

–Con gusto le dejaría el periódico, don Tino, pero mis papás querrán leer la noticia –dice ella, en voz baja, para no molestar a Jimmy.

–Son diez los fu–si–la–dos... –dice Clemen, casi deletreando, como si apenas supiese leer, conmocionado.

–¡Sacristán, deje eso, que sólo servirá para perturbarle el ánimo! –ordena Jimmy terminante–. Saque su Biblia de la mochila y practique con ella...

Pero Clemen permanece estupefacto y empieza a murmurar los nombres de los fusilados:

–Ge–ne–ral Al–fon–so Ma–rro–quín, co–ro–nel Ti–to To–más Cal–vo, ma–yor Faus–ti–no So–sa...

Jimmy está a punto de arrebatarle de un manotazo el periódico, pero entonces vuelve en sí; la mujer ha bajado la vista, apenada por la situación.

–Recemos por las almas de esos pobres pecadores –dice Jimmy, recomponiéndose; junta sus manos a la altura del pecho, luego saca un rosario del bolsillo de la sotana y, con la Biblia en su regazo, entona–: *Domini homini, domini nostro*. Porque la palabra del Señor es nuestra guía y fuente de salvación...

–Amén –responde la mujer, contrita.

Clemen se vuelve para mirar a Jimmy, como si no comprendiera, pero enseguida sacude la cabeza y repite:

–Amén...

Le regresa el periódico a ella, abre su mochila y saca una Biblia.

–Padre nuestro que estás en los cielos... –empieza Jimmy.

–... santificado sea tu nombre, vénganos tu reino, hágase tu voluntad así en la tierra como en el cielo... –repiten al unísono la mujer y Clemen.

En ese instante, una pareja de guardias entra al vagón, se detiene junto a ellos, guardando el equilibrio: ven con sorpresa la escena. De inmediato saludan, reverentes, con un movimiento de cabeza, para no interrumpir el rezo. Calzan botas con polainas, el uniforme verde, casco y fusil.

–... no nos dejes caer en tentación y líbranos del mal...

Los guardias se dirigen hacia los pasajeros de la siguiente fila, exigiendo documentos de identidad.

–Dios te salve, María. Llena eres de gracia... –continúa Jimmy, concentrado, luego de lanzar una mirada perdonavidas a los guardias.

Los pasajeros de la siguiente fila, con temor, han mostrado de inmediato sus documentos; los guardias llevan una lista y comparan nombres. Clemen, con su expresión babosa, extremadamente pálido, no levanta la vista de su Biblia.

–El Señor es contigo. Bendita tú eres entre todas las mujeres y bendito es el fruto de tu vientre, Jesús...

Los guardias avanzan hacia las siguientes filas; le exigen a un pasajero que se ponga de pie, que salga al pasillo; enseguida uno de ellos lo registra.

–Padre nuestro que estás en los cielos... –repite Jimmy

El tipo ha palidecido; a causa del bamboleo del vagón apenas puede guardar el equilibrio con los brazos extendidos mientras el guardia lo registra.

–... santificado sea tu nombre, vénganos tu reino, hágase tu voluntad...

El guardia le ata por la espalda los dedos pulgares al tipo y le pega un empujón para que avance.

–Pero si yo no he hecho nada... –exclama el tipo, asustado, a punto del llanto, con dificultad para caminar.

El guardia le pega otro empellón.

–Padre, ayúdeme –ruega, cuando casi cae sentado sobre la mujer.

–Cuidado, doña Ana María... –exclama Clemen abalanzándose para protegerla.

–Ve con Dios, hijo –le dice Jimmy al tipo, compasivo,

trazando en el aire la señal de la cruz con su mano derecha–. Y confiesa...

El tipo por poco cae de bruces con el nuevo empujón.

–San Miguel Arcángel... –reza Jimmy.

–Protégenos –responden al unísono Ana María y Clemen.

Los guardias salen del vagón detrás del tipo.

–San Rafael Arcángel... –reza Jimmy.

–Acompáñanos, Señor, y aparta de nuestro camino
todo peligro del alma y cuerpo –responden.

–Amén –dicen los tres. Y se persignan.

La locomotora silba.

–¿Qué habrá hecho ese pobre hombre? –se pregunta
ella, aún conmocionada.

Jimmy alza las cejas y pierde su mirada a través de la
ventanilla.

–Seguramente es un mañoso que se ha fugado, porque de inmediato lo reconocieron –dice Clemen con
su énfasis natural, olvidándose por un momento de su
papel.

–Sacristán, evite juzgar al prójimo, que el único juez
es nuestro Señor –le advierte Jimmy, terminante, sin darse la vuelta para mirarlo.

Clemen asume al instante su mueca idiota.

La mujer lo observa con curiosidad; él le devuelve la
mirada, con la sonrisa babosa.

–Estamos acercándonos a su ciudad, doña Ana María
–dice Jimmy–. Ya se ven las primeras casas.

Ella se vuelve hacia la ventanilla.

–Es cierto, padre –dice.

Clemen ha abierto la Biblia: murmura como si leyera,
pero ha colocado el libro en su regazo de tal forma que

puede observar las pantorrillas de la mujer sin que ella se percate.

–Disculpe, padre –dice ella con recato–. ¿Cuál es su nombre?

–Justo, hija –le responde Jimmy, y la mira con placidez a los ojos; ella baja la vista.

–Es una suerte haberlo encontrado, padre Justo –dice ella–. Luego del miedo que pasé en la capital por el golpe militar, no sé cómo me hubiera sentido sin su presencia cuando se llevaron a ese hombre…

–Debemos tener fe y absoluta confianza en la protección de Nuestro Señor Jesucristo –dice Jimmy, solemne.

Ella asiente y se persigna. Enseguida toma una de las maletas del asiento contiguo con la intención de colocarla en el pasillo, pero Clemen reacciona de inmediato y, poniéndose de pie, le quita la maleta:

–Yo la ayudaré –dice, solícito.

Toma ambas maletas y sale con ellas al pasillo.

–Se le cayó la Biblia –dice ella, y se agacha para recogerla; la pone en el asiento que ocupaba Clemen.

El tren ha bajado la marcha.

–La acompañaré hasta el andén –dice Clemen, con su mueca bobalicona.

Jimmy lo observa con detenimiento, luego voltea hacia ella y le dice:

–Por favor, hija, que este joven suba de nuevo al tren. Es muy distraído y no vaya a ser que se me quede perdido.

–No se preocupe, padre –le responde ella sonriente, disponiéndose a ponerse de pie–, que no me moveré del andén hasta que don Tino haya subido de nuevo. ¿Verdad, don Tino?

Éste asiente, con rápidos movimientos de cabeza.

–Gracias y que Dios la acompañe, hija –dice Jimmy.

Clemen se dirige hacia las escalerillas del vagón, seguido por ella. Jimmy les lanza un último vistazo, con recelo. Luego se despide, ceremonioso y distante, de los demás pasajeros que caminan hacia la salida.

2

–¡Puta, nos condenaron a muerte! –repite Clemen, sin salir de su asombro, olvidando su papel de sacristán, ahora que van solos en el compartimiento al que los condujo el revisor.

–¿Y qué te creías? –dice Jimmy muy preocupado–. Te lo advertí, ese canalla no perdonará a nadie. Hasta don Agustín está en la lista

Hablan por lo bajo, precavidos; Clemen ha colocado su mochila y su Biblia en los asientos de enfrente, para evitar la presencia de otros pasajeros.

–Si nos capturan, nos fusilarán de inmediato –mascu-lla Clemen, tragando saliva.

Dos mujeres vienen por el pasillo; cabecean hacia el interior del compartimiento: ven al padre y al sacristán, y luego la mochila y la Biblia en los otros asientos.

–Perdón, padre –dice una de ellas; siguen su camino.

–No debí haber dejado mi pistola en la casa del padre Dionisio –se lamenta Jimmy.

–De nada nos serviría…

–Claro que nos serviría. Yo no me voy a dejar capturar.

El tren ha tomado de nuevo velocidad.

–Ojalá no vuelvan a aparecer esos guardias... –comenta Clemen.

–Recordá la historia que les vamos a contar si nos piden los documentos, no vaya a ser que te traicionen los nervios... Pero mejor dejame hablar a mí, tal como acordamos.

–Te cagaste en el mayor Sosa: lo fusilaron por tu culpa... –dice Clemen, consternado.

Jimmy mira a través de la ventanilla: las colinas resecas y al fondo el valle Jiboa. Luego dice con sequedad:

–No fue mi culpa. Lo capturaron por imbécil. Yo le advertí que estaba quemado, aunque no nos apoyara, que habíamos utilizado su nombre en el comunicado en el que llamábamos a la rebelión. Pero no me creyó.

El tren empieza a bajar por la ladera hacia el valle.

–¿De veras le advertiste?

–Ajá –dice Jimmy; se remueve en el asiento–. Lo que más me duele es que hayan fusilado al subteniente Max Calvo...

–¿Estaba bajo tus órdenes en el aeropuerto?

A través de la ventanilla divisan el río Jiboa, y más hacia delante, el caudaloso Lempa.

Jimmy asiente con un leve movimiento de cabeza, perdido en sus pensamientos.

–Brujo maldito: mató a los tres hermanos –dice Clemen.

–Alfonso y Tito pagaron su cobardía –masculla Jimmy–, pero Max se hubiera podido salvar si se hubiera venido con nosotros...

Un tipo, evidentemente borracho, aparece en el umbral del compartimiento; se balancea, como si el bamboleo del tren lo fuera a tirar de espaldas.

—Buenos días, padre. ¿Me permite sentarme un rato aquí? —pregunta, con voz pastosa.

Clemen mira a Jimmy.

—No nos vayas a perturbar, hijo, que ahora mismo vamos a iniciar nuestra oración.

—Sólo un ratito, padre. Es que con tanto movimiento me he mareado...

—Tu mareo huele a alcohol, hijo... —replica Jimmy, y le indica a Clemen que tome su Biblia.

El borrachín se deja caer en el asiento frente a Clemen; es un tipo chaparro, escuálido, con mugre en la ropa, como si hubiera dormido en la vía pública, sin calcetines y los mocasines desastrados.

—Perdón, padre —masculla, luego de eructar. Se queda observando a Clemen, con la mirada un tanto perdida, y dice—: Qué sacristán más feo el que se ha ido a encontrar...

Jimmy sonríe; Clemen ha asumido de nuevo su sonrisa boba.

—No te dejes engañar por las apariencias, hijo, que la belleza reside en el alma.

Clemen voltea a ver a Jimmy, acentuando su gesto manso.

—Mongólico parece este cabrón... —dice el borrachín, con desprecio, sin quitar la mirada de Clemen; luego se vuelve hacia Jimmy—: Perdón, padre.

—Mi mochila... —dice Clemen incorporándose para alcanzarla; aprovecha el movimiento para pegarle un pisotón al borrachín.

Éste lanza un quejido.

—¡Qué le pasa a este mongólico! —exclama, y lo empuja.

De súbito, Clemen le suelta un derechazo contundente en la boca del estómago. El borrachín se dobla hacia delante, con la boca abierta.

–¡Sacristán! –ha exclamado Jimmy.

–¡Va a vomitar! –dice Clemen reculando hacia el pasillo.

En ese instante aparece la pareja de guardias a espaldas de Clemen, sin que éste se percate.

–¡Señores agentes! –exclama Jimmy, y señala al borrachín con una mueca de asco.

Clemen se vuelve hacia los guardias y palidece, demudado. Éstos le piden permiso y se abalanzan a tomar al borrachín, quien, aún con la boca abierta y las manos en el estómago, trata de tomar aire.

–Te nos habías perdido, Lechuza... –le dice el guardia más alto, prieto, de cabello hirsuto.

–Perdone, señor padre, pero este malandrín siempre se nos sube de contrabando en San Vicente y se dedica a molestar a la gente –dice el otro, de tez blanca, rechoncho y con diente de oro.

Los guardias lo sacan en vilo. Clemen se echa hacia un lado; ha asumido de nuevo su expresión de mansedumbre.

–El mongólico me pegó... –masculla el borrachín, aún respirando con dificultad.

–Más te vamos a pegar nosotros –le dice el guardia prieto, zarandeándolo, mientras lo conducen por el pasillo.

Clemen regresa a su asiento: respira hondo, toma la Biblia y la abre al azar. Permanece como si estuviese leyendo, transpirando. Jimmy lo ve de reojo.

–¿Qué te pasó? –le pregunta por lo bajo.

–Me sacó de quicio ese cerote... Mucha tensión.

–Calmate. Nos estamos jugando la vida. Tuvimos suerte de que los guardias no te vieran. Si hubieran venido unos segundos antes...

–Ojalá no le crean nada... –dice Clemen, con una mueca de miedo.

La locomotora lanza tres silbidos. El tren ha bajado la velocidad mientras desciende hacia el valle.

Clemen lanza un manotazo a una mosca que zumba frente a su rostro.

–Lechuza... Qué apodo... –comenta Jimmy–. Yo no le vi cara de lechuza. ¿Y vos?

–Tampoco.

–¿Todavía estás enojado? –pregunta Jimmy en tono de burla.

–Semejante pedazo de mierda... Hasta moscas nos trajo.

Jimmy observa en lontananza; luego, con un poco de aprensión, dice:

–Ojalá alguno de los White esté en la hacienda...

–Ah..., aunque no estén. Si llegamos ahí, estamos salvados. Nos subimos de una vez a la avioneta...

–Cómo no, Charles Lindbergh. ¿Vos la vas a pilotar?

–Siempre hay un piloto y una avioneta en la hacienda. Yo lo sé. Pepe Dárdano o Moris Pérez nos pueden sacar.

–Roguémosle a Dios que así sea –dice Jimmy.

Clemen se da la vuelta para mirarlo, extrañado, y le dice con sarcasmo:

–Ya te creíste que sos cura...

El traqueteo del vagón aumenta a medida que el tren frena en su descenso.

–Siento raro haberme rasurado el bigote después de tantos años –masculla Jimmy tomándose el labio superior.

De pronto, un guardia aparece en el umbral: es el rechoncho con el incisivo de oro. Clemen se sobresalta; retoma su gesto bobo.

–Perdone, padre, pero me gustaría hablar un momento con usted –dice el guardia quitándose el casco con ademán de respeto.

–¿Te quieres confesar, hijo?

El vagón se bambolea en la curva.

–No exactamente, padre. Nada más le quiero hacer una pregunta…

–Pasa, hijo –dice Jimmy y le señala el asiento de enfrente–. Pero deja el arma, que armado no se puede hablar con Dios.

El guardia trata de apoyar el fusil entre el asiento y la pared del compartimiento, pero el movimiento del tren se lo impide. Entonces se sienta y reposa el fusil sobre sus piernas y el asiento contiguo, junto al casco.

Jimmy señala el arma y le dice:

–Así no se puede, hijo. Te repito que no puedes estar armado cuando quieres hablar con un representante del Señor.

El guardia hace una mueca de confusión, como si le hubiera costado mucho tomar la decisión de venir a hacer la pregunta y ahora no halla qué hacer con el fusil.

–Don Tino –ordena Jimmy–. Salga al pasillo para resguardar el fusil del señor agente. Y no vaya a hacer ningún movimiento, no se vaya a herir con el arma.

El guardia se muestra aliviado. Clemen sale al pasillo, se sienta en el suelo, con las rodillas alzadas, y sostiene el fusil por el cañón, la culata apoyada en el suelo.

–Dime, hijo –dice Jimmy.

–No cree que nos oiga, ¿verdad? –dice el guardia, volviéndose para ver a Clemen y luego abalanzándose en el asiento para acercarse a Jimmy.

–No, hijo, con este traqueteo –responde Jimmy, acercándose también al guardia–. No te preocupes...

El guardia se rasca la cabeza con desasosiego, la mirada en el suelo.

–¿Cómo te llamas, hijo?

–Eulalio...

Luego permanece en silencio; toma aire, como si estuviera agarrando valor.

–¿Por qué no te confiesas, hijo? Es más fácil...

–No puedo, padre –dice y se vuelve de nuevo hacia donde Clemen.

–¿Por qué no puedes? Claro que puedes. Yo estoy a tu disposición. Y el Señor siempre escucha a sus fieles.

–Es que no es algo que me suceda a mí –dice entre balbuceos, sin alzar la vista–, sino a mi hermano.

Jimmy lo observa con severidad; guarda silencio.

–Por eso no puedo confesarme... –dice.

–¿No te estás escudando en tu hermano, verdad, hijo? Ése sería un pecado muy grave...

–No, padre –responde, siempre con la vista en el suelo.

–Mírame, hijo...

El guardia alza el rostro; le sostiene la mirada a Jimmy un par de segundos, pero enseguida vuelve a mirar hacia la ventanilla, incómodo.

Entonces Clemen se pone rápidamente de pie, asustado. Ambos se dan la vuelta: el otro guardia entra con agitación al compartimiento.

–¡El Lechuza se me ha perdido! –exclama el prieto, alarmado.

–Tengo que irme, padre –dice Eulalio incorporándose.

–Regresa después, hijo, para que terminemos... –le pide Jimmy.

–¿Hasta dónde va usted?

–A Usulután, pero primero pasaremos a la hacienda La Carrera...

–Si me queda tiempo, regreso –dice, ya con el casco puesto, tomando el fusil que le entrega Clemen.

Jimmy saca del bolsillo de la sotana un escapulario con la imagen de la Virgen; se lo tiende a Eulalio y le dice:

–Rézale a la Virgen para que te ilumine...

–Gracias, padre –dice y sale deprisa, detrás de su compañero, por el pasillo.

Clemen se queda de pie hasta constatar que los guardias se han ido; luego regresa a su asiento.

–¿Qué quería ese cabrón? –pregunta, ansioso.

–El secreto de confesión es sagrado, sacristán –dice Jimmy.

–No jodás. Decime –reclama alzando la voz–, que casi me cago del susto...

Jimmy le hace un gesto enérgico con la mano para que hable más bajo; Clemen se vuelve hacia la entrada del compartimiento: no hay nadie.

–Confesarse –dice Jimmy–. Pero le faltó valor... y tiempo.

–No puedo creerlo –dice Clemen.

–Los guardias también se confiesan.

–No es eso.

–¿Y entonces?...

–Olvidalo. ¿Cuánto falta para que lleguemos?

El tren ha descendido al valle. La locomotora silba y enseguida jala a toda velocidad.

Jimmy saca su reloj de leontina.

–En una media hora llegaremos a San Marcos Lempa –dice–. Y luego otra media hora hasta la hacienda.

La ventolera caliente del valle revolotea en el compartimiento.

3

–¡Qué impresionante! –exclama el Mono Harris con admiración–. De veras que no los reconocí.

Están en una sala amplia, lujosamente decorada, sentados en los sillones, alrededor de una mesa donde reposa la botella de whisky, el pichel de agua y el recipiente con hielo; a través de un ventanal se ven otras edificaciones (bodegas, plantas procesadoras, dormitorios), un estacionamiento y las plantaciones de algodón hasta el horizonte. Es la casa principal del casco de la hacienda.

–¿Verdad que estuvo bien pensado? –se ufana Clemen, apurando lo que resta de su whisky.

–Buenísimo –dice el Mono Harris–. Nadie los hubiera podido descubrir.

–Ah…, qué sabroso me cayó este trago –exclama Clemen, relamiéndose, y de inmediato se abalanza hacia la mesa para servirse otro.

–¿Y dónde estuvieron todo este tiempo? –pregunta el Mono Harris sin salir de su asombro. Es un tipo de tez pálida, cabello cano en las sienes, nariz gruesa, ojos verdes; viste un mono azul de mecánico.

–Cerca de Cojutepeque –dice Clemen–, encerrados en un tabanco.

–¡No les puedo creer!...

–Sí –exclama Clemen, arrellanándose en el sillón, con el vaso en el regazo–. Seis días metidos ahí.

–¿Por qué no se vinieron antes?

Un tractor llega traqueteando al estacionamiento.

–Era mejor esperar hasta que terminara la Semana Santa –explica Jimmy–, para que pareciera más natural nuestro viaje. Y estábamos esperanzados de que nos consiguieran cédulas de identidad falsas, pero no hubo manera...

–Y también había que hacerle la tonsura y entrenar a éste para que pudiera convertirse en cura –exclama Clemen, burlón–. Lo jodido es que ya se le pegó el papel y terminará dando misa...

–No me podés negar que soy mejor actor que vos... –dice Jimmy sobándose el labio donde antes tuvo el bigote.

–Sos excelente –se mete el Mono Harris–. Hasta que no me dijiste quién eras, no te reconocí.

–Mientras que aquí, el interfecto –dice Jimmy señalando con el pulgar hacia Clemen–, lo único que pudo hacer para parecer sacristán fue poner cara de mongólico, como es lo que menos le cuesta...

El Mono Harris se carcajea.

–Comé mierda... –dice Clemen, sin perder el humor.

–Contale lo del borrachín... –le pide Jimmy burlándose.

–Un pendejo que llegó a buscar pleito y le zampé un morongazo en el estómago... Gran susto que se llevó, porque creyó que estaba con un sacristán bruto. Así que no me vengás con que sos mejor actor que yo...

–No me llegás ni aquí, mirá –dice Jimmy y hace un movimiento de corte con la mano a la altura de su rodilla. Luego se vuelve hacia el Mono Harris y le dice, con jactancia–: Un guardia que custodiaba el tren se vino a confesar conmigo...

–¡No! ¡Increíble!... ¡Salud, pues!

Brindan y beben de sus vasos.

–¿Y qué te confesó el guardia?

–Nada, al final se echó para atrás, pero aquí en la estación me ayudó muy cortés a bajar del tren... –dice Jimmy sonriente.

–No te creo... –exclama el Mono Harris.

–Sí –se adelanta Clemen–. «Muchas gracias por todo, señor padre...» –agrega, imitando con guasa al guardia rechoncho, y suelta la carcajada.

–¿Los guardias saben que venían para acá? –reacciona el Mono Harris, cauteloso.

–Sí, era inevitable –dice Jimmy–. Pero no hay problema; no tienen la menor sospecha. Y la idea es irnos de inmediato, en cuanto nos acabemos los tragos, si es posible.

–¿Cuál es el piloto que está de turno? –pregunta Clemen.

–Pepe Dárdano vendrá en un par de horas...

–¡Perfecto! –exclama Clemen.

–Me voy a quitar esta sotana, porque me estoy asando –dice Jimmy.

–¿Pero el plan de ustedes es salir en avioneta desde acá? –pregunta el Mono Harris.

Ambos asienten.

Al Mono Harris le ha cambiado la expresión.

–¿Hacia dónde? –pregunta, con el ceño fruncido.

–A la base americana en Punta Cosigüina, en el golfo –responde Jimmy.

Se hace un silencio incómodo. El Mono Harris apura su vaso.

–No habrá problema –explica Jimmy–. El general se ha quedado sin aviación. Los pilotos en sus naves partieron al exilio; con mi tropa cubrimos hasta el último despegue. Así que nadie puede seguirnos... Y los oficiales de la base americana son mis amigos y nos estarán esperando.

–El problema no es la llegada, sino la salida –mascula el Mono Harris.

–¿Por qué? –pregunta Jimmy.

–Nosotros tenemos un puesto de la Guardia Nacional aquí en la hacienda y todos los que vuelan deben reportarse, con documentos en mano. Es la orden.

Clemen y Jimmy se miran el uno al otro, desencajados.

–No puede ser... –balbucea Clemen, como si de pronto se le hubiese secado la boca.

Los tres guardan silencio.

–Tiene que haber una manera –musita Jimmy.

El Mono Harris se inclina hacia la mesa para servirse otro vaso de whisky; su mueca de preocupación se ha acentuado.

–Además –dice–. Ningún piloto los querrá llevar. El que lo haga no podrá regresar. Si lo descubren es hombre muerto.

–¡Yo hablo con Pepe y lo convenzo!... –exclama Clemen, exaltado, como si de súbito hubiera encontrado la solución.

El Mono Harris se vuelve para mirarlo, serio, sin reclinarse en el sillón.

–Yo creo –dice, y bebe un sorbo de whisky antes de continuar– que lo más prudente es que nadie se entere de que ustedes han venido aquí. La cosa está muy fea.

—Nos enteramos en el tren de los fusilamientos —dice Jimmy.

—Dicen que el brujo va a seguir fusilando y ustedes dos están en la lista de condenados.

Clemen traga saliva, pálido; bebe lo que resta de su segundo whisky de un trago.

—Por eso lo mejor es que nos vayamos ahora mismo —dice Jimmy—. En la base de Cosigüina está destacado el coronel Stuart, uno de mis instructores en Fort Riley. Él estaba al tanto del golpe, nos apoyaba y me dijo que cualquier cosa me replegara para allá.

La atmósfera se ha hecho densa.

—Ya te dije: por aire es imposible salir desde acá.

—¿No hay otra pista cerca? —insiste Jimmy.

El Mono Harris observa a través del ventanal: trabajadores cargan un camión con pacas de algodón. Se frota el rostro con la palma de la mano, como si acabase de despertar.

—No es un problema de pista —dice—. De hacer ese vuelo, se expone el piloto, exponemos la avioneta, metemos en problemas a la hacienda y quienes tendremos que pagar los platos rotos seremos nosotros, los dueños, Juan y yo, que ya tenemos bastantes broncas con el brujo. Nos tiene en la mira. Sólo porque somos americanos no se ha metido con nosotros...

—¿Y entonces?... —pregunta Clemen, angustiado, removiéndose en el sillón.

—Entonces tenemos que encontrar otra salida —dice, pensativo, el Mono Harris—. Tampoco los voy a dejar en la estacada... Déjenme hacer una llamada.

Se pone de pie, sacude la cabeza y se dirige al teléfono, que está en una mesita al fondo de la sala.

—No nos vayás a mencionar, que las líneas están intervenidas —le advierte Jimmy.

—Por supuesto... No te preocupés.

Clemen se ha servido otro whisky y bebe pequeños sorbos, compulsivamente.

—Te vas a emborrachar... —le advierte Jimmy.

—No fastidiés, cerote, ni que fueras obispo... ¿Qué hacemos ahora?

En ese instante el Mono Harris saluda a través de la bocina a don Mincho, le dice en inglés que hay unos compradores de ganado muy interesados en ver el hato de la isla, que son de toda confianza y quieren quedarse un par de días en la casa, ¿es posible?

Jimmy y Clemen se voltean a ver, con la vista aguzada.

—Perfecto —exclama el Mono Harris antes de colgar. Regresa a la mesa; bebe el poso de su vaso.

—¿Qué pasó? —pregunta Jimmy frotándose las manos.

—Bébanse ese whisky y nos vamos.

—¿Adónde? —pregunta Clemen, desconcertado.

—Y vos, Jimmy, ponete la sotana —dice el Mono Harris, sin atender la pregunta de Clemen; actúa deprisa, con ansiedad—. Deben salir de aquí tal como entraron: un cura y un sacristán.

—No entiendo —dice Jimmy—. ¿Cuál es el plan?

—Los voy a llevar a la isla de Mincho, antes de que los guardias vengan a preguntar por ustedes. Permanecerán allá unos días, mientras encontramos una forma de sacarlos del país...

—¿Nos podemos llevar el whisky? —pregunta Clemen alzando la botella, llena hasta la mitad.

El Mono Harris asiente con un movimiento de cabeza.

Clemen guarda la botella en su mochila.

—Voy a traerles un poco de ropa en otra mochila —dice el Mono Harris, y se dirige deprisa por el corredor hacia las habitaciones del fondo.

—¿Cómo la ves? —le pregunta Clemen.

Jimmy se ha puesto de nuevo la sotana.

—Si no nos podemos ir por aire, tendremos que encontrar una manera por tierra o por mar —dice mientras se acerca al ventanal: observa al fondo del estacionamiento a un guardia que, bajo la sombra de un almendro, conversa con el conductor del tractor.

El Mono Harris regresa con una mochila.

—Dejá esa botella —le dice a Clemen—. Aquí en la mochila va una llena.

—Nos podemos llevar las dos...

—No, me dejarían sin nada. Y hasta mañana no iré a la ciudad a comprar más.

Clemen saca la botella y la pone en la mesa.

—Si los guardias vienen a preguntar, les tendré que decir algo —dice el Mono Harris—. ¿Ustedes les explicaron a qué venían?

—No —responde Jimmy—. Pero si me hubieran preguntado tenía planeado decirles que he sido enviado a ver las posibilidades de construir una capilla en la hacienda.

—Perfecto —dice el Mono Harris mientras se acerca a la percha de los sombreros. .

—Yo soy el padre Justo y el mongólico se llama don Tino —dice Jimmy señalando a Clemen.

El Mono Harris saca una pistola de la alacena y se la acomoda en la cintura.

—¿Tenés otra para mí? —pregunta Jimmy.

El Mono Harris señala la mochila.

—Iremos en el carro a la bahía y ahí tomaremos la lancha hacia la isla –dice dirigiéndose a la puerta y sacando unas llaves del bolsillo–. A medio camino nos deshacemos de esa sotana y se convertirán en compradores de ganado.

Salen a la vaharada hirviente de la tarde.

Diario de Haydée

Martes, 11 de abril

Esta mañana fusilaron en el cementerio a un muchacho de nombre Víctor Manuel Marín. Yo no lo conocí, ni
nunca oí hablar de él. Dicen que fue uno de los organi-
zadores del golpe, que su hermano es el teniente Alfonso
Marín, uno de los oficiales que resistió hasta el último
momento el contragolpe en el Segundo Regimiento de
Ametralladoras. Recibí esta tarde la visita de doña Chayito y doña Julita, las madres de los bachilleres Merlos y
Cabezas; me trajeron de regalito un rico dulce de guayaba. Doña Chayito me dijo que ella conoce a la familia
Marín, porque Víctor Manuel trabajaba en la Administración de Rentas, donde su esposo es jefe del departamento de contabilidad; mencionó que los padres del joven
están destruidos, sobre todo porque se enteraron de que
éste fue torturado salvajemente, le arrancaron las uñas,
los dientes y un ojo, y le quebraron piernas y brazos, por
lo que tuvieron que apoyarlo en unos potros de madera para poder fusilarlo. Según doña Chayito, el padre
León Montoya, quien le dio la extremaunción al joven y
esta misma mañana visitó a sus padres para confortarlos,
les confirmó que éste sufrió tanto como Jesús en el Cal-

vario. Padezco escalofríos cuando recuerdo esta historia.

Doña Chayito también me contó que ellas se han reunido con las madres de otros presos políticos, incluidos algunos de los condenados a muerte, y venían a invitarme para que yo participe en esas reuniones. Pero no siguió con el tema, porque en esos momentos llegaron Raúl y Rosita, mis vecinos. Resultó que Raúl ha sido profesor en la facultad del hijo de doña Chayito, el bachiller Paquito Merlos, como le dicen, y que éste va dos años por delante de Chente. Pericles siempre afirma que el mundo es un pañuelo. Al despedirse, doña Chayito me dijo que llamará mañana para saber si quiero acompañarlas.

Miércoles, 12 de abril

He descubierto la peor de las infamias: el tal coronel Castillo con el que Mila se ha enredado y ante quien denunció a Clemen es el mismo que actuó como fiscal militar extraordinario en el Consejo de Guerra. Desde ayer me comenzó a corroer el gusano de la curiosidad y no me detuve hasta descubrir la traición. Lo primero que hice esta mañana fue pedirle a María Elena que le sonsacara a su prima Ana el nombre completo del coronel; ésta recordó que cuando Mila está bebida lo llama Aníbal. Lo demás me saltó en el mismo periódico del Gobierno, donde yo recordaba haber leído que un tal coronel Castillo participaba en el juicio. Sentí que se me escocían las entrañas. Fue tal mi rabia que no pude contenerme: la busqué por teléfono en su casa y donde sus padres, pero por suerte no la encontré, porque yo hubiera perdido los estribos. Luego fui donde mamá a contarle lo que sucedía; quedó estupefacta. Me preguntó si yo estaba completamente segura; le respondí que era muy difícil que hubiera dos coroneles de nombre Aníbal Castillo. Me aconsejó que lo mantengamos en reserva, que debemos pensar con mucho cuidado cómo vamos a manejar la situación; me dijo que ella se lo contará a papá esta noche, cuando ya estén en cama, para evitarle una reacción intempestuosa. Cuando se lo comenté a Carmela, ésta me dijo que quizá sea el menor de los males que esa mujer se largue de una vez por todas de la vida de Clemen, aunque la traición sea imperdonable. Pero ¿y mis nietos? Por más que me lo he propuesto, no he podido dejar de pensar en ello: a veces siento como si estuviera a punto de escupir veneno. Me repito que todo se paga y que ya le llegará su hora a esa arpía; enseguida padezco remordimiento por sentir tanto odio. María Elena me preparó una jarra de té de tila.

He seguido insistiendo por todos los medios a mi alcance para que me permitan ver a Pericles, pero nada he logrado. Parece que «el hombre» desconfía de todos y ve conspiraciones hasta debajo de su escritorio. Ningún funcionario, además, quiere comprometerse en nada; aterrorizados están de que los puedan considerar sospechosos. Papá trató de hablar con el tal Chaquetilla Calderón, pero sus esfuerzos han resultado infructuosos. Mi suegra dice que debo tener paciencia, que por ahora Pericles está seguro en la Penitenciaría. Esta tarde, me encontré de casualidad al doctor Ávila, el ministro de Relaciones, a la entrada de la Policlínica: él iba a visitar a su madre, que recién sufrió un derrame cerebral, y yo a don Jorge. Lo vi demacrado, escabullizo, como avergonzado, hasta con la corbata desarreglada. Le recordé mi calvario y le pedí que por favor interceda para que yo pueda ver a mi marido; me suplicó que comprenda que en estos momentos no se puede mover nada. Por suerte don Jorge comienza a reaccionar positivamente a los tratamientos y tiene más posibilidades de salvarse.

Betito ha regresado de Santa Ana. Las clases no comenzarán hasta el próximo lunes, tanto en los colegios secundarios como en la universidad, por disposición del Gobierno, que teme protestas estudiantiles, las cuales de todas formas parece que estallarán en cuanto abran el recinto universitario, tal como nos advirtió Chente, el hijo de Raúl y Rosita, quien vino esta tarde a hablar con Betito, a contarle los preparativos de las protestas; dice que los estudiantes se siguen organizando pese al toque de queda y a la ley marcial, que los de la Facultad de Medicina son los más osados, admiradores del doctor Romero. Chente es un muchacho bajito, serio, aplicado y muy curioso; de vez cuando viene a hablar con Pericles. Cuando nos trasladamos a esta casa, el pobre se enamoró de Pati, pero ella es dos años mayor que él y ya estaba comprometida con Mauricio. Me parece que Betito está más involucrado de lo que yo suponía en los acontecimientos. Me preguntó si yo tengo una idea de dónde pueda estar escondido Clemen; le respondí que ni sé ni quiero saber, que entre menos gente sepa su hermano corre menos riesgos. «Si yo fuera Clemen, ya estaría en Guatemala», dijo con autosuficiencia, y luego mencionó que conoce veredas secretas que cruzan la frontera a inmediaciones del lago de Güija, cerca de la finca de su amigo Henry. Me contó que sus primos en Santa Ana estaban emocionados con el golpe, que mucha gente allá piensa que habrá que dar un empujón más para sacar al brujo nazi, que con el próximo golpe vendrán los americanos a llevárselo del pelo. Percibí en sus palabras el entusiasmo del adolescente. Yo le he pedido prudencia.

Doña Chayito llamó en la noche para decirme que mañana le dará un té de despedida de soltera a Leonor, la hija de doña Julita, que estoy cordialmente invitada, a las tres de la tarde, pero que como lo organizaron a última hora por culpa de los trágicos acontecimientos, no me preocupe por el regalito, y me dio la dirección de su casa, en el barrio San Jacinto, cerca del mercado. Quedé sorprendida, al principio sin entender, porque no había pensado en ellas a lo largo del día, pero luego me impresionó su audacia. Le dije que por supuesto iré, que llevaré un rico pastel de chocolate.

Nunca he participado en política por iniciativa propia, sino que siempre he acompañado a Pericles en sus decisiones, con la absoluta confianza de que él sabe lo que hace y por qué lo hace, y con la certeza de que mi deber es estar a su lado. Así fue cuando decidió convertirse en secretario particular del general luego de que éste diera el golpe de Estado que lo llevó al poder, o cuando dos años más tarde aceptó la embajada en Bruselas, o cuando decidió romper con el Gobierno y regresar al país, o cuando debimos salir hacia el exilio en México. Iré a la reunión donde doña Chayito con este mismo espíritu; en cuanto pueda hablar con Pericles le contaré sobre ello y seguiré sus dictados al respecto. Admiro a mujeres como Mariíta Loucel, que luchan en primera fila por sus ideales políticos, pero ella es de origen francés y tiene otra educación. Yo me debo a mi marido.

Le pedí a don Leo que me llevara a casa de doña Chayito y que pasara a recogerme hora y media más tarde; antes nos detuvimos en la pastelería de los Bonet a comprar la tarta de chocolate. Hoy ha hecho un calor espantoso. Dudé sobre la forma más conveniente de vestirme; no quería llamar la atención. Por suerte a lo largo de mi vida con Pericles he aprendido a adaptarme a los distintos medios sociales. Cuando subíamos la cuesta hacia la iglesia San Jacinto, tuve una sensación extraña, de distanciamiento, como si no fuese yo la que iba en el coche. Llegué unos diez minutos tarde, porque me entretuve platicando en la pastelería con Montse Bonet. Doña Chayito me recibió con mucha deferencia, hasta con un poco de alivio, me pareció, como si ya hubiese empezado a dudar si yo llegaría. Me disculpé por mi tardanza y le entregué la tarta; me condujo a un patio interior donde estaban sentadas alrededor de una mesa con café y pastelillos doña Julita, su hija Leonor, y otras dos señoras a quienes me presentó: doña Consuelo, la esposa del doctor Colindres, y una joven guapa pero demacrada, vestida de riguroso luto, de nombre Mercedes, esposa del capitán Carlos Gavidia. El patio era fresco, gracias a la sombra de un frondoso árbol de mango y otro de aguacate. Distinguí unos regalitos sobre la mesa; por un momento me pregunté si no se trataría en verdad de una despedida de soltera y lo político fuera sólo fruto de mi imaginación. Pero pronto doña Chayito me informó de que el doctor Colindres fue capturado después del golpe, por su pertenencia a Acción Democrática, el partido que encabeza el doctor Romero, que primero estuvo encerrado en el Palacio Negro, pero que ahora se cree que ha sido trasladado a la Penitenciaría; enseguida me dijo que el capitán Gavidia fue detenido hace pocos días, cuando intentaba cruzar la frontera hacia Honduras, por la zona de Chalatenango, que Merceditas no sabe con certeza dónde lo tienen detenido, aunque cree que permanece en los sótanos del palacio, y que el hermano menor del capitán, el teniente Antonio Gavidia, fue fusilado el lunes en el cementerio. Me persigné, consternada, y le di el pésame a Merceditas, quien de inmediato comenzó a llorar, quedito, con tal dolor que sentí como si me hubiesen apretado el corazón. Un tercer hermano, Pepe, el civil, fue capturado por la policía la misma noche en que fracasó el golpe, balbuceó, y tampoco saben nada de él. Doña Chayito me sirvió café y, mientras partía la tarta, las informó sobre los casos de Pericles y de Clemen; yo tuve la impresión de que no era la primera vez que ellas cuatro estaban juntas. Entonces una empleada vino a decir que tocaban a la puerta de la calle, pero que ella no conocía al visitante. Todas guardamos silencio y nos dimos la vuelta para ver a doña Chayito, quien de inmediato se dirigió, con su andar rápido, hacia la entrada de la casa. Me sentí nerviosa; mis acompañantes lo parecían más. Sólo se escuchaba el bolero melodioso desde la radio de la sala. Le pregunté a Leonor si de veras tiene novio y está próxima a casarse; me respondió que no, pero que si llegaba la policía o alguien a preguntar por qué estábamos reunidas, ella diría que estaba comprometida con Paquito Merlos, el hijo de doña Chayito. Nuestra anfitriona regresó con una mueca de preocupación: dijo que era un supuesto vendedor de jabones, necio con que lo dejara entrar para mostrarle los productos, pero que a ella más bien le dio la impresión de que era un fisgón de la policía. Me sorprendió la sangre fría de doña Chayito. Fue de nuevo a la sala un momento, a subirle el volumen a la radio. Luego explicó que la idea de la reunión era organizar un comité de madres y esposas de presos políticos, a fin de presionar para conseguir una inmediata liberación de nuestros familiares y evitar la consumación de nuevas ejecuciones de aquellos condenados por haber participado en el golpe. Doña Chayito es una mujer de palabra enérgica: dijo que varias madres y esposas se han reunido con anterioridad, pero que ahora hay que organizar con más vigor el esfuerzo; indicó que doña Consuelo se encargará de mantener el contacto con Acción Democrática y con los profesionales, Merceditas con las familias de los oficiales condenados a muerte, y doña Julita y ella con los estudiantes universitarios y las asociaciones de empleados; a mí me preguntó si estaría de acuerdo en abrir los contactos con el cuerpo diplomático. Yo le respondí que con gusto lo intentaría. Enseguida doña Chayito dijo que debíamos poner manos a la obra para redactar un comunicado en el que exigiéramos una amnistía general y una inmediata puesta en libertad de los presos políticos. Fue al interior de la casa por papel y lápiz. Doña Consuelo no paraba de comer tarta de chocolate, ni de elogiar la pastelería de los Bonet; doña Julita permanecía muy callada, casi ausente, como todas las veces que la he visto, apenas una sombra de doña Chayito, aunque algo de plática logré sacarle, gracias a lo que me enteré de que su marido es ingeniero y trabaja en el Ministerio de Obras Públicas, que su hijo también estudia ingeniería, que los Cabezas y los Merlos son vecinos. Doña Chayito comenzó a redactar el comunicado en un cuaderno de papel cuadriculado;

tenía a mano un manifiesto de los estudiantes universitarios, en el que éstos exigían la libertad de sus compañeros y el fin de la dictadura del general, del que ella copió casi todo el contenido, pero le agregó un párrafo para pedir la amnistía de los condenados a muerte y le puso al calce el nombre del Comité de Familiares de Presos Políticos. Nos preguntó si estábamos de acuerdo, todas dijimos que sí, excepto doña Consuelo, quien advirtió que la consigna «¡Vivan los familiares de los presos políticos!», adaptada del original de los estudiantes universitarios, le parecía fuera de lugar, que podía dar a entender que somos comunistas. Doña Chayito tachó la frase y luego dijo que sacará varias copias en su máquina de escribir, que nos hará llegar mañana una a cada una de nosotras, quienes deberemos sacar más copias para distribuir en los sectores que nos corresponden. Todas estuvieron de acuerdo en que es de vital importancia que yo la haga llegar lo antes posible a la embajada americana. Bebimos fresco de tamarindo, acabamos con los pastelillos y ultimamos detalles; supe que doña Chayito y doña Consuelo son colegas profesoras en la Escuela Central de Señoritas. Doña Julita comentó que corre el rumor de que el sábado permitirán de nuevo las visitas en la Penitenciaría. Ni sentí cómo el tiempo se pasó volando. Tocaron de nuevo a la puerta: hubo temor entre todas, pero era don Leo que venía a recogerme. Pregunté si alguna quería que la condujéramos a su casa; Merceditas, la pobre, quien había estado apagada durante la reunión, dijo que me lo agradecería. Antes de despedirnos, doña Chayito insistió en regalarnos sendas bolsas con aguacates, que ese árbol no para de dar frutos todo el año, dijo.

En el coche, mientras cruzábamos la ciudad con rumbo al barrio San José, donde está ubicada su casa, Merceditas me contó que tiene veintitrés años, es madre de dos niños y no sabe qué hará si fusilan a su marido, que su suegra está en cama, como zombi, sin probar bocado desde el lunes, que el fusilamiento de Antonio la ha desmoronado. Merceditas dice que aún tiene la esperanza de que su marido sea perdonado, por las presiones de los americanos, porque él recibió las mejores notas en su curso de formación en Estados Unidos, donde varios jefes militares le tomaron cariño; me explicó que los hermanos Gavidia fueron convencidos a entrar en el golpe por el capitán Manuel Sánchez Dueñas, a quien fusilaron junto a Antonio. Me percaté de que Merceditas tiene mucha información sobre el golpe, conoce detalles que sólo los militares saben; también descubrí que es una chica con carácter fuerte (hubo un momento en que me recordó a Pati), decidida a luchar para que no fusilen a su marido ni a su cuñado, y que si permaneció como apagada en la reunión ha sido por agotamiento de tanto dolor. Merceditas me contó que este capitán Sánchez Dueñas, de quien yo nada sabía, fue el verdadero organizador del golpe militar: líder en su promoción de oficiales, le habían dado la baja por insubordinación dos años atrás y pesaba una orden de captura en su contra, por lo que tuvo que salir al exilio; pero desde la Navidad pasada regresó subrepticiamente al país para organizar la conspiración. Mayúscula fue mi sorpresa cuando Merceditas me reveló que ese capitán Sánchez Dueñas tenía como escondite una finca al norte de la ciudad, donde se reunía con los otros capitanes de su promoción, incluido por supuesto su marido, el capitán Gavidia, y que a esa finca se le conoce como «la Layco», propiedad de Mariíta Loucel...

No alcancé a reaccionar porque en ese instante llegamos frente a la casa de Merceditas, pero luego de despedirla, mientras don Leo enfilaba hacia mi casa, me quedé pensando, boquiabierta, si no habrá sido Mariíta la verdadera organizadora del golpe y no el difunto capitán Sánchez Dueñas. Don Leo me trajo de nuevo al presente cuando me dijo que un coche, según él con polizontes vestidos de civil, nos había seguido a prudente distancia desde donde doña Chayito hasta donde Merceditas.

Viernes, 14 de abril

Doña Chayito pasó por casa a las diez de la mañana; traía la copia del comunicado escondida en el refajo. Me recordó que yo debía sacar el mayor número de copias posibles para repartir entre los conocidos, que era la única manera de darnos a conocer, que todas las imprentas están controladas por los espías del general. Yo le conté que había tratado de hablar con el coronel Palma para saber si regularizarán las visitas de los sábados, pero que aún no me había tomado la llamada; acordamos encontrarnos mañana frente a la Penitenciaría. Doña Chayito estuvo poco rato. Le recomendé que tuviera muchísimo cuidado, que tanto mi casa como la de ella están sometidas a vigilancia. Enseguida puse manos a la obra: me senté frente a la máquina de escribir de Pericles e hice una docena de copias. A mediodía fui a casa de mis padres. Le pedí a don Leo que viniera a recogerme; llevaba cuatro copias dobladas dentro de un sobre, sujeto con la media, en la parte interna de mi muslo derecho. Le conté a papá sobre mis andanzas; le indiqué el destino de las hojas:

una para el encargado de negocios de la embajada británica, una para la directiva de la Asociación de Cafetaleros, otra para que la hiciera llegar a Santa Ana y otra para él; le pedí que mandara sacar todas las copias que fuera posible para distribuirlas entre sus amistades y conocidos, en especial del cuerpo diplomático. Me preguntó si ya se la habíamos hecho llegar a la embajada americana. Le dije que aún no, pero que yo encontraría la manera de entregársela a míster Gardiner, el vicecónsul, aprovechando su amistad con Clemen. Papá dijo que le impresionaba mi entusiasmo; comentó que la decisión de condenar a fusilamiento a don Agustín Alfaro, al doctor Guillermo Pérez, director del Banco Hipotecario, y a tanta gente respetable, ha convencido a todo el mundo de que debemos perder el miedo y encontrar la forma de acabar con ese brujo criminal. Luego se comprometió a enviar una copia a la embajada americana a través de sus propios contactos. Y me advirtió que me moviera con la mayor discreción.

En la tarde, tomé una decisión: no iría a la embajada, sino a la casa de míster Gardiner, donde Clemen pasó la noche después del golpe, el último lugar donde fue visto; de esa manera no comprometería a Pericles, a quien para nada le gustan los gringos y quien tampoco es bien visto por ellos. Llamé a doña Tracy, la esposa de míster Gardiner; ella me conoce de algunos eventos sociales y también gracias a mi familia, aunque nunca hemos intimado. Le pedí si podía atenderme un momento esta tarde, que quería conversar un asunto personalmente con ella. De seguro pensó que se trataba de noticias de Clemen, porque me respondió con cortesía extrema: que cuando yo quisiera, ella estaba a mi disposición. Enseguida partí hacia su casa. Tuve la impresión de que la empleada que me abrió la puerta, una trigueña de rasgos finos, me esperaba con ansiedad: me condujo a un salón donde doña Tracy hablaba por teléfono y me ofreció un vaso de fresco de arrayán. La esposa del vicecónsul es una joven extrovertida, rubia platinada, que alguna vez quiso ser actriz y a quien le gusta reunirse con los jóvenes artistas nacionales. Luego de saludarme, me preguntó si yo hablo inglés, pues ella prefería conversar en su idioma; le dije que casi no lo practico, pero que lo aprendí bien en mi adolescencia. Luego le conté el propósito de mi visita; me aseguró que con gusto le daría la copia del comunicado a míster Gardiner, que ella misma sacará más copias para repartirlas entre sus amigas del cuerpo diplomático, que no es posible que ese «hombre malvado» siga en el poder arruinando a este país y asesinando a sus mejores hombres. Me sorprendió su vehemencia. Luego, sin preámbulos, me preguntó si tenía noticias de Clemen. Yo iba preparada para abordar el tema sólo si ella lo sacaba a colación, porque una nunca sabe los compromisos y secretos en ese tipo de situaciones. Le dije la verdad: que nada sé sobre la situación de mi hijo, que yo ruego por que haya logrado salir del país y se encuentre a resguardo. Entonces me preguntó, con gesto de picardía, si yo estaba enterada de que Clemen se había escondido en esa casa cuando el golpe fracasó; le respondí que algo había escuchado, pero que entiendo que una no debe inquirir, por prudencia, sobre cosas tan delicadas. Relató la larga noche que pasaron en vela, míster Gardiner y ella, conversando con Clemen sobre los intríngulis del golpe; contó detalles de los preparativos para sacar a mi hijo disfrazado de empleada doméstica; se refirió con cariño al sentido del humor de éste, a sus virtudes histriónicas. En eso entró la empleada trigueña, a la que llamó Indalecia; nos sirvió más fresco de arrayán. Fue gracias a la confianza de ella, enfatizó doña Tracy, cuando la empleada hubo salido, que Clemen logró entrar donde los Gardiner sin problemas. En el trayecto de regreso a casa me sentí liviana, alegre, satisfecha, no sólo porque había cumplido mi encomienda sin problemas, sino porque las palabras de cariño hacia mi hijo cayeron como bálsamo sobre mi espíritu, tan lastimado por la infamia de Mila.

Invité a cenar a Carmela y al Chelón, a Mingo y a Irmita. Los convoqué temprano, a las seis de la tarde, para aprovechar el tiempo, porque a partir de la diez de la noche entra en vigor el toque de queda. Con María Elena preparamos las empanadas de plátano maduro rellenas de frijoles refritos que mucho afama el Chelón; también tamalitos de chipilín y pupusas de queso con loroco. Fue como si yo hubiera tenido necesidad de un agasajo en medio de tanta desgracia, de sentir a mi marido a través de sus mejores amigos, aunque él no estuviera. Pericles ha dicho siempre que Mingo es un excelente poeta que se las quiere llevar de periodista y el Chelón un gran pintor que se las quiere llevar de poeta. Cenamos al son de los chismes políticos, no se habla de otra cosa en la ciudad; también nos reímos a costillas de Serafín, el pobre aún asilado en el consulado de Guatemala. Carmela trajo un exquisito dulce de marañón para el postre. En la sobremesa, Mingo contó una historia que nos dejó a todos con la boca abierta: el mayor Faustino Sosa, jefe del escuadrón de la Fuerza Aérea, quien fue fusilado el lunes en el patio del Palacio Negro junto al general Marroquín y el coronel Calvo, era en verdad inocente, por completo ajeno al golpe; incluso los golpistas que se tomaron el aeropuerto, bajo el mando de Jimmy, el hijo de Angelita, lo encerraron en una barraca porque no los quiso apoyar y les criticó su falta de lealtad al general. ¿Y entonces por qué lo fusilaron?, le preguntamos. Nadie sabe de quién fue la picardía de incluir su nombre como uno de los jefes rebeldes en la circular que enviaron los golpistas a los comandantes departamentales para demandar su apoyo, explicó Mingo, y el pobre hombre permanecía encerrado sin saber que lo estaban involucrando en una rebelión a la que se oponía y que le costaría la vida. Cuando el golpe ya había fracasado, continuó Mingo, y las tropas de caballería lideradas por Jimmy se retiraron del aeropuerto ante el asalto de los contingentes adeptos al general, el mayor Sosa fue puesto en libertad, pero nadie sabe si le advirtieron que habían utilizado su nombre en el comunicado golpista, y el hecho es que el inocente se dirigió feliz al encuentro de las tropas oficialistas sin saber que de inmediato lo capturarían. Carmela dijo que ella no lograba entender: si el hombre no participó, y todos sabían que no había participado y que sólo habían utilizado su nombre sin su consentimiento, ¿por qué lo fusilaron? Mingo se encogió de hombros: parece que el general lo hizo pagar la rebelión de la mayoría de pilotos, que se llevaron en su huida todos los aviones y han dejado al Gobierno sin Fuerza Aérea, dijo.

Ninguna cena con Mingo y el Chelón puede terminar sin que éstos se enfrasquen en una discusión sobre temas ocultistas, mientras nosotras, que somos católicas, apenas les ponemos atención y seguimos con lo nuestro, sobre todo porque nos hacen mala cara si opinamos al respecto. Pericles dice que le encanta jugar el papel de abogado del diablo, provocándolos. Mingo sabe mucho de teosofía y ahora es un crítico implacable de ella, mientras que el Chelón se declara agnóstico, afirma que toda teoría sobre el espíritu es inútil y que lo único que vale es la experiencia propia. Anoche, por suerte, no entraron en temas escabrosos, sino que discutieron sobre la maldad del general, cómo un hombre que asegura respetar lo espiritual puede ser un asesino cruel y perverso. Yo quedé en lo mismo: tiene que haber un infierno donde este hombre pague todo el mal que nos ha hecho.

Antes de que se retiraran, mientras servía coñac para ellos y licor de cereza para nosotras, les conté mis andanzas con el Comité de Familiares de Presos Políticos y les mostré el comunicado. Me miraron con sorpresa, casi con admiración, diría. Les propuse que se llevaran una copia, sobre todo a Mingo, que tiene contacto con periodistas extranjeros, cuya presencia debemos aprovechar porque los periódicos adversos al general siguen clausurados. Me dijo que a esas horas de la noche era muy arriesgado para él andar con papeles comprometedores, que pasará mañana a recogerlo; el Chelón dobló una copia y, con un guiño, se la guardó en el bolsillo de la camisa. Ambos me dijeron que les avise cuando se regularicen los permisos de visita en la Penitenciaría, a fin de ir a conversar un rato con «el viejo», como les gusta llamar a Pericles.

Betito se reportó por teléfono para decir que le agarró la noche en casa del Flaco Pérez, su amigo y compañero de colegio, que se quedará a dormir allá, no vaya a ser que el toque de queda lo sorprenda en la calle; le pedí que regrese mañana temprano para que me acompañe a ver a su padre a la Penitenciaría. María Elena me advirtió que el «niño» Betito –como aún a veces le dice pese a la molestia de éste– y sus amigos se están involucrando en la organización de protestas en los colegios de secundaria, que no es que ella me venga con el chisme, sino que es mejor que yo esté enterada; también me volvió a sacar el tema de mi visita a casa de los Gardiner, la que yo le había relatado mientras preparábamos la cena, y de la que le hizo especial gracia la forma como habían disfrazado a Clemen de empleada doméstica, pero ahora quiso saber más detalles sobre el uniforme de Indalecia y sobre el aspecto de ésta.

Antes de venirme a la cama a garabatear estas líneas, he observado mi rostro con detenimiento en el espejo: me parece que nuevas líneas de arrugas salen de mis ojos, que estoy más pálida, descuidada. ¿Cómo habré cambiado en estos nueve días en que no he visto a Pericles? ¿Y cómo estará él, luego de semejante encierro? Espero con todas las ansias que podamos vernos mañana.

Sábado, 15 de abril

No pude ver a Pericles. No autorizaron las visitas. A las ocho de la mañana éramos una multitud abigarrada frente a la Penitenciaría: los familiares de los presos políticos y de los reos comunes. Mucha gente del pueblo. Yo no sabía que las visitas a los reos comunes también habían sido suspendidas luego del golpe. Por suerte Betito iba conmigo; me asustan las multitudes. La gente estaba indignada, con los ánimos caldeados, increpaba a los vigilantes a que abrieran de una buena vez las puertas. Me costó encontrar a doña Chayito y doña Julita; ambas eran acompañadas por sus esposos. Nos quedamos platicando cerca de un carretón donde vendían naranjas y mangos. Los insultos a los vigilantes subían de tono. Doña Consuelo llegó, junto a sus hijos, con expresión de repugnancia; se quejó de tanta chusma. Yo temía que de un momento a otro estallara un zafarrancho. Pronto aparecieron dos pelotones de la Guardia Nacional a resguardar la entrada: se produjo un momento de silencio, como si una vaharada de miedo hubiera caído sobre nosotros. Pero un minuto más tarde comenzaron de nuevo las expresiones de protesta, los insultos. Yo alcancé a escuchar el grito, la voz ronca y retadora de una mujer: «El brujo quiere fusilar a nuestros hijos». Fue como un detonador. La muchedumbre se enardeció y empezó a corear, de manera espontánea, cada vez más fuerte y desafiante: «¡Libertad! ¡Libertad! ¡Libertad!». Al principio yo sentí temor, pero cuando me volví para ver a Betito y a mis compañeras, descubrí que ellos también gritaban, agitando el puño. Me sumé al coro. Y a medida que gritaba, con creciente entusiasmo, sentí una mezcla de rabia y alegría, como si por fin pudiera sacar un rencor que me había estado corroyendo desde que se llevaron preso a Pericles. Entonces los guardias nos apuntaron con sus fusiles: busqué con la mirada a Betito, con un amago de pánico, pero él seguía coreando, sin amilanarse, como los demás. Por suerte, en ese momento, un oficial militar y varios funcionarios de la Penitenciaría salieron por el portón: ordenaron que los familiares de los reos comunes se formaran en una fila, que tuvieran su documento de identidad a la mano, que en quince minutos comenzarían las visitas. Hubo barullo, gritos de regocijo, empujones y pleitos por tomar la posición delantera en la fila. Fue cuando doña Chayito le preguntó al oficial a los gritos dónde nos teníamos que formar los familiares de los presos políticos. El oficial le respondió de mala manera que hoy no habría visita a los presos políticos, que tal vez mañana. «¡Ingratos!», me salió el grito, sin que hasta ahora me explique cómo. Los familiares de los reos comunes abuchearon al oficial con silbatina e insultos, y manteniéndose en la fila lanzaban gritos de «¡Asesinos!...». Algunos se ofrecieron a dar mensajes y a introducir lo que nosotros quisiéramos enviar, que ellos se lo entregarían a sus familiares para que éstos se lo dieran a los nuestros. Pericles ya me había advertido que los presos políticos están encerrados en una sección especial, sin contacto con los reos comunes. De todas formas, nada perdíamos con intentarlo, por eso yo le entregué una bolsa con víveres a una señora gorda con delantal, a toda vista vendedora del mercado, quien me dijo que no desconfiara, que su marido era un hombre honrado y le entregaría la bolsa a «don Pericles», como si ya lo conociera, que ella y sus amigas rezaban a diario para que los esbirros del brujo no capturaran a Clemen ni a ninguno de los demás «héroes». Me quedé azorada, porque en ese momento comenzó a avanzar la fila y se hizo la barahúnda. Nos retiramos a la acera de enfrente; éramos como cincuenta los familiares de los presos políticos. Doña Chayito dijo que teníamos que hacer algo, pero el oficial regresó a ordenar que nos dispersáramos, que no podíamos permanecer ahí. De súbito me sentí débil, que pasaba de la indignación al desánimo; me apoyé en Betito, quien aún mascullaba insultos con rabia. Antes de que la mayoría comenzara a retirarse, doña Chayito y doña Consuelo repartieron copias del comunicado; acordamos encontrarnos mañana a la misma hora en ese mismo lugar. Doña Chayito caminó un corto trayecto a mi lado: le conté que ya había hecho llegar el comunicado a la embajada; ella me dijo que habría una reunión esta misma tarde, a las cuatro, en casa de doña Consuelo, y me entregó un papelito con la dirección apuntada.

Regresamos a casa. Yo no me sentía bien, como si se me hubiera bajado la presión. Me preparé un té negro con mucha miel. María Elena no está: desde temprano partió hacia su pueblo a ver a su familia y regresará el lunes en la mañana; le envié un vestidito a Belka, espero que le talle, porque a esa edad los niños crecen tan deprisa. Hablé con mamá, con mi suegra, con Carmela, para contarles lo sucedido. Betito dijo que saldría con sus amigos; yo me acosté un rato. Soñaba con Clemen, quien desesperado corría bajo la lluvia, cuando me despertó un aldabazo en la puerta de la casa. Era Mila, con los niños; me dijo que necesitaba dejármelos un rato, que ella tenía un compromiso urgente, Ana se ha ido a su pueblo y sus padres no estaban en la ciudad. Yo me sentía aún medio embotada por el sueño. Le dije que no había problema, pero que debía pasar a recogerlos antes de las tres de la tarde, porque yo también tenía un compromiso y María Elena ha partido con Ana; me aseguró que vendría por ellos a las dos y media en punto, y se fue deprisa. Su visita fue tan precipitada que sólo cuando cerré la puerta comenzó a hervirme la sangre. Los niños corrieron al patio a jugar con *Nerón*. Cerré con llave el estudio de Pericles, alcé los adornos delicados en las estanterías de la sala y revisé cuánta comida había dejado preparada María Elena. Enseguida Marianito llegó a la cocina a decirme que tenía sed.

Luego de prepararles un pichel de fresco de melón, me senté en la mecedora, en el porche, a ver jugar a los niños. Pensé que no es sano para mí guardarme lo que siento y lo que pienso de Mila. En ese mismo momento yo estaba segura de que ella había venido a dejarme los niños para poder revolcarse a sus anchas con el coronel que quiere asesinar a mi hijo, a su marido. No me gustan los pensamientos que envenenan, pero en este caso no puedo evitarlos. Por suerte, Betito regresó una media hora más tarde; venía con Chente, quien me pidió copias del comunicado para llevarlo a sus compañeros universitarios, me dijo que ellos están organizando una huelga y otras actividades para protestar contra las atrocidades perpetradas por el general, que en cuanto abran la universidad el próximo lunes la cosa se pondrá caliente. Le entregué las copias del comunicado que me quedaban; nada más guardé una. Chente nos explicó que en las reuniones secretas sostenidas por los estudiantes, en estos días de asueto forzado, habían acordado que una prioridad era lanzar una campaña para exigir la liberación de los presos políticos, que él hablaría con sus compañeros para que un grupo de ellos nos acompañe mañana temprano a la Penitenciaría con el propósito de obligar a las autoridades a que autoricen las visitas. Le dije que esta tarde les comentaría su ofrecimiento a las señoras del comité, que ellas por su lado tienen contacto con los estudiantes y no quería yo tomar decisiones que no me competen, que en la noche podríamos conversar de nuevo. Aún no deja de sorprenderme que de la figura esmirriada de Chente salgan tantas palabras grandilocuentes y semejante decisión.

Mila vino a recoger a los niños un poco antes de las tres. No estuvo en casa ni un minuto: intempestiva, con la ansiedad de quien trae el pecado quemándole las entrañas, les gritó a los niños que se apuraran y se despidieran de su abuela, me agradeció y se disculpó porque venía con mucha prisa. Yo me pregunto si esta mujer sabe que yo sé o si es la pura culpa lo que la atolondra.

La casa de los Colindres queda a muy pocas cuadras de la nuestra. Llegué unos minutos antes de las cuatro. Doña Consuelo me dijo que yo era la primera, me condujo a un salón donde tenía preparadas bandejas con bocadillos, un termo con café y los picheles de agua y fresco; me encantó un tapiz oriental que cubría el respaldo del sofá. Minutos más tarde llegó Merceditas; vestía, igualmente, de riguroso luto, pero su semblante había mejorado: nos informó que los oficiales y civiles que estaban encerrados en los sótanos del Palacio Negro, incluidos su marido y su cuñado, han sido trasladados a la Penitenciaría, lo cual es motivo de esperanza. Doña Chayito apareció sola, dio excusas de parte de doña Julita, quien padecía una fuerte jaqueca; enseguida le propuso a doña Consuelo que nos trasladáramos a otra sala o al patio, porque las ventanas de ese salón daban a la calle y los fisgones de la policía podrían escuchar con facilidad lo que habláramos. Doña Consuelo llamó a la sirvienta para que limpiara la mesita del patio y nos ayudara a trasladar las bebidas y los bocadillos. Por suerte ya había bajado la resolana. Doña Chayito dijo que era urgente que abordáramos dos asuntos: la elección de una directiva del Comité y la solicitud de una audiencia con el cuerpo diplomático para plantear nuestra situación y pedir su ayuda. Explicó que a causa de la ley marcial y el estado de sitio es imposible que nos reunamos todos los familiares en una gran asamblea, por lo que ella y doña Julita han sostenido encuentros con pequeños grupos como éste, y que la propuesta es que ellas dos sean nombradas coordinadoras, para poder hablar en representación nuestra. Las tres estuvimos de acuerdo, aunque doña Consuelo advirtió que a ella no le interesa entrar en politiquería, que se trata nada más de lograr la libertad de nuestros familiares. Y también de exigir la amnistía para los condenados, aclaró doña Chayito, y se dio la vuelta para ver a Merceditas. Por supuesto, dijo doña Consuelo. Y luego entramos al segundo punto: doña Chayito dijo que había que integrar una delegación para presentarnos el lunes temprano en la embajada americana a solicitar una audiencia con el embajador para entregarle el comunicado y pedirle personalmente a él, como decano y representante del cuerpo diplomático, que le exijan al brujo el cese de los fusilamientos y la libertad de todos los presos políticos; ella cree que el embajador nos recibirá de inmediato y que debemos convocar a los corresponsales de prensa. Le pregunté cuántas personas a su parecer debían integrar la delegación. Ella dijo que por lo menos seis, entre las que podían estar Merceditas, doña Consuelo, la mamá del teniente Marín y del pobre Víctor Manuel, la esposa del doctor Valiente, ella y yo. Todas estuvimos de acuerdo. Entonces les conté lo que había hablado un rato antes con Chente y su propuesta de que un grupo de universitarios nos apoye en la visita de mañana a la Penitenciaría. Doña Consuelo dijo que eso no le olía bien, que los universitarios llegarán a armar relajo y así perderemos toda oportunidad de que nos autoricen la visita. Doña Chayito explicó que ella también ha recibido propuesta de apoyo de un grupo de estudiantes, que quizá lo mejor es tener primero la reunión con el cuerpo diplomático, y que si el brujo no reacciona y sigue empecinado en prohibir las visitas, entonces pediremos el apoyo a los universitarios. En ese instante, dos lágrimas corrieron por el rostro de Merceditas. Comprendí, con dolor, que ella no ha visto a su marido desde que lo capturaron y que tampoco le dieron oportunidad de despedirse de su cuñado, el teniente Gavidia, antes del fusilamiento. Sólo la inmensa bola de rabia que se me atoró en la garganta impidió que yo también me quebrara. Doña Chayito y Merceditas salieron juntas; yo regresé andando.

Luego de que oscureciera, Chente llegó a casa. Le conté lo que habíamos acordado; dijo que de todas formas, si yo quería, él y algunos de sus compañeros podían acompañarme mañana, con el compromiso de no manifestarse. Le dije que mejor esperemos hasta el lunes. Yo estaba sola en casa, porque Betito andaba donde Henry. Hubo un momento en que creí descubrir otra cosa en la mirada de Chente, cierta vehemencia, una especie de deseo, no sé, pero el hecho es que apreté el ceño y él, encarnado, desvió su mirada. Ahora mismo no sé si fue pura imaginación mía. La ausencia de Pericles comienza a hacerme estragos.

Domingo, 16 de abril

Pati llamó muy temprano. Le dije no había buenas nuevas: nada sé de su hermano ni he podido ver a su padre. Fui a misa de ocho. Me confesé con el padre Evelio: me acusé de estar sintiendo mucho odio hacia una persona que ha traicionado a un familiar al que yo amo. El padre me preguntó si yo estoy segura de esa traición o me estoy dejando llevar por la lengua de otros. Le expliqué que es muy difícil que a mí me conste esa traición, pero que la información es seria, fidedigna. Insistió en que yo precisara si se trata de una traición o de una infidelidad. Le dije que es una traición mortal y le pedí que me aconsejara cómo comportarme con esa persona. El padre me dijo que nosotros no somos jueces de los otros, que el único juez es el Señor, que debo perdonar y limpiar mi corazón; luego me indicó lo que debía rezar de penitencia. Me hubiera gustado darle los detalles, para descargarme y porque él conoce a Mila, pero, como dice Pericles, a los sacerdotes nunca debo darles nombres propios porque también son hombres y los hombres nunca pueden guardar secretos.

De la iglesia partimos en procesión hacia la Penitenciaría. Mamá y otras amistades se disculparon, pero algunas nos acompañaron. Éramos como treinta, incluidas por supuesto las del comité, que habían sido convocadas por doña Chayito en la iglesia. Betito odia levantarse temprano los domingos, pero me acompañó a misa y, luego, a exigir que nos permitan visitar a su padre; también venían Chente y otros jóvenes que estaban en la misa. Caminamos las tres cuadras que nos separaban de la Penitenciaría. Nos plantamos frente al portón. Doña Chayito me pidió que fuéramos ella y yo a demandar una audiencia con el oficial que estuviera a cargo. Para mi sorpresa, antes de que habláramos con los vigilantes, apareció por el portón el sargento Flores, el asistente del coronel Palma, el director, quien se ha escondido y no atiende las llamadas telefónicas de nadie. El sargento dijo que lamentaba comunicarnos que aún no había recibido la orden que autorizara las visitas, que si por él fuera con gusto nos dejaría entrar, pero nosotros sabemos cómo está la situación de delicada, que seguramente mañana lunes, cuando todo vuelva a la normalidad, llegará la orden; nos juró por su madre que todos los presos políticos se encuentran bien y que en la Penitenciaría no se tortura ni se fusila. Doña Chayito le dijo, con la voz alzada, que si no nos permitía la visita nosotras nos quedaríamos ahí en plantón todo el día con carteles de protesta. Yo no sabía nada de los carteles ni me parecía sensato quedarme todo el día a la intemperie si de nada servía para que nos dejasen entrar, pero doña Chayito era quien llevaba la voz. El sargento nos advirtió que eso sólo repercutiría en contra nuestra, que con el estado de sitio están prohibidas las concentraciones políticas y la Guardia Nacional nos desalojaría y podríamos terminar detenidas. «Mejor vámonos, niñas, y esperemos a ver qué pasa mañana», escuché que decía detrás de mí doña Consuelo. La mayoría estuvo de acuerdo con ella.

Betito y yo enfilamos a casa de mis padres. Hubo almuerzo familiar: Cecilia, Armando y los muchachos vinieron de Santa Ana; también tíos y tías. Los clubes, al igual que los periódicos, aún permanecen clausurados por orden del general. Mamá y Cecilia prepararon la paella. Les conté lo sucedido en la Penitenciaría; todos están indignados, dicen que esta situación no puede persistir, que algo tendrá que suceder pronto para que el brujo nazi se largue. «Todos queremos que se vaya, pero ninguno de ustedes hace nada para echarlo», les recriminó papá. «Cómo no, Lenin», respondió en son de guasa mi tío Charlie. Con los hombres de la familia no se puede: de todo se mofan. A falta de información, vivimos de rumores: que dicen que capturaron a fulanito, que dicen que pronto habrá nuevos fusilamientos, que los gringos están preparando algo grande contra el general. Les conté que nosotras pensamos ir a la embajada americana, para que el cuerpo diplomático nos apoye en nuestra demanda de una inmediata amnistía. «Míster Thurston las está esperando», comentó con cierta ironía mi tío Charlie, quien en verdad es amigo del embajador. Le dije que dejara de bromear, que yo estaba hablando de cosas serias. «Yo también estoy hablando en serio: las está esperando», dijo él, con otra sonrisa. No sé qué pensar; lo más probable es que se haya estado divirtiendo a mis costillas.

A media tarde le pedí a don Leo que me condujera a la casa de Mingo e Irmita. Puse a éste al tanto de nuestro plan y le pedí su apoyo para que convocara a los corresponsales de prensa extranjera. Me dijo que ya quedan muy pocos en el país, pero que no me preocupe, que él garantiza que por lo menos llegarán dos de la prensa americana. Tomamos café y chismeamos un rato. Vi a Irmita muy desmejorada; para mí que eso que ella padece es algo más que una bronquitis crónica.

Angelita vino a visitarme: la pobre está como yo, sin ninguna información de Jimmy, con el único consuelo de saber que no ha sido capturado. Ella tenía la esperanza de que su hijo se hubiera ido en alguno de los aviones en que escaparon los pilotos cuando vieron ondear la bandera blanca en el cuartel del Primer Regimiento de Infantería y confirmaron que el golpe había fracasado; pero no, hace poco le hicieron saber que el último piloto en levantar vuelo fue un hijo de don Chente Barraza, joven alumno de aviación que había participado en el bombardeo del Palacio Negro y quien le ofreció a Jimmy un asiento en la nave. Éste prefirió quedarse a cumplir con su deber: organizar la retirada de las tropas de caballería que él comandaba y que estaban siendo cercadas en el aeropuerto por los contingentes leales al general. Eso le contó la familia Barraza a Angelita. Le dijeron que el joven Chente voló hacia la base militar norteamericana en Punta Cosigüina, en el lado nicaragüense del Golfo de Fonseca, adonde fueron a dar los pocos pilotos que no enrumbaron hacia Guatemala, y que por suerte ahora ya están a salvo en la Zona del Canal de Panamá. En ésas estaba Angelita, contándome su historia, cuando los Alvarado vinieron de visita. No se conocían, pero pronto entraron en confianza, como si la angustia y la incertidumbre acercaran a la gente. Raúl auguró que las cosas se pondrán duras a partir de mañana, que la universidad será un hervidero de activismo y pueden suceder hechos trágicos; Rosita lamentó que Chente esté tan involucrado en las protestas, teme horrores que puedan capturarlo, aseguró que los estudiantes tienen la idea de preparar una huelga universitaria. Raúl dijo que se ha reunido con sus colegas médicos y que todos se preguntan qué habrá sido del doctor Romero, ya pasaron dos semanas desde que se produjo el golpe y nada se sabe de don Arturo, aparte de que está condenado a muerte. Es la misma situación de Clemen, de Jimmy y de tantos otros, que están sobreviviendo a salto de mata, quién sabe dónde y en qué condiciones.

Debo prepararme para la jornada de mañana: iremos vestidas de negro a la embajada. A esta hora de la noche, si me tiendo en la cama, tengo de nuevo la sensación de estar flotando en el mar, boca arriba, sin moverme, con los ojos cerrados bajo el sol poniente, desplazándome al antojo de las olas, mientras Pericles me cuida desde la playa.

Día febril, como si la ciudad hubiera despertado con otro ánimo. A las ocho de la mañana en punto estábamos en la embajada americana. En efecto, tal como auguró mi tío Charlie, míster Thurston nos hizo esperar sólo diez minutos y nos recibió con amabilidad y disposición a ayudarnos; le dio el pésame a Merceditas y a la madre de los Marín. Doña Chayito llevó la voz cantante: le entregó el comunicado, hizo un repaso de la situación de los presos y pidió formalmente la intermediación de su Gobierno y del cuerpo diplomático para que el general decrete una amnistía a todos los presos políticos. El embajador dijo que la prioridad ahora mismo era evitar nuevos fusilamientos, que convocaría a una reunión urgente del cuerpo diplomático para presentar una posición conjunta al general, que ellos no pueden pedir una amnistía porque eso no es competencia de los gobiernos extranjeros, pero que tienen la facultad para apelar a la «clemencia» de los gobernantes. No sé por qué en ese momento escuché claramente a Pericles diciéndome que el general ha sido siempre un esposo muy fiel y que en asunto de mujeres sólo conoce a doña Concha y a ninguna Clemencia. La reunión fue breve: hubo una foto, en la que todas posamos mientras doña Chayito le entregaba el comunicado al embajador; y mientras salíamos al vestíbulo nos abordaron los periodistas, no sólo los tres o cuatro extranjeros, sino algunos de los diarios y noticieros nacionales que han sido clausurados por el general, a quienes Mingo seguramente les informó del acto. En la calle, para nuestra sorpresa, había un grupo de estudiantes, incluido Chente, que nos aplaudió y coreó consignas contra el Gobierno.

Caminamos hacia la Penitenciaría para exigir de nuevo el permiso de visitar a nuestros familiares. El coronel Palma se negó a recibirnos; envió otra vez al sargento Flores, quien nos aseguró que a partir del próximo fin de semana se regularizarán las visitas. «¡Queremos verlos ya!», gritó doña Consuelo con rabia; todas secundamos su exigencia. Doña Chayito le entregó una copia del comunicado al sargento y le dijo: «¡Lléveselo al coronel. Y dígale que venimos de la embajada americana. Y que el embajador nos dijo que ustedes más temprano que tarde pagarán sus fechorías!». Quedé sorprendida por la audacia de doña Chayito, aunque después me pregunté qué diría míster Thurston si se enterara de semejante frase. De pronto los jóvenes comenzaron a increpar al sargento con el grito de «¡Nazis! ¡Nazis! ¡Nazis!...». Al sargento le cambió la expresión: con los ojos inflamados de odio, nos ordenó que nos dispersáramos y amenazó con que en ese mismo momento llamaría a la Guardia Nacional para que nos arrestara. Nos dimos cuenta de que el tipo no bromeaba; deprisa nos retiramos.

Al llegar a casa, me recibió María Elena; recién regresaba de su pueblo. Me preguntó de dónde venía tan agitada. La puse al tanto de los últimos hechos, del miedo que acababa de sentir con la amenaza del sargento Flores. María Elena me contó que en su pueblo y en toda la zona del volcán la gente está indignada con el general, que nadie le perdona que haya fusilado al general Marroquín y al coronel Calvo con tanta frialdad; pelotones de guardias nacionales, además, siguen rastreando las fincas y amenazando a los pobladores, bajo la sospecha de que varios de los participantes en el golpe se esconden por allá. Me dijo que a Belka le había tallado a la perfección el vestidito, que todos en su familia me enviaban las gracias y muchos saludos; traía bolsas con frutas y una cuajada de requesón que a mí me encanta. Según María Elena, cuando salió de la terminal, tuvo la sensación de que éste era el primer día en que la ciudad volvía a la normalidad desde que se produjo el golpe, pero que ahora, con lo que yo recién le relataba, ya no pensaba de igual manera.

Recibí una llamada de mi suegra. Me reveló que el coronel Palma la había llamado, que estaba muy apenado porque no podía permitir visitas a Pericles, pero que las órdenes son órdenes y vienen de arriba. Le dije que ese hombre es un cobarde, que en vez de atender mis llamadas se dirigía a ella. Supe que mis suegros lo conocían de tiempo atrás, que había cierta confianza, incluso intuí favores adeudados. Mama Licha me advirtió que la situación sigue muy delicada, que al parecer los fusilamientos no han logrado apaciguar a aquellos oficiales inconformes, sino que han conseguido lo contrario. Me sorprendió que mi suegra me hiciera tales revelaciones por el teléfono, ella que siempre es tan prudente y comedida. Algo fuerte debe de estar sucediendo.

En la tarde comenzó a correr el rumor de que el doctor Romero había sido capturado. Yo no daba crédito. Recibí llamadas de medio mundo; y en las calles, la gente comentaba. Las versiones eran diversas: que lo habían fusilado en el acto, que le habían aplicado la ley fuga, que lo estaban torturando en el Palacio Negro. Pronto hubo noticias en la radio. Primero sólo anunciaron que había sido capturado y que pronto se darían mayores informes. Luego el Gobierno emitió un comunicado en el que decía con gran fanfarria que el «cabecilla comunista»

Arturo Romero fue capturado por una patrulla de campesinos en la zona oriental del país, muy cerca de la frontera con Honduras; que el doctor agredió a sus captores para tratar de escapar y en el forcejeo resultó herido, por lo que ha sido trasladado al hospital de la ciudad de San Miguel. Yo me quedé de piedra: este canalla fusilará a don Arturo, me dije. Y como que nos lo dijimos todos, porque de inmediato hubo una especie de silenciosa ola de indignación en la ciudad. Era al final de la tarde. Con Betito fuimos a casa de los Alvarado; alcanzamos a encontrar a Chente, quien sólo había regresado un momento a recoger ropa y unos sándwiches, porque pasará la noche en las instalaciones de la universidad: nos dijo que una delegación estudiantil de la Facultad de Medicina partirá en tren hacia San Miguel lo más pronto posible para garantizar la vida de don Arturo, que éste fue atacado a mansalva, a machetazos, por la patrulla de guardias nacionales que lo capturó, que éstos le causaron una profunda herida en el rostro y los médicos del hospital de San Miguel están haciendo todos los esfuerzos para salvarle la vida; también nos dijo que avanzan los preparativos de la huelga universitaria, que él pasará la noche en vela dedicado a ello. Y enseguida partió. La pobre Rosita sólo pudo encomendarlo al Señor y se quedó mordisqueándose las uñas.

Regresamos a casa. Betito se fue donde Henry; le pedí que tuviera mucho cuidado. Doña Chayito llamó para contarme que recién había hablado con el embajador, que la captura del doctor ha precipitado los acontecimientos y el cuerpo diplomático en pleno aprobó pedir de inmediato clemencia para los golpistas detenidos, que solicitaron una audiencia con el general esta misma tarde, que en cuanto tenga más noticias me llamará; me convocó para mañana a las ocho de la mañana frente a la Penitenciaría. Le aseguré que ahí estaría. Terminaba de hablar con doña Chayito cuando llegaron Raúl y Rosita a invitarme a cenar con ellos, pero en eso también apareció Mingo, quien quería que le relatara en detalle nuestra reunión con el embajador. Al final nos quedamos en casa chismeando: Rosita fue por los platanitos fritos y los frijoles en bala que había preparado, mientras María Elena servía unas albóndigas que sobraron del mediodía. Me sorprendió el súbito cambio que se ha producido en Raúl; estaba conmocionado por la captura de don Arturo, dijo que todo el gremio médico hará lo imposible para evitar que sea fusilado, que sus amigos están en contacto con los colegas de San Miguel y que una vez que lo saquen del peligro de muerte alargarán al máximo el tratamiento para que no se lo puedan llevar del hospital a la cárcel. Y contó que en este primer día de clases la actividad política entre los estudiantes universitarios ha sido intensa, que en las aulas no se habla de otra cosa más que de los fusilamientos, de lo que se debe hacer para expulsar al general del poder, que los ánimos están crispados.

Betito no regresó hasta unos minutos antes de las diez; ya me tenía preocupada. Lo reñí: es un irresponsable por arriesgarse a que lo sorprenda en la calle el toque de queda. Me dijo que con sus amigos de la secundaria están organizándose para apoyar las protestas universitarias que serán convocadas en los próximos días. Le advertí que por nada del mundo vaya a descuidar sus estudios, ni su conducta en el colegio, que él es un menor de edad que debe cumplir sus obligaciones como estudiante, y ya sabe cómo es de estricto su padre en ese tema.

Estoy agotada, pero me siento bien de ánimo. Espero dormirme pronto. No quiero quedarme en vela pensando en la suerte de don Arturo, porque me volverá la angustia por Clemen, por Pericles. El que ahora estará en vela es Chente, junto a sus compañeros; tan inofensivo que se ve con sus gafas y ese cuerpo delgadito, pero tenaz ha salido el muchacho.

Martes, 18 de abril

Un contingente de la Guardia Nacional estaba apostado en la calle frente a la Penitenciaría, con la orden de no permitir que nos acercáramos. Se respiraba un aire feo: yo sentí miedo y preferí regresar a casa sin esperar a las demás señoras. Más tarde, doña Chayito llamó: dijo que averiguó que los guardias permanecerán indefinidamente en las inmediaciones de la Penitenciaría para evitar nuestra presencia; también confirmó que los representantes del cuerpo diplomático fueron recibidos anoche por el general, que le plantearon la solicitud de clemencia, pero que éste no adquirió más compromiso que el cumplimiento de las leyes. Y volví a imaginar que escuchaba a Pericles diciendo: «Ésa es la única clemencia que conoce el hombre: la Guardia Nacional». Tendremos una reunión mañana en la tarde, en casa de doña Consuelo.

Ocupé el resto de la mañana para hacer compras, con el corazón contrito al pensar en las cosas desagradables que debe verse obligado a comer Pericles. María Elena me acompañó a los portales, de almacén en almacén; todo mundo murmura por lo bajo insultos de odio contra el general, aunque el miedo es grande. En la plaza

Morazán abordamos el taxi de don Sergio; dijo que extraña a mi marido, su cliente favorito.

Luego fui al salón de belleza, que ya me sentía hecha un desastre, tanto me había descuidado, como si yo misma me estuviera castigando porque Pericles sigue en la cárcel. Silvia, la peinadora, me contó que hacía un rato había atendido a doña Tina de Ávila, la esposa de don Ramón, el ministro de Relaciones Exteriores, quien le aseguró que a su marido y a varios otros ministros les gustaría renunciar, pero no ven cómo ni cuándo, que ellos no están de acuerdo con que se vayan a perpetrar nuevos fusilamientos sino que quisieran la conmutación de las condenas, en especial la del doctor Romero, pero tienen miedo de hablar, porque el general los acusaría de traición y tomaría represalias contra ellos. No lo dudo.

Salí del salón de belleza como nueva. Luego me dirigí a casa de mis padres. Me llamó la atención ver en las calles a varios jóvenes con corbatas negras. Puse al tanto a mamá de mis recientes correrías; me aconsejó tener cuidado, que no me confíe del hecho de ser una dama respetable, dijo, que la peor bestia es la bestia acorralada. Le comenté lo que doña Tina le había contado a Silvia en el salón de belleza; mamá ya estaba enterada, pues es amiga de doña Tina y también de doña Telma de Escobar, esposa del ministro de Hacienda. Dice que la situación sería chistosa si no fuera trágica: antes de entrar a las reuniones con el general, la mayoría de ministros está de acuerdo en plantearle la conveniencia de adoptar una política moderada y de considerar los consejos de los gobiernos amigos, pero una vez que están frente a él en su despacho, todos tiemblan, ninguno se atreve a expresar el mínimo desacuerdo, mucho menos en lo que respecta a las condenas a muerte, y que incluso él los ve con desconfianza, con desprecio, que ahora sólo se fía de quienes le fueron leales en el ejército.

En el trayecto de regreso a casa volví a encontrarme con jóvenes vistiendo corbata negra. Fue Betito quien me explicó, cuando nos sentábamos a la mesa, que se trata de una forma de protesta de los estudiantes universitarios, una expresión de duelo por los fusilamientos y por la captura del doctor Romero. Mientras nos servía los canelones, María Elena comentó que ella había visto hacía un rato a Chente, quien regresaba de la universidad para almorzar en casa, también con una corbata negra. Betito me preguntó si podía usar la corbata de su papá; le respondí que él no es estudiante universitario, que la corbata de su uniforme estudiantil es verde y el negro no le combina, y que al final de cuentas a él no le gusta vestir corbata de ningún tipo, siempre se la pasa quejándose, ni a su padre le hace gracia que ellos utilicen su ropa. Pero insistió. Y en la tarde se fue a la calle con la corbata de Pericles.

En la tarde tenía planes de ir a tomar un cafecito con Carmela y el Chelón, pero me comenzó una fuerte jaqueca. Dormí un rato. Me levanté con dolor de vientre, el ánimo por los suelos, unas inmensas ganas de llorar y de pasar sólo acostada en cama, como si con el anuncio de la regla me estuviera cayendo encima el tablón del agotamiento nervioso. No salí de la habitación ni a cenar; María Elena me trajo té y pan dulce. Betito entró hace un rato a preguntar cómo me encuentro, a contarme que Chente le dijo que el doctor Romero está custodiado por seis guardias nacionales en el hospital de San Miguel, que la delegación de estudiantes de medicina ya está allá para protegerlo, que buscan la manera de conseguir su escape una vez que su salud mejore. Ahora mismo me siento menos adolorida, pero no sé si mañana estaré en condiciones para ir a la reunión a casa de doña Consuelo.

Miércoles, 19 de abril

La cosa explotó: capturaron a Chente. Hubo un forcejeo entre policías y estudiantes; apresaron a varios. El rector decidió cerrar la universidad. Raúl y Rosita están como locos. Sucedió al final de la mañana. Yo estaba tirada en el sofá, con una bolsa de agua tibia en el vientre, cuando la radio informó de los disturbios, de los capturados, de la suspensión de clases hasta nuevo aviso. Cabal tuve la intuición de que Chente podía estar entre los detenidos; después me alarmé mucho más, al imaginar que Betito hubiera decidido faltar al colegio para irse a apoyar a los universitarios. María Elena quiso tranquilizarme: me aseguró que los de la radio no habían informado sobre estudiantes de secundaria, y que éstos son muy distinguibles por sus uniformes y por ser menores de edad, que Betito con toda seguridad se encontraba en el colegio. Pero ya no estuve tranquila; hasta se me olvidó el malestar de la menstruación. Llamé al colegio para preguntar. Todo estaba en orden, me dijo el inspector. Luego me dirigí a casa de los Alvarado. Y no me equivoqué: Raúl acababa de llamar a Rosita para contarle de la captura de Chente. La pobre era un mar de lágrimas; y balbuceaba reproches: que ella se lo había advertido, que ese muchacho es un necio, que ahora lo iban a maltratar, que no entendía por qué los hijos nunca les hacen caso a las madres; repetía lo que usualmente decimos para defendernos del dolor y del miedo. Por un momento temí que enfilara sus reproches hacia mí. Pero no; más bien imploró ayuda. Me dijo que Raúl y otros profesores se dirigían al Palacio Negro. Yo llamé a doña Chayito. Ésta ya estaba enterada, y me contó que acababa de hablar con el embajador americano para pedirle que tome cartas en el asunto, que la mayoría de estudiantes apresados pertenece a la Facultad de Medicina, por lo que la directiva del gremio médico ha solicitado una audiencia urgente con el general; me dijo que en la reunión de la tarde tendría más noticias. Me quedé haciéndole compañía a Rosita mientras regresaba Raúl; algunos vecinos vinieron de visita, a solidarizarse; pero también aparecieron otros dos polizontes vestidos de civil vigilando nuestra calle, tal como me lo hizo notar María Elena. Hubo un momento en que Rosita perdió todo control: comenzó a dar alaridos desgarradores, como si Chente hubiese muerto, lamentándose de su mala suerte, recordando la tragedia de su hija Dolores, quien era dos años mayor que Chente y murió de una peritonitis fulminante, semanas antes de su fiesta rosa, una chica a la que nosotros no llegamos a conocer pero cuyas fotos forman una especie de altar sobre una repisa en la sala de los Alvarado. Quiso Dios que Raúl llegara en esos momentos, porque nosotras no encontrábamos manera de consolar a Rosita; el pobre traía el rostro desencajado, pero reaccionó con premura, le recetó calmantes y logró convencerla de que se recostara. Luego nos contó que la policía montó una provocación para la captura de los estudiantes, aprovechando que el recinto universitario está separado tan sólo por una calle del Palacio de Gobierno; me confirmó que la directiva del Colegio Médico permanece en estado de emergencia y dijo que los estudiantes de último año de medicina, que laboran como internos en los hospitales, amenazan con irse a la huelga.

A la hora del almuerzo, Betito trajo un volante de los universitarios, en el que éstos llaman a botar al general, aunque aún no mencionan las capturas de la mañana, termina con una frase que nunca podré olvidar: «Pórtese como hombre y no como animal, no se deje poner el yugo del tirano». Me propuse mecanografiar después una copia para llevarla a nuestra reunión de la tarde. Pero no hubo reunión: doña Consuelo llamó muy asustada, me dijo que el té de agasajo a Leonor sería suspendido, que la disculpáramos, que después nos explicaría, que por ahora mejor evitáramos visitarla. Supuse que los detectives del general se habían apostado con insolencia frente a su casa y ella se había intimidado. Doña Chayito me lo confirmó, cuando vino a casa a media tarde, alarmada por la cantidad de polizontes que vigilan a las integrantes del comité; me advirtió que debemos tener mucho cuidado con el teléfono, que lo mejor es que encontremos formas de concertar nuestras citas personalmente o a través del envío de mensajeros. Por un momento, mientras tomábamos café con cemita en la sala, la vi abatida, cansada, como si ya no supiera por dónde encaminarnos; me asusté, porque en ese instante comprendí que buena parte de mi seguridad para exigir en la calle la libertad de Pericles dependía de esa mujer, de su decisión y empuje, una mujer que ni siquiera es mi amiga ni pertenece a mi círculo. Por suerte pronto volvió doña Chayito a su estado habitual: dijo que no debemos desesperar, que las nuevas capturas perpetradas por el general corren a nuestro favor, porque nuestro movimiento crecerá y debemos estar preparadas para ello, que por ahora yo me concentre en incorporar a los Alvarado, que ella me visitará pasado mañana viernes a mediodía o enviará a Leonor, la hija de doña Julita, con indicaciones precisas.

Hubiera querido ir a casa de mis padres, pero luego de la partida de doña Chayito, el malestar de la menstruación volvió a tirarme en cama: fui presa de la pesadumbre y el hundimiento, de presentimientos mórbidos sobre Clemen, Pericles y Chente, hasta que me quedé profundamente dormida. María Elena me despertó cuando entró a la habitación con una taza de té; dijo que ya era hora de la cena, que no me haría bien pasar la noche con el estómago vacío y que Raúl había venido hacía un rato a preguntar por mí. Inquirí si había mencionado alguna novedad sobre Chente; que aún sigue detenido en el Palacio Negro, era todo lo que ella sabía. Me costó un mundo ponerme de pie. Betito se había quedado a cenar en casa de mis padres, dijo; enseguida insistió en obligarme a comer algo, aunque yo no tenía nada de hambre. Así es María Elena: por su edad pudiera ser mi hija, pero a veces se comporta como si fuese mi madre.

En casa de Raúl estaban otros dos médicos; hablaban animadamente cuando yo entré. Raúl me presentó; eran los doctores Salazar y Moreno, padres de otros estudiantes capturados. Los tres hombres bebían whisky, ansiosos; Rosita tenía mejor semblante, aunque la mirada un poco perdida. El doctor Salazar me dijo que conocía a Pericles y a Clemen, que lamentaba mi situación, pero que al parecer el general se había propuesto que cada familia tuviera a uno de sus miembros tras las rejas. Inquirí sobre la situación de los muchachos. Raúl me dijo que aún estaban detenidos en el Palacio Negro, pero que el director, el coronel Monterrosa, le había dado garantías a la directiva del Colegio Médico de que no iban a ser maltratados y que se seguiría el proceso judicial ordinario, aunque advirtió que por violar el estado de sitio los estudiantes podían permanecer detenidos hasta que las autoridades lo consideraran pertinente. El doctor Moreno me explicó que con la captura de los muchachos el general busca desmoralizar al gremio médico para que deje de apelar por la vida del doctor Romero, a quien se propone fusilar en cuanto se restablezca de sus heridas. Raúl me dijo que ya cuentan con un equipo de abogados de la misma universidad para que defienda a los muchachos, que ha sido autorizado para entrevistarse con ellos mañana temprano. Rosita exclamó con vehemencia que ella lo único que quiere es ver a su hijo, tocarlo para saber que está bien, que nada le han hecho. Es lo que todos más anhelamos, le dije. Y entonces les conté a los doctores las dificultades que enfrentamos para visitar a nuestros familiares en la Penitenciaría, la forma como nos hemos unido para exigir el derecho de visita y la respuesta terca y amenazante del general, al grado que todas las señoras del comité estamos sometidas a vigilancia. Les dije que ojalá ellos tengan suerte y puedan ver a sus hijos mañana, pero que de todas maneras harían bien en apoyarnos, en sumarse a nuestro esfuerzo, que –como ellos ya debían de estar enterados– cuenta con el respaldo del cuerpo diplomático y del mismo embajador americano. El doctor Moreno dijo que por supuesto, que contáramos con ellos, que esta misma noche hablarían con sus esposas para que se pusieran en contacto con Rosita y conmigo; el doctor

Salazar asintió. Enseguida de comentar los reportes sobre el estado de salud del doctor Romero apuraron sus vasos de whisky y se marcharon. «Quién nos iba a decir que nos tocaría vivir esta situación», comentó Raúl mientras me despedía; Rosita se echó a llorar.

Es extraña esta sensación de ser una veterana con experiencia frente a la angustia y el dolor de mis vecinos; sé que es pecado sentir superioridad por ello, pero no puedo evitarlo. Más extraño aún es el amago de gozo por el sufrimiento ajeno que nos iguala, una emoción horrenda que no debo permitir que entre en mi corazón.

Gracias al descanso de la tarde, el malestar de la menstruación menguó, por eso he podido sentarme a escribir en este diario. Hace un rato, anhelando a Pericles, abrí su armario para constatar si Betito había devuelto la corbata negra a su sitio: ahí colgaba impecable en la percha. Momentos después me descubrí palpando y oliendo sus trajes, sus guayaberas, su ropa interior. Mi pobre marido debe de estar hecho una mugre.

(11:30 de la noche)

No he podido dormir. Me metí a la cama y pronto fui víctima de un gran desasosiego, de un presentimiento horrible, como si a Clemen le estuviera sucediendo algo grave. Tengo el miedo en las entrañas, tan intenso que no tuve más opción que levantarme a escribirlo. Dios quiera que me equivoque, que nada esté sufriendo mi Clemen; Dios quiera que sólo sea un ataque de pánico producto de mi imaginación. Rezaré por mi hijo para tranquilizarme.

Los seres humanos estamos atados por lazos invisibles. Era la una de la tarde cuando me llamó Mila; temí lo peor, que mi presentimiento se confirmara, que la noticia sobre la tragedia de Clemen saliera de la boca de esta pérfida. Pero no, me llamaba para decirme –una vez más exaltada, con las copas encima, según deduje de su tono de voz– que ya no tiene ni un centavo para mantener a los niños, que comen gracias a la ayuda de sus padres, todo por culpa de la irresponsabilidad de Clemen, que no tiene la menor idea de cómo pagará la mensualidad por el alquiler de la casa a principios del próximo mes, que lo más seguro es que desmonte su hogar y se vaya a vivir con sus padres, porque Clemen nunca será perdonado por el general y si lo capturan es hombre muerto. Esto lo dijo con rencor, como si no le importara, más bien como si en el fondo de sí misma es lo que desea. Me indigné, pero sólo le dije que puede traer a mis nietos a comer a casa cuando quiera, que lamentablemente yo no tengo dinero para darle porque al igual que ella, ahora que Pericles está preso, sobrevivo gracias a la ayuda de mis padres, pero que ésas son las circunstancias que me han tocado y no por ello se me ocurre destruir mi hogar. Entonces exclamó que mi caso es distinto, porque Pericles puede ser puesto en libertad en cualquier momento, pero que en su caso sería como esperar a un hombre muerto, que ella no está dispuesta a desperdiciar su futuro en semejante insensatez y por eso se propone rehacer su vida, porque, aunque Clemen logre huir a otro país, ella por ningún motivo se irá a vivir al extranjero. «Como si el general fuera a ser eterno», mascullé, sin pensarlo, sin énfasis, más bien como si me lo dijera a mí misma. Mila enmudeció unos segundos. Enseguida me dieron ganas de preguntarle qué le ha ofrecido el tal coronel Castillo para que tenga tanta prisa por deshacer su matrimonio con Clemen, pero nada más le dije que ojalá sus decisiones sean fruto de la reflexión y no de la agitación del momento, y colgué. El Chelón dice que el mejor ejercicio para calmar los ánimos es tratar de ponerse en el lugar del prójimo que nos ha alterado los ánimos, intentar meternos mentalmente en la otra persona para comprender sus actitudes, pero debo confesar que con mi nuera eso me resulta imposible, cuanto más pienso en su cobardía y su traición, más se atiza mi rabia.

Le conté a María Elena mi conversación con Mila, para desahogarme, para deshacerme de mis emociones malsanas. María Elena dijo que lo mejor es que me haga a la idea de que el matrimonio de Clemen está terminado, que así quizá sea más fácil llevar mi relación con la señora Mila, y puso un énfasis mordaz cuando pronunció la palabra «señora». Le pregunté si ella sabía algo que yo no supiera, algo que le hubiera comentado Ana recientemente. Respondió que nada más estaba enterada de que los tórtolos se ven diariamente a mediodía, la hora que más le conviene al coronel Castillo, y que Mila regresa con los ojos entornados y hecha un mar de suspiros luego de cada encuentro. Le pedí que ya no me contara más, porque la sangre se me subió de nuevo a la cabeza; es que María Elena habla de ese tema con cierto regocijo contenido, como si en sus palabras se concentrara la burla de todos aquellos que siempre afirmaron que el matrimonio con Mila era la peor metedura de pata de mi hijo. Pero ahora que a solas pienso en ello, cuando veo con descarno lo irreparable de ese matrimonio, me digo que María Elena tiene razón, que debo encontrar la manera de hacerle saber a Mila que estoy al tanto de su relación con el coronel Castillo, porque lo que también me enfada es que ella crea que me ve la cara de tonta, y me conviene obligarla a poner las cartas sobre la mesa por el futuro de mis nietos. Lo único que le pido a Dios es que Clemen no se vaya a enterar de esta infame traición hasta que se encuentre a salvo y fuera del país, que ya suficiente pena sufre mi pobre hijo al tratar de salvar su vida a salto de mata como para que padezca el bochorno de saber que su esposa lo traiciona con el hombre que con saña lo persigue.

Con Chente sucedió lo que yo temía: ni Raúl ni Rosita, ni los abogados designados por la universidad, pudieron encontrarse con él en el Palacio Negro. Lo mismo les pasó a los familiares de los otros cinco estudiantes capturados. Raúl dice que el coronel Monterrosa les hizo saber que hay una orden de arriba para que a los muchachos se les mantenga aislados por un periodo, para que puedan reflexionar sobre su mal comportamiento, les dijo el muy cínico, pero también les garantizó que éstos se encuentran bien y que no serán maltratados. Rosita está inconsolable. Yo permanecí con ella en su casa un rato en la tarde, haciéndole compañía, compartiéndole algunas de las dificultades que he debido afrontar cuando los encierros de mi marido; en algún momento me dijo que ahora comprende mi calvario, que le parece admirable cómo he podido vivir en semejante situación. Le respondí una frase que acostumbra decir Pericles: «El hombre es un animal de costumbre; la mujer también». Y pensé que yo no podría hacerme una idea del dolor que Rosita sufrió al perder una hija; aunque Clemen esté condenado a fusilamiento y la muerte se mantenga a su acecho, mi corazón se niega a imaginar el dolor que me traería su pérdida.

Al final de la tarde fuimos con mamá y mi hermana a la Policlínica; las acompañé a visitar a la madre del doctor Ávila y luego ellas vinieron conmigo a la habitación de don Jorge, frente a la cual estuvimos largo rato conversando con Teresita. Percibí una nueva atmósfera en el hospital, entre los médicos y las enfermeras; no sé cómo explicarlo: me pareció que se movían con otra intensidad, con cierta urgencia o complicidad. Supongo que la captura del doctor Romero, los esfuerzos para evitar su fusilamiento y las agresiones del general contra el gremio les han impelido la fuerza de la solidaridad, una especie de nuevo brío.

1. En la tarde

Echados en sendas hamacas, Jimmy y Clemen roncan la siesta, luego del almuerzo, de los whiskies, de la cháchara. De pronto, *Sóter* salta del sillón donde dormitaba y sale a la carrera ladrando.

–Alguien viene –dice Jimmy, desperezándose.

Clemen yace noqueado por el sopor.

Las aspas del ventilador chirrían desde el techo.

Jimmy se ha puesto de pie: a través del ventanal, entre el hiriente destello del mar, divisa la lancha, los hombres que saltan de ella al pequeño muelle.

–Es el Mono Harris –dice Jimmy–. Viene acompañado.

Sale a la terraza.

Clemen balbucea, salivoso, algo inentendible; se reacomoda en la hamaca.

El Mono Harris avanza deprisa, enérgico, por el sendero de grava, entre la arena, bajo los almendros; *Sóter* mueve la cola a su lado. El otro hombre camina detrás de ellos, como si fuera escondido bajo el sombrero de palma.

–Levantate, Clemen. Algo ha sucedido –le grita Jimmy desde la terraza.

Clemen abre los ojos; trata de despabilarse.

–Quiubo –le dice el Mono Harris a Jimmy, al tenderle la mano–. Éste es Adrián –agrega señalando al hombre del sombrero, a quien le pide que lo espere en la terraza.

Entran al salón; *Sóter* brincotea y ladra juguetón entre ellos.

Clemen pone los pies sobre el suelo, aturdido, incapaz aún de salir de la hamaca, de la modorra.

–¿Qué pasa? –logra articular, con la boca pegajosa.

–Tienen que irse ahora mismo –dice el Mono Harris–. La Guardia viene para acá.

Clemen sale de golpe de la hamaca.

–¡Puta! –exclama–. ¡La Guardia!

El Mono Harris les pregunta dónde está el whisky, necesita un trago.

–¿Qué vamos a hacer? –pregunta Jimmy mientras saca la botella y un vaso de la alacena.

–De una vez aprovecharemos para que se vayan hasta Punta Cosigüina –dice el Mono Harris.

Jimmy lo mira, con súbito entusiasmo.

–¡Qué bien! –exclama–. Ya era hora.

–El que está afuera, Adrián, es el guía. Dice que pueden zarpar esta misma tarde.

Clemen se abalanza hacia la mesa; toma la cajetilla de cigarrillos.

–¿Por dónde vienen los guardias? –pregunta, consternado.

El Mono Harris les cuenta que parejas de agentes empezarán a «peinar» las islas de la bahía, a partir de esta tarde, en busca de prófugos; se enteró gracias al jefe del puesto de la Guardia en la hacienda.

–¿Y no hay otro lugar para escondernos por acá? –pregunta Clemen, y enciende un cigarrillo.

—A menos que se quieran quedar en uno de los canales perdidos entre los manglares —dice el Mono Harris, y apura de un sorbo el whisky—. Nos ahorraríamos el dinero que le pagaremos al guía, pero si los encuentran, ni Mincho ni yo sabemos nada de ustedes.

—No le hagás caso a este tarado —dice Jimmy—. ¿A qué horas partimos?

—Ahora mismo. Los llevaré en mi lancha a San Nicolás, el caserío ubicado al otro lado de la isla, desde donde partirán.

El Mono Harris saca del bolsillo del pantalón un sobre con dinero.

—El trato es que le paguen al llegar a Punta Cosigüina —dice.

—¿Es un hombre de confianza? —pregunta Jimmy mientras se apresta a contar los billetes.

El Mono Harris se encoge de hombros.

—¿Sabe que somos prófugos? —pregunta Clemen.

—Supone que no pueden salir legalmente del país y que por eso lo contratamos, pero no sabe quiénes son. Y es mejor que no lo sepa. Ustedes sigan siendo compradores de ganado, que piense que son abigeos.

Sóter corre hacia la puerta de entrada; da un par de ladridos de saludo.

—Buenas tardes, señor.

Es Lázaro, el guardián de la casa.

—Los amigos se van, Lázaro —anuncia el Mono Harris.

El guardián muestra sorpresa, dice que los echará de menos, pregunta si se les ofrece algo.

Le agradecen; Jimmy promete que en un rato pasarán a despedirse de él, de Marina, su mujer, y de las niñas. La familia vive en el rancho ubicado treinta metros detrás de la casa; ella les cocinaba y lavaba la ropa, él los conducía a ver el ganado y a conocer los recovecos de la isla.

–¿Qué tenemos que llevar? –pregunta Clemen, una vez que Lázaro se ha retirado.

–Nada más las mochilas con lo poco que tienen –dice el Mono Harris–. En la lancha tengo una bolsa con comida en lata y otros bastimentos.

–¿Trajiste más cigarrillos? –pregunta Clemen, ansioso.

–Hay un par de cajetillas en la bolsa –responde el Mono Harris.

Jimmy se dirige con premura hacia la habitación.

El Mono Harris le dice en inglés que se puede llevar la escopeta de Mincho, que éste lo ha autorizado, por cualquier emergencia.

–¿Y la pistola que me diste también? –pregunta Jimmy.

El Mono Harris dice que claro y los urge a que se apuren.

–¿Cómo me debo vestir? –pregunta Clemen, aún en el desconcierto, y enciende otro cigarrillo con la colilla del anterior–. ¿Con estos pantalones cortos o me pongo los largos?

–Éste cree que va a una fiesta de bodas… –comenta Jimmy con sorna.

El Mono Harris les recuerda que seguirán siendo Justo y Tino, por si se encuentran con alguien en el camino; luego sale a la terraza a conversar con el guía.

–No creés que es demasiado precipitado… –dice Clemen mientras recoge los implementos de aseo en el baño.

–Si te querés quedar, quedate… –responde Jimmy.

Sóter ronda en las habitaciones, excitado.

–Lo que quiero decir es que en estos diez días, cada vez que el Mono ha venido a la isla nos ha repetido que no hay manera de irnos por mar, que nadie se atreve a hacer el viaje con nosotros –dice Clemen; toma la botella de whisky de la mesa y la mete en su mochila–. Y ahora aparece con un guía, con la noticia de que la Guardia viene para acá y que debemos partir de inmediato…

Jimmy se echa la mochila al hombro, se acomoda la pistola en la cintura, se pone la cachucha de beisbolista y toma la escopeta con la mano derecha.

–Vámonos… –dice.

Clemen se pone su sombrero de palma.

Salen a la terraza.

Lázaro y Marina, con las dos niñas, se acercan a despedirse.

–Regresaremos en un mes –les dice Jimmy–, a llevarnos el ganado que escogimos. Gracias por todo.

Lázaro y Marina les desean suerte en el viaje; las niñas, mocosas, descalzas, vistiendo unos pocos trapos mugrosos, señalan a *Sóter*.

Lázaro observa la escopeta de don Mincho en la mano de Jimmy; no dice nada.

El Mono Harris y el guía se han adelantado por el sendero hacia el muelle. *Sóter* corre tras de ellos.

Clemen aborda de un salto la lancha; se acomoda, aprensivo, frente a Jimmy.

«Tan bien que estábamos acá», masculla, pero nadie lo escucha, porque el Mono Harris ha encendido de un tirón el motor de la lancha y *Sóter* ladra desde el muelle. No quisiera irse, ya se había acostumbrado, había convertido el miedo de la huida en una tranquila vacación frente al mar. Y ahora otra vez la zozobra, el sobresalto.

–¿Éstas son las provisiones? –pregunta Jimmy, a los gritos, hurgando en una bolsa grande de papel.

El guía se vuelve para ver, curioso, desde la proa; bajo el sombrero, brillan la tez tostada, los ojos achinados y la barba hirsuta.

–Para el viaje es suficiente comida –responde el Mono Harris.

Clemen contempla la casa que se aleja, las siluetas de las niñas y *Sóter* corriendo en la playa; el resplandor le hiere la vista.

–¿Cuánto tiempo tardaremos en llegar? –le pregunta Jimmy al guía.

La lancha da un súbito brinco. Clemen se aferra al borde; su sombrero vuela por los aires, pero Jimmy logra agarrarlo de un manotazo.

–¿A Cosigüina? –dice el guía–. Depende de la corriente y del viento. Si salimos antes de las dos y media, tal vez logremos alcanzar una buena corriente.

Jimmy observa su reloj de leontina: son las dos.

–¿Antes de la medianoche estaremos llegando?

El guía se encoge de hombros.

–¿Iremos en esta lancha? –pregunta Clemen, sosteniendo entre las piernas el sombrero que le ha tendido Jimmy.

–No –dice el Mono Harris–. En el cayuco de Adrián.

Clemen lanza una mirada de reojo a Jimmy.

–En esta lanchita no podrían permanecer mucho tiempo en alta mar –explica el Mono Harris–. Además, el viaje debe parecer una salida normal de Adrián a pescar…

Avanzan paralelos a la costa, no lejos de donde las olas revientan.

Clemen comprueba que la casa es apenas un punto

en la lejanía, una mancha entre el verde de palmeras, almendros y cocotales; luego mira hacia el frente y el viento marino revienta en su rostro.

–El cayuco es fuerte. Nunca me ha fallado –dice el guía desde la proa.

Una fila de gaviotas vuela rasante a las aguas, en sentido contrario a ellos.

–¿Creés que nos traicionará? –pregunta Clemen observando la media docena de casuchas que parecen abandonadas frente a la playa, bajo la resolana; fuma con rapidez, compulsivamente, una chupada tras otra.

Están de pie en el pequeño muelle destartalado donde los dejó el Mono Harris. Les dio sendos abrazos, les deseó la mejor de las suertes y les pidió que se reporten una vez que lleguen a la base americana de Punta Cosigüina; enseguida partió a toda prisa. El guía les señaló el cayuco, amarrado al muelle, y les pidió que lo esperaran, que él iría a llamar a los dos remeros, a traer los demás implementos para la travesía.

–No creo… –dice Jimmy, y observa con detenimiento el cayuco: se pregunta si será lo suficientemente resistente para navegar en alta mar; le calcula unos cinco metros de eslora; en su interior, sobre una red desparramada, el guía colocó la bolsa con los bastimentos, y ellos dejaron caer sus mochilas y la escopeta.

–Tiene algo que no me gusta –dice Clemen.

–¿Cómo?

–El guía...

–Ya te lo dije: si no te querés ir, quedate.

Una pareja de mujeres jóvenes camina por la playa

con sendos canastos sobre sus cabezas; van descalzas, como si siguieran el hilo de espuma que dejan las olas en su retirada, estampando las huellas de sus pisadas sobre la arena mojada.

–Ese cayuco no me da confianza –dice Clemen, y se vuelve para ver a las mujeres. Tiene exactamente veinte días de no acostarse con ninguna; la noche anterior hizo cuentas, sentado en la arena, solo, de cara al mar oscuro, con ganas de gritar o de hacerse una paja. Tirá la colilla al agua.

–¿Y vos qué sabés de cayucos?... –le dice Jimmy.

Las mujeres caminan en dirección al muelle; una ráfaga de viento les unta sus vestidos blancos al cuerpo. Pasan de largo.

–¿Adónde irán? –se pregunta Clemen, sin quitarles la vista de encima.

–En lo que pensás... –le reprocha Jimmy.

–¿Y en qué querés que piense? Una semana más en esa casa y me hubiera terminado cogiendo a *Sóter*...

–Allá viene Adrián con los remeros –dice Jimmy. Luego saca su reloj de leontina y murmura–: Aún estamos a tiempo de agarrar la corriente.

Han salido de entre las casuchas; caminan deprisa hacia el muelle. El guía trae la vela enrollada; entre los dos remeros cargan un pesado barril.

–¿Qué traen ahí? –pregunta Clemen.

–Agua para beber –dice Jimmy mientras se dirige hacia ellos.

Clemen se da la vuelta, con los ojos entrecerrados, hacia el horizonte azul metálico; luego mira el cielo límpido. Se frota el rostro con ambas manos.

—Ojalá no me maree –dice Clemen sentado a estribor, de cara al mar abierto, sujeto con ambas manos al borde del cayuco; Jimmy va a babor, con la vista fija en la costa y la escopeta sobre los muslos.

—¿Te sentís mal? –le pregunta Jimmy.

Clemen voltea hacia donde el guía, quien de nuevo se ha ubicado en la proa y pela una naranja, tirando las cáscaras al mar.

—No –dice–. Pero no tengo costumbre de navegar.

—¿Y cuando fuiste a Europa con mis tíos?

El cayuco avanza perpendicular a la costa, internándose poco a poco en alta mar, entre bamboleos.

—Eso fue hace diez años –dice Clemen–. Y no es lo mismo ir en un transatlántico que en esto.

El remero gordo mira a Clemen; le sonríe. El otro, el remero tuerto y cadavérico, no ha alzado la cabeza, con la vista fija en el piso del cayuco.

—¿Cree que lograremos alcanzar la corriente? –le pregunta Jimmy al guía.

Éste se ha metido media naranja en la boca y no logra articular. Entonces señala, con un movimiento de cabeza, hacia San Nicolás, hacia el muelle que dejaron hace unos diez minutos y que aún se puede ver a lo lejos, pese a la resolana.

Jimmy se da la vuelta y entrecierra los ojos: una lancha se acerca al muelle. El destello metálico es nítido, inequívoco.

—Creo que vamos con suerte –dice el guía, y se abalanza hacia el agua, para enjuagarse las manos.

Clemen se ha dado la vuelta para ver. Al principio se queda en ascuas, pero unos segundos más tarde comprende: parpadea con sobresalto, traga saliva y vuelve la vista hacia mar adentro.

Los remeros, de espaldas al muelle, no se han enterado.

–¿Cuándo pondrá la vela? –le pregunta Jimmy al guía, como si nada estuviese sucediendo.

El guía se hurga con los dedos entre los dientes, empecinado en sacarse un resto de naranja.

–Tenemos que esperar un rato –dice.

Clemen se abalanza hacia Jimmy y le susurra al oído, usando las palmas de las manos como pantalla:

–¿Y si los guardias nos han descubierto y deciden perseguirnos?

–Estamos lejos –masculla Jimmy–. Tranquilo.

El remero tuerto sufre un ataque de tos; pero no deja de remar ni levanta la vista.

Pronto el muelle y la lancha se convierten en un punto difuso, tembloroso en medio del vaho y el resplandor reverberante.

–¿Qué les pareció el ganado de don Mincho? –pregunta el guía mientras se acerca al centro del cayuco, donde está el barril con el agua para beber–. Esa naranja me dejó empalagado –explica, al sacar la jícara con agua.

Clemen se aferra de nuevo al borde del cayuco, pues éste se ha bamboleado en extremo con los movimientos del guía.

–Muy buen ganado –dice Jimmy–, aunque aún no decidimos cuánto compraremos.

El gesto del guía es zamarro, de complicidad.

La costa se ha convertido en una línea marrón. Jimmy lanza una última mirada hacia donde antes estaban el muelle y San Nicolás, y donde ahora apenas destellan puntos de colores.

—Yo también quiero agua —dice Clemen—. ¿Quieren ustedes? —les pregunta a los remeros.

—Es muy pronto para ellos —se apresura a decir el guía.

El remero gordo ha sonreído de nuevo.

—Me ponen nervioso estos cerotes —le dice Clemen a Jimmy, al oído, mirando de reojo a los remeros—. No han abierto la boca desde que salimos.

—No toda la gente es bocona como vos —le responde Jimmy.

Empieza a soplar una brisa; el cayuco avanza más deprisa.

El guía levanta la mano con la palma abierta; enseguida se lame la palma y vuelve a levantarla, moviéndola en busca del viento.

—Es hora de poner la vela —dice, desplazándose hacia el centro del cayuco. Clemen y Jimmy le hacen espacio.

El cayuco se bambolea peligrosamente cuando Jimmy se incorpora para ayudar al guía.

—Con cuidado... —exclama Clemen, tenso, aferrándose otra vez al borde de la nave.

El guía y Jimmy alzan el mástil y despliegan la vela.

Por primera vez el remero tuerto levanta la vista; ríe, desdentado. El remero gordo se da la vuelta para ver, luego observa la vela, y también celebra con una risa. Nada dicen, pero disminuyen el ritmo de su remadura.

El cayuco avanza a mayor velocidad, como si se deslizara sobre las aguas.

Jimmy lanza un grito de júbilo.

—Tranquilo, pirata... —exclama Clemen, sin soltarse del borde, sin relajarse.

El guía permanece junto al mástil, manipulando la vela; Clemen y Jimmy se han desplazado hacia la proa.

–Nos les escapamos… –le dice en corto Jimmy, con la sonrisa en el rostro, alzando varias veces las cejas, guasón.

La brisa se transforma en viento fuerte; la vela se hincha.

El guía repite que la suerte está con ellos; pierde su vista en el cielo azul metálico, en el horizonte vacío, inmenso, sin ninguna embarcación en lontananza.

Jimmy le echa un ojo a su reloj de leontina: faltan cinco minutos para las tres.

–A esta velocidad llegaremos antes de las ocho de la noche –aventura Jimmy.

El cayuco se desliza sobre las aguas, estable, con apenas un leve bamboleo.

Clemen suelta la mano derecha del borde de la nave, saca la cajetilla de cigarrillos del bolsillo de su camisa, y con un movimiento preciso toma uno entre los labios. Luego saca los fósforos de su pantalón.

–Soltate –le dice Jimmy–. No tengas miedo. Con una mano no vas a poder encenderlo.

–No tengo miedo –dice Clemen, molesto. Y se suelta.

Pero el viento frustra sus intentos de encender el cigarrillo. Jimmy se abalanza para ayudarle a hacer una pantalla con las manos.

Clemen fuma, relajado.

–¿Has estado muchas veces en la base de Consigüina? –le pregunta a Jimmy.

Éste responde que sí, le asegura que los recibirán muy bien, que dos oficiales que se graduaron con él en Fort Riley, dos de sus mejores amigos, están destacados en esa base.

–Ya me dieron ganas de un whiskito –dice Clemen y le pide al guía que le pase la mochila.

—Cuidado. No te vayan a dar náuseas –le advierte Jimmy.

Clemen se lo queda mirando con fastidio.

—Lástima que no tenemos hielo –dice mientras saca la botella.

En ese instante, una ráfaga de viento sacude el cayuco y éste comienza a dar pequeños saltos.

—Se está encrespando el mar –dice el guía.

Clemen mete de nuevo la botella en la mochila y se agarra al borde de la nave. Otra ráfaga, más potente que la anterior, se lleva el sombrero de Clemen hacia las olas.

—¡Puta, qué fue eso!

El guía trata de maniobrar la vela, que ahora es azotada por varias ráfagas de viento.

—Rara esta ventolera, con el cielo despejado y sin tormenta a la vista –comenta Jimmy mientras se incorpora para ayudar al guía.

El cayuco oscila con cada arremetida del viento.

De pronto, el mar se ha embravecido: el golpeteo de las olas lanza chorros dentro de la nave.

Los remeros se aplican a su labor con energía.

—¿Es una corriente? –pregunta Clemen, pálido, sin poder ocultar su miedo.

—Ya va a pasar –dice el guía aferrado al mástil con una mano y al barril del agua con la otra, mirando a su alrededor, como en busca de una explicación a los vientos.

El remero gordo ha dejado de sonreír; una mueca de miedo descompone su rostro. El remero tuerto, cabizbajo, rema con mayor vigor.

Entonces una racha de ráfagas los golpea de frente: el cayuco zozobra.

—¡Quitemos la vela! –grita el guía.

Jimmy trata de ayudarle.

–¡Mejor regresemos! –exclama Clemen.

El remero gordo asiente con agitados movimientos de cabeza.

–No es para tanto –dice Jimmy severo, como increpando a Clemen por su miedo, mientras logran plegar la vela.

El guía insiste en que pronto saldrán de ese nudo de vientos.

–¡Es como si nos estuvieran atacando desde todos lados! –exclama Clemen.

El cayuco avanza a los brincos; el oleaje es cada vez más bravío.

Clemen se descubre suspendido en el aire. Al golpear de nuevo las aguas, la nave truena; el barril del agua se vuelca con el zarandeo. Jimmy y el guía se apresuran a enderezarlo.

Otra ola golpea con fuerza el costado del cayuco y les lanza una correntada que los empapa.

–¡Regresemos! –grita Clemen.

El remero gordo ha dejado de remar y se aferra, aterrado, al borde de la embarcación.

–¡Aguantemos un rato! –exclama Jimmy.

El viento se arremolina.

El guía está desconcertado: mira hacia los remeros, luego hacia Jimmy. Y entonces descubre estupefacto la marejada.

–¡Cuidado! –grita.

El cayuco pega la voltereta.

2. En la noche

–¡Puta!... ¡Jimmy!... ¡Jimmy!...

–Tranquilo.

–¿Dónde estamos?

–Te quedaste dormido.

–No veo nada.

–Dejá de moverte como atarantado que vas a volcar la lancha.

–Me estoy sentando...

–Ya sé, pero mejor acostumbrate primero a la oscuridad. Estuviste dormido como tres horas.

–No te veo, Jimmy. ¿Dónde estás? ¿Dónde está la lámpara?

–Aquí, a mi lado.

–Encendela, para que me ubique.

–No hay necesidad. Cerrá los ojos y los vas abriendo poco a poco. Pronto podrás ver en la oscuridad.

–Dejá de darme consejos y pasame la lámpara.

–No vamos a encender la lámpara a menos que haya una emergencia, un peligro. Es muy arriesgado... Ya estás sentado, no hay nada que ver que no hayás visto antes de que cayera la noche.

–No dejás de dar órdenes, cabrón. Nunca vas a entender que yo no soy tu cabo...

–Los sargentos tienen cabos. Los capitanes tenemos subtenientes. Ignorante...

–Qué feo es despertar en la oscurana.

–Más feo sería no despertar.

–¿Cómo? ¿Qué dijiste?

–Mirá el cielo. Siempre me impresiona tanta estrella...

–¿Dónde están mis cigarrillos?

–Te perdiste un crepúsculo increíble.

–¿No viste mis cigarrillos, Jimmy?

–El celaje se puso color lila.

–Ay, sí, el celaje... Dejate de mariconadas y encendé la lámpara, que me urge fumar...

–Buscá en tus bolsillos.

–Pasame la lámpara, Jimmy, por favor, antes de que pierda la paciencia.

–Sos necio, Clemen.

–Vos sos un dolor en los huevos. Pasame la lámpara...

–Ahí están tus cigarrillos, mirá...

–¿Dónde?

–Desde aquí veo el resplandor de la cajetilla junto al garrafón del agua.

–Ah, es cierto... Qué mierda. Ya sólo me queda la mitad. Dejame contar... Once cigarrillos... Esperemos que mañana regrese el Mono Harris y nos traiga más provisiones.

–Ojalá.

–Eso prometió.

–Dijo que volverá mañana si la Guardia no anda rondando por la isla.

–¿Y si los guardias se quedan? Sólo tenemos provisiones para un día.

–Debemos ser cuidadosos, Clemen. Gastar lo mínimo...

–Vaya mierda tener que comer estas latas de sardinas y beber agua pura después de los mariscos y el whisky que bebíamos en la casa de don Mincho. Y vos que creías que a esta hora íbamos a estar en Punta Cosigüina...

–Yo creo que los guardias no permanecerán mucho tiempo. Es una isla privada. Mañana terminarán la inspección y luego se retirarán.

–A menos que el cuidador nos delate o su mujer o sus hijas, o que vayan al caserío y el guía o los remeros abran sus bocotas. Entonces los guardias se quedarán buscándonos, el Mono Harris no podrá venir con provisiones y nos llevará el diablo...

–Dejá de afligirte antes de tiempo. Si nos delatan, se delatan ellos. Nadie dirá nada.

–El naufragio de esta tarde fue una desgracia, Jimmy. Perdí todos mis cigarrillos y la botella de whisky.

–Perdimos la escopeta, la pistola, los zapatos, el dinero. Por poco nos morimos. Y vos pensando en el whisky... Da gracias de que estamos vivos.

–Con lo bien que me caería un trago en este momento.

–A mí también.

–Culpa tuya y de ese guía... ¿Vos creés que el Mono Harris le pague?

–Claro...

–¿Por qué? Si no nos llevó a Punta Cosigüina, como era el trato, sino que casi nos ahoga. Y por su culpa, mientras naufragábamos, se nos perdió el dinero con el que le pagaríamos al llegar.

–No fue culpa suya, sino del clima.

–¡¿El clima?! El naufragio fue culpa tuya y del guía, empecinados en seguir adelante cuando las olas ya eran amenazantes. Yo les advertí que regresáramos. Pero como sos un burro... No vengás ahora a hacerte el comprensivo.

–Había que hacer el esfuerzo de largarnos cuando se presentó la oportunidad... Y no seás ingrato. Da gracias de que el guía fue a buscar al Mono Harris mientras nos quedamos esperando en la playa luego del naufragio...

–...

–Todo fue muy raro, Clemen: esas correntadas, con semejante oleaje, aparecieron sin ninguna explicación. No había tormenta, el cielo estaba despejado. ¿No te parece extraño?

–Ahora resulta que la marejada tenía que darte una explicación. No me jodás, Jimmy. No había nubes, pero sí una gran ventolera. No hay peor ciego que el que no quiere ver, como dice mi abuela.

–Pasame el agua. Ya me dio sed.

–Pasame la lámpara y te paso el agua.

–¿Para qué querés la lámpara?

–¿Para qué querés el agua?

–Mirá, Clemen, ya es hora de que te comportés como una persona adulta.

–Vos también. Pasame la lámpara. Bien sabés que no me gusta la oscuridad.

–No me explico qué hago con vos. Es como un castigo.

–Lo mismo digo yo.

–¡Que me pasés el agua!

–¡No me gritiés, cerote!

–¡Ni vos me digás cerote!

–…

–…

–¿Qué fue eso, Jimmy?

–¿Qué?

–El chapotazo. Aquí a mi izquierda.

–No oí nada.

–Shhh… ¿Oíste?

–Es cierto.

–¿Qué putas es eso, Jimmy?

–Algún pez.

—Los peces están dentro del agua, no afuera. Seguramente es una culebra.

—Tomá la lámpara. Encendela y acercala de ese lado... Con cuidado, Clemen.

—¿Tenés la pistola lista?

—Ajá.

—¿Ves algo?

—Nada.

—Yo creo que estamos muy cerca de los mangles, Jimmy. Una culebra, o cualquier otro bicho, nos pueden saltar desde las ramas. Deberíamos conducir la lancha hacia el centro del canal.

—Estamos como a tres metros de las ramas. Y si nos vamos más hacia el centro, correremos el riesgo de que un pescador o la misma Guardia nos sorprendan. Aquí estamos más cubiertos: en una emergencia, podemos meternos en el manglar y pasar desapercibidos.

—Yo tengo miedo de que una culebra o un mono me vaya a saltar al cuello.

—Sos un exagerado, Clemen. Apagá la lámpara y pasame el garrafón de agua.

—Dejémosla encendida un rato.

—Vamos a consumir el kerosén por gusto.

—No es por gusto. La luz espanta a las sabandijas.

—Al contrario: mirá el montón de mosquitos. Nos van a comer vivos. Apagala, que más miedo vas a sentir cuando tengamos a la Guardia encima.

—¿Vos creés que se vengan a meter a estos manglares en la noche?

—Es mejor no confiarse.

—Ese cabrón del diente de oro que se quería confesar con vos es quien nos anda siguiendo los pasos. Estoy seguro. El mismo Mono Harris dijo que era un hijo de puta pícaro. A esta altura ya debe de estar enterado de que nos limpiamos el culo con él...

–Lástima que no hubo oportunidad de confesarlo; hubiera sido divertido.

–Le tienen que haber llegado nuestras fotos desde la capital y nos habrá reconocido.

–El Mono Harris nos lo hubiera comentado, pero sólo dijo que la Guardia está inspeccionando la isla, al igual que inspeccionan todas las propiedades; no dijo que supieran que nosotros nos escondíamos ahí.

–Tan bien que estábamos en casa de don Mincho, como en vacaciones... Los mejores diez días que he pasado en mucho tiempo. Sólo nos faltaron unas nenas.

–Ve: allá va una estrella fugaz...

–¿Dónde?

–Allá, arribita de Marte.

–Pidamos un deseo.

–Lo único que deseo es poder irme del país lo más pronto posible.

–También podemos pedir que no nos encuentren los guardias, que se vayan de la isla y no regresen más, de tal manera que nosotros podamos dejar estos manglares y volver a la casa de don Mincho.

–¿Y qué? ¿Nos vamos a pasar ahí la vida esperando a que un día nos sorprendan?

–Yo prefiero eso a morir ahogado. Ni loco me vuelvo a subir a un cayuco para meterme a alta mar. Si lo querés intentar de nuevo, te vas solo a Punta Cosigüina...

–...

–¿Verdad que vos también quedaste curado, cabrón?

–Fue un milagro, Clemen...

–Claro que fue un milagro. Si no es por ese banco de arena, hubiéramos muerto ahogados... Y por suerte el cayuco volcado logró flotar sobre el tonel del agua vacío... Si se hubiera hundido el cayuco, no lo estaríamos contando.

–No me refiero a eso.

–¿Como cuánto tiempo permanecimos flotando aferrados al borde del cayuco, a la deriva, a punto de ahogarnos, hasta que tocamos el banco de arena?

–Te digo que fue un milagro porque yo le imploré a la Virgen...

–Por lo menos un cuarto de hora, entre la vida y la muerte. Aún no lo puedo creer.

–Ella escuchó mi clamor...

–¿De qué hablás, Jimmy?

–De que la Virgen me respondió cuando yo imploré a gritos: «¡Virgen de Guadalupe, sálvanos!».

–¿La Virgen te respondió?

–Así es.

–Estás loco, Jimmy.

–Fue instantes después de que yo le rogué que nos salvara, con ese grito desesperado, cuando alcanzamos el banco de arena.

–Cómo no...

–¿No me creés? ¿No oíste mi grito?

–Todos gritábamos de miedo, Jimmy, no seás pendejo. Y el que más gritaba era el remero gordo, el que estaba a mi lado, que no sabía nadar y chillaba como cerdo... Casi me hunde el muy hijo de puta. Lo que tenía de mudo lo tenía de gritón...

–Desgraciado, por eso no oíste mi grito.

–Todos le pedíamos a Dios que nos salvara y ahora resulta que la Virgen te respondió a vos. Te hizo mal disfrazarte de cura…

—Que fue un milagro, te digo. Vos no entendés.

—Claro, la Virgen estaba ahí, en medio de las olas, esperando que vos la imploraras. ¿Se te apareció, verdad, sin que nosotros la pudiéramos ver?

—Dejá de burlarte.

—Dejá de decir pendejadas. Tuvimos suerte de que naufragamos antes de alejarnos demasiado de la costa. Eso es lo que sucedió.

—¿No creés en los milagros?

—Sí, pero el milagro no fue para vos sino para todos, y tampoco fue a causa de tu grito sino porque todos implorábamos socorro. Ustedes los militares piensan que hasta Dios está bajo sus órdenes…

—Si salimos de ésta, voy a ir a la basílica de Guadalupe en México, a darle las gracias.

—Mejor pasame el agua, que ya me dio sed.

—Tomá… ¡Con cuidado! ¡No te vayás a caer!

—Tranquilo…

—…

—¿Como qué horas son, Jimmy?

—Perdí mi reloj en el naufragio.

—Ya lo sé, pero vos sos bueno para calcular el tiempo. ¿Serán las nueve?

—Me lo regaló mi papá, antes de morir.

—…

—Era el recuerdo más querido que tenía de él.

—No sé para qué nos metimos en esto…

—¿A qué te referís, Clemen?

—Al golpe. A todo esto. Mirá dónde estamos: en un canal perdido en medio de los manglares de la bahía, en esta lanchita, sin la menor idea de qué será de nosotros.

—Estamos vivos, que es lo importante.

—¿Sabés qué sería lo peor, Jimmy? Que después de todo este esfuerzo nos capturaran...

—Ni se te ocurra. Yo no me dejaré capturar. Si vos querés entregarte, te entregás, pero yo aquí tengo la pistola.

—Gran tipo el Mono Harris que hasta te dejó su pistola.

—Le debemos la vida. Nos consiguió esta lanchita, nos remolcó hasta este canal difícil de encontrar y nos volvió a dar provisiones. Es como nuestro ángel de la guarda.

—Mi pobre madre debe de estar angustiada. Y Mila y los niños...

—La verdad, Clemen, es que yo no entiendo por qué te metiste en este golpe. Ni sos militar ni te interesa la política; lo único que te gusta es eso de ser locutor, el teatro, los traguitos, las muchachas... ¿Por qué te metiste?

—Porque hay que sacar a ese hijo de mil putas...

—Eso lo piensa mucha gente y no por ello se arriesga a participar en un golpe.

—Y vos, ¿por qué te metiste?

—Lo mío es sencillo: soy militar y he jurado defender la Constitución que este pícaro está violando. ¿Pero vos?... No te pongás nervioso.

—Mi papá está preso. ¿Te parece poco? Ya no hay ninguna libertad.

—Me vas a disculpar, Clemen, pero vos no te parecés en nada a mi tío. Él es un político, un hombre serio que ha mantenido una posición firme de oposición al general... Pero no hay manera de que te vea a vos como político... ¿Creías que esto era una aventura de la que saldrías como héroe?

—De verdad que te hizo daño disfrazarte de cura. Padre Justo... Ahora me querés confesar...

—No se puede hablar con vos seriamente.

—Lo único que sé es que por nada del mundo me volvería a involucrar con ustedes los militares. Son un fiasco.

—No vamos a empezar con lo mismo.

—Defender la Constitución... No me hagás reír, Jimmy. ¿Vos suponés que yo te voy a creer que un comemierda como Tito Calvo o un paniaguado como el general Marroquín se metieron en el golpe por defender la Constitución? Quién sabe cuánta plata les ofreció don Agustín sin saber que no tendrían los huevos de hacer las cosas bien...

—Dejá de difamar a los muertos.

—Ojalá funcione esa huelga de la que nos habló el Mono Harris.

—Si no se pudo con las armas, menos se podrá con una huelga.

—¿Y entonces? ¿El hijo de mil putas se quedará de por vida en el poder?

—Por eso debemos largarnos como sea.

—¿Y los gringos? ¿Por qué no se meten de una vez para acabar con ese nazi?

—Te repito lo que me dijo el capitán Masey: «Ustedes lo pusieron, ustedes lo quitan».

—Qué cómodos, como si ellos no hubieran tenido nada que ver... Mirá esas nubes, Jimmy: bien raras...

—Cierto.

—Una tormenta... Lo que nos faltaba.

—No. Es neblina, un banco de niebla que viene cayendo.

—¿En la costa? Qué extraño. Eso pasa en las montañas.

–Aquí está.

–Y trae brisa. Ahora sí que no veo nada, Jimmy. Qué tinieblas...

–Shhh... Silencio...

–¿Qué pasa?

–Escuchá...

–¿Qué?

–Un ruido...

–Es el olaje.

–No, poné atención.

–...

–Remaré hacia dentro del manglar.

–Dale, pues.

–Bajá la voz...

–Este aire con niebla no me gusta nada; me ha puesto la piel de gallina.

–Quedémonos entre estos ramales. Aquí estamos cubiertos y podemos observar si alguien viene por el canal.

–Yo no veo nada, Jimmy.

–Que bajés la voz. ¿No entendés?

–Esto parece una pesadilla. Yo nunca había estado en medio de algo así, tan fantasmagórico...

–Es sólo neblina. Controlá tu miedo...

–En cualquier momento nos puede atacar una alimaña entre estas ramas. Dicen que en estos manglares los murciélagos son salvajes.

–Algo se acerca...

–¿Dónde?

–De aquel lado, por la entrada del canal.

–¡Puta!

–Shhh... Parece un cayuco. ¿Ves el resplandor? Como si llevaran una lámpara pequeña en el suelo.

–¿Será la Guardia?

–Te lo dije, Clemen, que no debemos confiarnos… Parapetémonos.

–Pueden ser también pescadores…

–No lo creo. Van bordeando el otro lado del canal. Si fueran pescadores irían en el medio.

–No se te vaya a disparar esa pistola, Jimmy.

–Shhh… Ahí van.

–No distingo nada.

–Yo alcanzo a ver sólo una silueta. A nadie más.

–¡¿El guardia del diente de oro?!

–Si fuera él, vendría acompañado. Un guardia nunca anda solo, sino en pareja…

–¡Ya lo vi, Jimmy!

–Aunque quizás el otro se esconde camuflado en el suelo del cayuco. Eso es: al otro no lo vemos, pero debe de ir con el fusil en ristre en la proa y sólo distinguimos al que va atrás.

–No es un guardia, sino una mujer...

–¿Cómo vas a creer?

–Fijate bien en la cabellera.

–Es el casco...

–No es un casco; es la cabellera de una mujer.

–Estás alucinando, Clemen.

–¿Oíste?

–Que se vayan… Que se vayan.

–Fue una carcajada…

–Tranquilo… Ya se van de paso.

–La mujer se está riendo.

–Por suerte se dirigen hacia la otra salida del canal. Si regresan de este lado, los atacaré por sorpresa.

–¿No oíste la carcajada, Jimmy?

–¿Cuál carcajada? Estás loco.

–Si hasta se me ha vuelto a erizar la piel...

–Es el aire húmedo. Y el miedo. Controlate... Ya van saliendo.

–Te juro que oí una carcajada.

–Espero que no regresen...

Diario de Haydée

Doña Chayito vino muy temprano, cuando yo me disponía a desayunar. Me tomó por sorpresa. Le pregunté si había alguna emergencia. Me respondió que ésa era la mejor hora para perdérsele a los polizontes que la vigilaban, que incluso los que merodeaban mi casa aún no estaban apostados. La invité a desayunar; dijo que ya había comido, pero que me aceptaría otro cafecito. Me explicó que ha llegado la hora de manifestar nuestro repudio a la intransigencia del general, que si permanecemos amedrentadas quién sabe cuándo volveremos a ver a nuestros familiares presos, que se nos presenta la oportunidad de aprovechar el clima de profundo malestar entre la sociedad que ha generado la captura de los estudiantes. Luego dijo que debemos convocar a toda la gente que nos apoya para que se sume a una marcha de protesta desde la iglesia El Calvario hasta la Penitenciaría, el domingo, después de la misa de las diez, pero que también debemos insistirle a la gente que haga la convocatoria con la mayor discreción, como un secreto, para tomar al general por sorpresa. Me indicó que lo conveniente es que aquellos que van a misa más temprano o a otra iglesia no cambien

225

su horario ni su parroquia, para no levantar sospechas, y que se presenten a El Calvario a las once en punto, pues a esa hora arrancará la marcha. Me contó el plan con fervor y precisión, como si lo hubiera repasado una y otra vez. Me dijo que todas deberemos ir vestidas de negro, y los hombres con una corbata también negra; que deberemos llevar un pedazo de cartulina blanca doblado en el bolso de mano y un plumón de punto grueso, a fin de escribir las consignas exigiendo la libertad de nuestros familiares en los últimos minutos de la misa, sin correr el riesgo de ser interceptadas por las autoridades, con una prueba inculpatoria, en el trayecto de nuestras casas a la iglesia, y que luego de la marcha podremos dejar las cartulinas tiradas frente a la Penitenciaría. La pregunté a quiénes debía convocar; me respondió que a todas aquellas personas que simpaticen con nuestra causa, pero que es importante invitar a cada quien personalmente, no en grupo, para que asuma la responsabilidad y mantenga la mística del secreto, y nunca por teléfono.

Pese a sus dudas, Rosita aceptó participar en la marcha. Fuimos juntas a hablar, primero, con la esposa del doctor Moreno, doña Juana, quien no sólo se mostró entusiasmada con la propuesta sino que me pareció aguerrida y usó expresiones muy fuertes contra el general; luego fuimos con la esposa del doctor Salazar, doña Cleo, quien resultó todo lo contrario y reavivó las dudas de Rosita, temerosa de que su participación en la marcha impida la puesta en libertad de su hijo. Tuve que recordarles mi experiencia con Pericles, y en especial la de doña Chayito y de otras madres que desde hace semanas sufren la cárcel de sus hijos, también estudiantes; hacerles entender que la situación de nuestros seres queridos ha ido de mal en peor y que el general está cerrado a escucharnos. A las tres les advertí que no fueran a hablar por teléfono de nuestro plan ni a comentarlo con personas ajenas a él, que los soplones están por todos lados.

En la tarde me llevé dos sorpresas. La primera fue una llamada de Angelita, la prima hermana de Pericles, con quien nos consolamos mutuamente por la ausencia de noticias sobre Clemen y Jimmy. Era una llamada normal, con uno que otro chisme, hasta que me preguntó si yo sabía algo sobre una marcha de protesta por los presos políticos. Me tomó desprevenida, pero alcancé a reaccionar: le respondí que no, que nada había oído sobre ello y le pedí que me contara lo que ella sabía. Me dijo que sólo le había llegado el rumor, que ella pensó que como yo formo parte del grupo de familiares de presos que se entrevistó con el embajador estaría enterada al respecto, que en cuanto tuviera más información me llamaría para contarme. Le dije que ahora circulan tantos rumores políticos que uno ya no sabe en cuál creer.

La otra sorpresa la tuve al final de la tarde, en casa de mamá, donde estaban de visita las Figueroa y también mi hermana Cecilia. Hablaban animadamente sobre la boda de Luz María, que será dentro de un mes en la catedral de Santa Ana, y de la fiesta que tendrá lugar en el Casino Santaneco. Carlota me mostró un dibujo del vestido que llevará su hija, hizo comparaciones con el que llevó ella y con los que usamos Cecilia y yo en nuestras respectivas bodas, y lamentó que por culpa de la guerra en Europa fuera virtualmente imposible mandar a traer un modelo exclusivo desde París. Me dijo que en su familia hay una agria discusión sobre las invitaciones a la boda, luego del golpe de Estado y de los fusilamientos, porque la familia materna de Carlota siempre ha participado en política, incluso su abuelo fue presidente de la república, y ahora varios de sus miembros repudian al general y aseguran que se abstendrán de ir a la boda si son invitados viejos amigos de la familia que aún permanecen en el Gobierno. Me enteré también de que los hijos de Nicolás Armando serán pajes, que Cecilia está entusiasmada preparando los trajes de sus nietos y estará presente en los ensayos de la boda; sentí una punzada en el corazón cuando pensé en lo que mis pobres nietos pueden sufrir por culpa de la atarantada de su madre. Más tarde, mientras yo estaba en la cocina preparando té, Carlota vino a decirme que está preocupada porque Fabito, su hijo mayor, quien estudia medicina, se ha involucrado a fondo en las actividades contra el general y ella teme que en cualquier momento sea capturado. Le dije que me tomaba por sorpresa, nada sabía yo sobre la participación política de Fabito, pero que tampoco me extrañaba en estos momentos cuando el general ha arremetido contra el gremio médico y contra los estudiantes de esta carrera. Pero la cuestión no para ahí: con mucho sigilo, para que las demás no se enteraran, Carlota me reveló que Fabito formó parte de una delegación de estudiantes que viajó al hospital de San Miguel para entrevistarse con el doctor Romero y proponerle un plan de fuga, que pudo hablar con éste en francés (Fabio padre se llevó a Carlota y a sus hijos cuando fue a hacer una especialización de dos años a París) y así burlar a los dos guardias nacionales que permanecen vigilantes y a la escucha dentro de la habitación del hospital, pero que el doctor Romero lo convenció de que el plan de fuga era inviable, en verdad suicida. Le dije que era una suerte que Fabito hubiera escapado de la redada en la que se llevaron a Chente y a sus otros compañeros. Entonces me dijo que precisamente ése es su miedo: Fabito está organizando una marcha de protesta por la captura de los estudiantes para el próximo domingo y ella teme que en esta ocasión no logre escapar y lo lleven directo a la cárcel. Fue una lástima que en ese instante entraran a la cocina mamá y Cecilia, junto a otras amistades recién llegadas, y ya no pudiéramos hablar más del tema.

Cené en casa de Carmela y el Chelón. Les conté el plan para el domingo, cómo estamos desesperadas porque el general nos mantiene cerrada la puerta para ver a nuestros familiares en la Penitenciaría, que esa marcha de protesta es nuestro último recurso para presionar al Gobierno. Le pedí a Carmela que me acompañe a la misa de las diez, le aclaré que no le estaba pidiendo que se sume a la marcha, porque yo sé que ella y el Chelón se abstienen de cualquier participación política, pero que la presencia de mi mejor amiga en la iglesia me reconfortará y me dará fuerzas. Me dijo que por supuesto, que allí estará. Al Chelón le dije en son de broma que no se preocupara, que si Pericles se entera de que ha ido a misa, aunque sea para pedir su libertad, nunca le perdonará semejante traición.

María Elena me dijo hace un rato que Betito no ha puesto un pie en casa desde que regresó del colegio. Parece que algo se trae entre manos con Henry y sus otros amigos del colegio; no me extrañaría que también se estén preparando para el domingo, junto con los estudiantes universitarios. Mañana temprano hablaré con él. Con tanto alboroto de nada servirán las llamadas a la prudencia y el secreto hechas por doña Chayito.

Un día intenso, como si hubiera habido electricidad en el aire. Parece que medio mundo está enterado de la marcha, aunque casi nadie hable abiertamente de ello. A media mañana me encontré a Mingo en la farmacia Americana. Irmita está muy mal; prometí pasar a verla en la tarde. Frente al mostrador, mientras la boticaria buscaba nuestros medicamentos, me picaba la lengua por preguntarle a Mingo si ya estaba enterado de la marcha, pero me contuve. Cuando salimos a la calle, él se me adelantó y me dijo con sigilo que los estudiantes universitarios están preparando para mañana una protesta por la captura de sus compañeros, que la situación está muy tensa; enseguida me dio la buena noticia de que ayer el Gobierno concedió por fin el salvoconducto para que Serafín pueda salir exiliado hacia Guatemala, que hubo una fuerte presión de los americanos para que autorizaran su salida y que el lunes partirá bajo la protección del cónsul guatemalteco. Quedamos en que seguiríamos hablando a mi paso por su casa en la tarde.

Luego fui un rato a casa de mis padres. Papá, el tío Charlie y Güicho Sol bebían café en el patio; me senté con ellos. Yo quería saber si papá ya estaba enterado de la marcha de mañana. No tuve que preguntar: mi tío Charlie hablaba de la necesidad de promover otras formas de protesta para sacar al brujo nazi, decía que los estudiantes universitarios están preparando una huelga y lo mejor sería apoyarlos, que éstos tienen la idea de que todo mundo se vaya sumando a la huelga hasta que el general comprenda que nadie lo quiere en este país; Güicho le llevaba la contraria, decía que el brujo sólo entiende el lenguaje de la fuerza, que lo que se necesita es otro golpe militar, pero con oficiales que no sean brutos y cobardes como los que se dejaron vencer por el general, y que si no aparecen esos oficiales la única alternativa será la entrada de las tropas americanas. Mi tío insistió en que la idea de la huelga no le parece disparatada, pero Güicho le replicó que con una huelga se corre el riesgo no sólo de que se infiltren los comunistas sino de quedar en manos de éstos. Entonces mi tío Charlie me preguntó qué horas eran. Le respondí que faltaban diez minutos para las once. Me pidió que por favor adelantara mi reloj esos diez minutos, que le urgía beber un whisky y él ha hecho el juramento solemne de no beber el primer whisky sino hasta que den las once de la mañana. Eso quería decir que yo debía ponerme de pie e ir a la cocina por el azafate con hielo, agua mineral y licor, porque ellos iban a hablar cosas de hombres de las que era conveniente que yo no me enterara.

Aproveché que don Leo merodeaba por la cocina para pedirle que me condujera en el auto a casa de las Figueroa. Mamá preguntó si pasaba algo; le dije que nada más quería recoger un catálogo de muebles que Carlota aún no me devolvía, que sólo me tardaría un momento. Le pedí a la Juani que les llevara la bebida a los hombres al patio. En el trayecto hacia donde las Figueroa, don Leo me puso al tanto de la situación de la guerra en Italia; dijo que las tropas americanas avanzan indetenibles y que pronto liberarán su aldea, que teme por el destino de sus sobrinos que se entusiasmaron con Mussolini y que ahora se las verán de a palitos, aunque enseguida comenzó a despotricar en contra de ellos, como siempre hace; también auguró que los americanos ocuparán Roma en un

par de semanas. Distinguí varios polizontes que fisgonea-
ban a inmediaciones de la casa de Carlota, pero recordé
que a esa altura de la calle Arce viven varios ministros del
Gobierno, incluido el doctor Ávila. Carlota me recibió
con ansiedad; el activismo político de Fabito la tiene muy
nerviosa. Me confirmó que la marcha de los universitarios
para protestar por las capturas y fusilamientos tendrá lugar
mañana en la mañana, pero no me pudo precisar si saldrán también de la iglesia El Calvario, como yo me temo,
porque Fabito sólo llega a pernoctar a casa, se la pasa en
la conspiración contra el general y a Carlota nada le cuenta, a causa de que ésta a cada oportunidad lo amonesta
por dedicarse a la política en vez de concentrarse en sus
estudios de medicina. Le pregunté a Carlota si ella parti-
ciparía en una marcha para exigir que se respete la vida
del doctor Romero, ya que éste es buen amigo de su familia; me respondió que ésas son cosas de hombres, que
ella detesta la política, pues sólo trae desgracias, y que no
se imagina a sí misma correteando por las calles con los
guardias persiguiéndola, se moriría del susto. Entonces le
aconsejé que se preparara, porque Fabito podría caer preso en cualquier momento y ella tendrá que hacer frente a
esa situación, tal como le sucedió a mis vecinos y a tantos
otros. Carlota hizo un gesto de desesperación y luego gi-
moteó que ojalá Dios no la someta a esa prueba.

Regresé a casa de mis padres convencida de que la
marcha de mañana será mucho más numerosa de lo que
yo suponía y que, de nosotras, quizá sólo doña Chayito
está al tanto de ello. Mi convencimiento se convirtió en
certeza luego de conversar con Mingo en la tarde: me
dijo que los periodistas ya están enterados de la marcha
de protesta y que, si los periodistas lo saben, también la

policía secreta del general estará al tanto; me advirtió que no le sorprendería que la iglesia El Calvario y el centro de la ciudad amanezcan tomados por la Guardia Nacional. Mingo estaba muy desasosegado. No es para menos, Irmita se encuentra peor de lo que yo imaginaba: respira con mucha dificultad, padece un tremendo dolor de espalda y está muy pálida. Lo de ella no es tuberculosis, ya se lo dijeron los médicos, aunque tampoco logran diagnosticar su mal. Dios quiera que no vaya a ser un cáncer.

Les revelé a mis padres que tengo el propósito de participar en la marcha. Mamá se preocupó mucho, trató de disuadirme y me pidió que impida que Betito se involucre en las protestas; papá me advirtió que tenga cuidado, me contó que sigue habiendo rumores de descontento en el ejército y que dicen que el brujo nazi está más enloquecido que nunca. Les prometí que haría lo posible por convencer a Betito de que permanezca en casa, pero también les aclaré que ellos deben comprender lo difícil que resulta detener el ímpetu de un joven de quince años cuyo padre está preso y cuyo hermano mayor huye condenado a muerte. Y así aconteció, durante la cena, cuando le dije a Betito que lo más conveniente es que él permanezca en casa, que no se arriesgue, y él me respondió con mucha decisión que no me dejará ir sola, que él estará a mi lado; no me sentí con la autoridad moral para darle una orden en sentido contrario.

Hace un rato, después de limpiar la estufa y apagar las luces de la cocina, mientras escuchábamos el radio teatro, María Elena insistió en que me acompañará a la iglesia y a la marcha. Yo le he aclarado que no es su obligación, que puede ser peligroso, pero ella me ha dicho que lo hace por su propia voluntad, porque no es justo que Pericles esté preso y que quieran fusilar a Clemen.

*

Hace unos minutos, cuando acababa de guardar este cuaderno, papá llamó por teléfono para contarme que esta tarde, en el mayor de los sigilos, se reinstaló el Consejo de Guerra, con el objetivo de juzgar a otro grupo de participantes en el golpe; no me pudo especificar nombres, pero dijo que se trata de militares que fueron capturados después del anterior Consejo de Guerra. «Lo más probable es que mañana en la madrugada haya nuevos fusilamientos», dijo papá con rabia y pesadumbre. Le pregunté, con el alma en vilo, si Clemen se podría encontrar entre esos capturados. Me respondió que él está seguro de que no, porque le dijeron que se trata exclusivamente de oficiales y que Tonito Rodríguez está participando como abogado defensor. Me he quedado espantada, con los nervios de punta. Cómo podré dormir con semejante noticia... ¿Y qué sucederá con la marcha si se producen los fusilamientos?

Domingo, 23 de abril

Qué día, Dios mío. Apenas pude pegar los ojos en toda la noche. Desde las cinco de la mañana encendí la radio, porque pese a ser domingo, si se producían los fusilamientos habría un boletín en cadena nacional. Pero pasaron las siete de la mañana sin ninguna noticia al respecto. Pronto recibí una llamada de papá para decirme que el Consejo de Guerra se había suspendido una hora atrás y que se reinstalaría esta misma noche; Mingo, doña Chayito, Angelita y otras amistades también llamaron porque la noticia se regó como pólvora. Doña Chayito me reveló que el capitán Gavidia, el marido de Merceditas, está entre los nuevos oficiales sometidos a juicio y que seguramente será condenado a muerte. Sólo alcancé a exclamar un «¡Dios mío!» y sentí una gran presión en el pecho. Le pregunté si en estas condiciones siempre realizaríamos la marcha; me respondió que por supuesto.

Minutos más tarde recibí la llamada dominguera de Pati; traté de hablar con tranquilidad, para que a ella le pasara inadvertida mi ansiedad, evité mencionarle el Consejo de Guerra y también la captura de Chente, a quien ella le tiene tanto cariño. Mi hija me conoce al detalle, es demasiado perceptiva y yo no quise preocuparla por su embarazo. Pero pese a mi cuidado, hubo un momento en que me dijo que me escuchaba rara, preguntó con insistencia si no le estaba escondiendo algo importante. Le expliqué que yo padecía tan sólo cansancio e inquietud, precisamente porque nada pasaba, no podía ver a su padre ni tenía noticias de Clemen. Luego de colgar, me persigné y pedí perdón por mi mentira.

Durante el desayuno, Betito estuvo bravuconeando contra el general, con el mismo estilo fanfarrón de Clemen que tanto fastidia a Pericles. Le pedí que cerrara la boca, que las paredes oyen. En ese instante tocaron a la puerta: eran Raúl y Rosita. Querían saber si se llevaría a cabo la marcha a pesar de las amenazas de fusilamiento; les dije que sí. Rosita estaba muy nerviosa. Acordamos que cada grupo familiar iría por su cuenta a la iglesia para no levantar sospechas de los policías que fisgonean en la cuadra.

Papá envió a don Leo para que nos condujera en coche a la misa. Yo iba vestida de riguroso luto, con velo, y en el bolso de mano la cartulina y el plumón, tal como doña Chayito me había recomendado; María Elena también vestía de negro y Betito con la corbata de Pericles de ese mismo color. Hicimos el recorrido en silencio; había poca gente en las calles. Pero frente a la iglesia estaban congregados varios grupos, más gente de lo usual. Don Leo me dijo que se estacionaría en los alrededores, que nos esperaría, pues papá le había dado órdenes de permanecer a mi disposición todo el tiempo y llevarnos de regreso a casa. Carmela, el Chelón y Mingo llegaban en ese momento. Vi a Raúl, Rosita y a los otros médicos cerca de la puerta; doña Consuelo vino a saludarme acompañada por sus hijos. Mingo hizo un gesto para que me fijara en los policías secretos que rondaban en las inmediaciones. Busqué a doña Chayito, pero no la descubrí entre los grupos. Todos cuchicheábamos con indignación sobre los nuevos juicios. Pronto sonaron las campanadas y entramos a la iglesia. Me percaté de que ya había mucha gente dentro. Doña Chayito apareció a mi lado; cuando me saludó, dejó un papelito en mi mano. Betito se fue con sus amigos; María Elena se quedó en las bancas de atrás. Yo me senté entre Carmela y Mingo. El padre dio inicio a la misa. En la primera ocasión en que nos arrodillamos, con mucho cuidado desdoblé y leí el papelito; Mingo me observó con el rabillo del ojo. Poco después me puse de pie y me dirigí al confesonario; no me atormentaba ningún pecado especial, pero me sentía ansiosa y creí que confesarme me tranquilizaría. Mientras esperaba mi turno en la fila, percibí una atmósfera de tensión en la iglesia, gente que se lanzaba miradas de complicidad, otros que se hacían señas y muchos que cuchicheaban, sin atender a lo que decía el padre, como si todo mundo estuviera nada más esperando que la misa terminara para comenzar la marcha. Confesé que le había mentido a mi hija para no preocuparla, por su embarazo: el padre confesor me despachó, expedito, con el rezo de un Credo como penitencia. Volví a mi lugar en la banca, pero cuando me disponía a acomodarme entre Carmela y Mingo, me pareció distinguir entre el resplandor de la puerta la figura de don Leo que entraba a la iglesia. Me quedé pensando, inquieta: a don Leo no le gustan los curas y nunca asiste a misa. El padre leyó la parte del evangelio donde está la parábola del buen samaritano; luego dedicó su homilía al tema del perdón. En el momento en el que me sumaba a la fila de quienes iban a comulgar, don Leo se acercó y me cuchicheó al oído que un pelotón de guardias nacionales estaba en las afueras de la iglesia y lo mejor era que nos marcháramos en cuanto terminara la misa. Me flaquearon las piernas. Avancé hacia el altar, contrita, pidiéndole a Dios que no fuera a suceder nada, pero enseguida alcé la vista y busqué a doña Chayito, y también a Betito, sin suerte. Oí un rumor a mis espaldas, como a la entrada de la iglesia, pero en ese instante el padre me tendía la hostia. Mientras regresaba a la banca me percaté de la agitación, de las muecas de miedo e indignación en los rostros, y de las idas y venidas de los jóvenes hacia la entrada de la iglesia. Me hinqué a rezar unos minutos. Mingo y el Chelón comentaban que al parecer el general había apostado un tanque de guerra a media cuadra, sobre la calle por la que pasaría la marcha. «Te lo dije», me recordó Mingo, cuando volví a sentarme en la banca, «que el brujo sería el más enterado.» El padre dio por concluida la misa. La mayoría se levantó y comenzó a avanzar hacia la puerta. Yo permanecí sentada, saqué la cartulina y el plumón, y escribí: ¡EXIGIMOS AMNISTÍA GENERAL YA!, tal como me había indicado en el papelito doña Chayito. Carmela me observaba mientras yo trazaba las grandes letras. Luego me dirigí entre los demás hacia la salida, con la cartulina doblada por la mitad. Divisé a Merceditas, quien caminaba junto a doña Chayito, la pobre muchacha con el rostro descompuesto. Había una multitud nerviosa en el atrio. Los guardias estaban en la acera de enfrente, amenazantes, y logré ver el tanque de guerra a unos cincuenta metros, apostado a media calle, con el cañón apuntando hacia nosotros. Sentí miedo. Los universitarios comenzaron a agruparse en la calle, a gritar consignas a favor de la libertad de los presos y contra la dictadura, retando a los guardias. Vi a Betito en uno de los escalones, junto con Henry, el Flaco, Chepito y otros compañeros de la secundaria. Doña Chayito se dirigió hacia la calle, con su cartulina extendida, desafiante, de cara a los guardias; varias de nosotras la seguimos. Me temblaban las piernas mientras bajaba los escalones. En ese instante, el oficial al mando desenfundó su pistola e hizo varios disparos al aire; los guardias nos apuntaron y desde el tanque lanzaron una ráfaga horrenda. Hubo una estampida hacia los lados. Yo solté la cartulina y sentí que desfallecía, pero entonces alguien me tomó del brazo. «¡Apúrese!», dijo don Leo mientras me conducía a toda prisa hacia una calle lateral. «¿Y Betito?», alcancé a preguntar, pero don Leo me llevaba casi en vilo porque yo iba a punto del shock. María Elena corría detrás de nosotros. «¿Dónde está Betito?», volví a preguntar, aterrorizada, cuando entramos al coche. «Escapó con sus amigos por el otro lado. No se preocupe», dijo don Leo antes de arrancar a toda marcha. A medida que salíamos de la zona me preguntaba con gran aflicción lo que habría sucedido con doña Chayito, Merceditas, Carmela y el Chelón, Mingo y tantos otros. «¡Dios mío, ojalá que no hayan herido ni capturado a nadie!», exclamé, hecha un manojo de nervios. «Las ráfagas fueron al aire, para asustar y dispersar a la gente», dijo don Leo y luego me preguntó adónde quería que nos llevara. Le pedí que pasáramos a dejar a María Elena en casa, por si Betito aparecía o se reportaba, y que enseguida me condujera adonde mis padres, para contarles lo sucedido. Pero ellos ya estaban enterados y nos esperaban en la calle con otros vecinos: la noticia les había llegado por teléfono un par de minutos después del hecho y mamá aseguraba que ella incluso había escuchado los disparos. La ciudad estaba conmocionada. Yo me dejé caer en el sofá de la sala, carcomida por la angustia: la Juanita me preguntó si quería que me preparara un té. Mamá estaba muy alarmada por lo que hubiera podido sucederle a Betito, aunque don Leo ya le había contado lo que él había visto. El teléfono timbraba a cada rato; les pedí que dieran fin a las conversaciones rápidamente por si Betito se reportaba. Papá le estaba ordenando a don Leo que recorriera la zona en busca del grupo, cuando entró la llamada. A Dios gracias habían escapado en el coche de Henry, dijo Betito; estaban a salvo en la casa del flaco. Sentí un gran alivio. Intenté varias veces comunicarme con doña Chayito, pero su teléfono sonaba ocupado; por fin me contestó su esposo, me dijo que ella se encontraba bien, pero que en esos momentos no estaba en casa. Di gracias a Dios; y me dije que esa mujer era de hierro, que seguramente ya estaba organizando otras formas de protesta. De pronto sentí algo muy feo, como un vacío en el estómago y un gran agotamiento; me dirigí a una de las habitaciones, me tendí en la cama, en posición fetal, y empecé a sollozar, quedito, para que no me escucharan en la sala, hasta que me quedé dormida.

Ahora, cuando termino de describir los sucesos de esta mañana, ya me siento mejor, gracias a que mamá me dejó dormir, sin interrupción, hasta el final de la tarde. Don Leo me trajo a casa. Hemos cenado con Raúl y Rosita. Todos estamos desanimados, con mucho miedo, a la expectativa del Consejo de Guerra que se reinició a las siete de la noche. No creo que haya nuevas noticias hasta mañana temprano y lo más seguro es que ese brujo maldito fusile a los jóvenes oficiales. Pobre Merceditas, el calvario que estará sufriendo. Debo darle gracias a Dios de que no hayan capturado a Clemen y pedirle que lo siga protegiendo.

Lunes, 24 de abril

Los fusilaron a las seis de la mañana en el Cementerio General: al capitán Gavidia, el esposo de Merceditas, a otro capitán de apellido Piche y al teniente Marín, hermano de Víctor Manuel, el muchacho de la Administración de Rentas al que torturaron salvajemente, el único civil hasta ahora fusilado. Siento como si en el pecho tuviera un péndulo de emociones, que me lleva de la peor desolación a la indignación y la rabia, de aquí para allá y de allá para acá. Los universitarios se fueron a la huelga general en protesta por las ejecuciones. Raúl me lo confirmó: la universidad permanecerá cerrada; y me dijo que también los estudiantes de último año de medicina e ingeniería que prestan servicio social en hospitales y oficinas públicas pronto se irán a la huelga. Rosita ha caído víctima de una depresión nerviosa, cree que el general fusilará a todos los presos políticos, incluido Chente.

Doña Chayito pasó por casa antes de la hora del almuerzo; siempre a las carreras, no quiso quedarse a comer, sólo aceptó un vaso de fresco. Venía de donde Merceditas: el cuerpo del capitán ya estaba preparado y el velorio será ahí mismo, en la casa de la familia, para no comprometer a ninguna funeraria, me explicó. Yo le dije que llegaría al final de la tarde y que podría pasar la noche en vela, haciéndoles compañía, si era necesario. Doña Chayito también me contó que acababa de hablar con unos dirigentes del movimiento universitario: ellos consideran que no le podemos hacer frente a la bestia en las calles, porque ya comprobamos que no se tocará los hígados para matarnos, que la idea es impulsar una huelga general de brazos caídos, que cierren todos los negocios y las oficinas, los hospitales y las escuelas, que se suspenda el transporte público y los ferrocarriles, que cada quien permanezca en su casa y se paralice el país hasta que el brujo se largue. «¿De dónde sacaremos el valor para no hacer nada?», murmuré, para mí misma, con desgano. Doña Chayito me preguntó a qué me refería. Le dije que la gente necesita trabajar, ganar su salario para subsistir, que sólo los jóvenes solteros sin familia a la cual mantener podrían declarar una huelga de esa naturaleza. Doña Chayito se me quedó mirando, pensativa: «Eso mismo les argumenté yo», dijo. Pero enseguida agregó que algo debemos hacer de inmediato para evitar que el brujo fusile al doctor Romero, para que libere a nuestros familiares o al menos nos permita visitarlos como Dios manda.

En la tarde fui al salón de belleza. Me sentía desastrosa y no quería presentarme así al velorio; ya es suficiente con tener el ánimo por los suelos como para además mostrar las fachas. Cuando entré al salón, Angelita estaba tendida en la butaca; Silvia terminaba de peinarla: sin percatarse de que yo había entrado, aquélla decía con desprecio que el general está cavando su propia tumba, que los gringos están enojadísimos con él, que el presidente Roosevelt en persona ordenará que se lo lleven del pelo, que cómo se le pudo ocurrir fusilar a esos muchachos, los capitanes Piche y Gavidia eran compañeros de promoción de Jimmy, y a Piche se le consideraba el mejor artillero del ejército, en quien Estados Unidos había invertido una carretada de dinero para formarlo. Entonces me vio, sin inmutarse, como si su indignación fuese mayor que su prudencia, y me preguntó si yo también iría al velorio de los muchachos. Le respondí que sí. Luego Silvia quiso saber si es cierto que el doctor Romero será el próximo a quien pongan en el paredón. «Dios no lo quiera», musité.

Les pedí a mis padres que me prestaran a don Leo para que nos llevara al velorio, Betito vino conmigo, y sobre todo para que nos fuera a recoger en la noche, antes del toque de queda. Llegamos al final de la tarde. Don Leo señalaba con un movimiento de cejas a los policías secretos apostados en los alrededores de la casa. Yo supuse que poca gente asistiría al velorio, por miedo, pero estaba equivocada: muchos familiares de los oficiales fusilados, tanto hoy como hace quince días, y también de los presos y condenados, como nosotros, abarrotábamos la casa; grupos de jóvenes entraban y salían. Yo no conocía a la familia Gavidia, sólo a Merceditas. Angelita estaba sentada junto a quien a todas luces era la madre. Presenté mis condolencias. Yo creí que ella estaría deshecha, desmoronada, pero me sorprendió su entereza, la expresión de rencor, diría de odio. No puedo ni quiero imaginar el dolor de perder a dos hijos de una manera tan canalla, pero no me extrañaría que en ese momento el ansia de venganza sirva para reconfortar el espíritu. Angelita me explicó que las familias de los tres fusilados querían velarlos conjuntamente, pero que el general lo prohibió; también me dijo que Pepe, el otro hermano de los Gavidia que estaba detenido, fue puesto en libertad esta tarde, como si el brujo se hubiera dado por satisfecho con la sangre de los hermanos militares. Le pregunté dónde estaba Pepe, pues quería saber si se había encontrado con Pericles en la Penitenciaría, pero tanto Pepe como Merceditas se habían retirado a descansar un rato, porque estaban destruidos. Descubrí que doña Chayito y doña Consuelo conversaban del otro lado de la sala. Fui hacia allá. Doña Chayito anunció que en un rato ella regresaría al velorio del teniente Marín, donde estaba doña Julita y otros de sus vecinos, y me propuso que la acompañara. Doña Consuelo se sentía indispuesta, con una jaqueca, por lo que pronto retornaría a su casa. Busqué a Betito para decirle que iría al velorio de la familia Marín, pero no lo encontré, no estaba dentro de la casa ni en el patio. Con quien casi me di de bruces fue con Fabito: venía entrando con otros dos jóvenes. Me saludó, respetuoso y solemne, como siempre; es el vivo retrato de Fabio padre, hasta con la misma voz gangosa. Le pregunté si había visto a Betito; me dijo que no. Entonces inquirí por el estado de salud del doctor Romero, porque Carlota me había dicho que su hijo está en contacto permanente con los médicos que lo atienden en San Miguel. Me explicó que ya se encuentra fuera de peligro, que la herida del machetazo en el rostro comienza a cicatrizar y que ahora el propósito es que no se reponga demasiado pronto, para evitar que el tirano ordene su fusilamiento. Me percaté de que Fabito y doña Chayito se saludaban con familiaridad, como viejos cómplices. Le pedí que si se encontraba con Betito por favor le dijera que yo iría un rato al velorio de la familia Marín y que pronto regresaría; fui a donde Angelita a pedirle el mismo favor.

Doña Chayito me esperaba en la acera. Ya estaba oscureciendo. No habíamos caminado ni media cuadra cuando don Leo detuvo el coche a nuestro lado. Me sorprendió, porque habíamos acordado que él regresaría a recogerme a las nueve de la noche y yo lo hacía en casa de mis padres. Con tono de disculpa me dijo que papá le había ordenado permanecer a mi disposición. «Subamos», dijo rápidamente doña Chayito; en la esquina estaban apostados agentes de la policía secreta. Le pregunté a don Leo si había visto salir a Betito. Dijo que Henry, el flaco y Chepito habían pasado a recogerlo en el coche de éste. A medio camino, atenta a que don Leo no la viera por el espejo retrovisor, sin aspaviento, doña Chayito metió su mano por el bajo vientre, bajo la falda y el calzón, sacó un cuadrito de papel, lo desdobló y me lo entregó; era otro comunicado de los estudiantes universitarios, distinto al que Raúl había traído a casa esta mañana, según inferí del encabezado. Me hubiera costado leerlo en esa penumbra. Lo volví a doblar tal como venía y me lo guardé en el pecho, bajo el sostén.

«Aquí está más feo», dijo don Leo deteniendo el coche. Había un retén de guardias nacionales cortando la calle; era la manzana donde está ubicada la casa de los Marín. Me puse nerviosa. Un guardia se acercó a la ventanilla y pidió nuestros documentos de identidad; le preguntó a don Leo adónde nos dirigíamos. «Al velorio», me adelanté a decir, sin que aún sepa de dónde saqué el valor. El guardia fue a consultar con un oficial, revisó nuestros documentos durante unos minutos que me parecieron eternos y apuntó nuestros nombres en una libreta. «Hace dos horas no estaba este retén», masculló doña Chayito. El guardia regresó y, mientras nos devolvía los documentos, se agachó para lanzarme una mirada siniestra. «Pasen», ladró. Yo iba helada, sudando frío. «Cuando regresemos quizás haya también un retén en el otro velorio», comentó don Leo. Pero para doña Chayito el brujo envió a los guardias por perfidia contra la familia Marín, porque dicen que éste torturó personalmente a Víctor Manuel, a quien no le pudo ganar la voluntad ni obligarlo a delatar.

Al salir del coche, temí que las piernas no me respondieran; me tomé del brazo de doña Chayito. Había muy pocos deudos en la sala; a algunos miembros de la familia ya los había visto frente a la Penitenciaría y también en la misa del domingo. Di mis condolencias y fui a sentarme junto a doña Julita y su hija Leonor. La atmósfera, más que de duelo, era de terror. Ya no pude contenerme: pregunté dónde estaba el sanitario. Mientras hacía mi necesidad, aproveché para sacar la hoja del comunicado escondida en mi sostén; la rompí en pedacitos y se fue con el agua del inodoro. Volví a la sala. Doña Chayito se quejaba del retén, explicaba que por culpa de éste muchas personas desistirían de venir a presentar sus condolencias. Acepté un cafecito. Me sentía un poco más tranquila. Observé a la madre de los Marín, la pobre padecía un sollozo continuo, que de pronto explotaba en borbotones de llanto. Con un escalofrío, me pregunté si al teniente Alfonso lo habrían torturado de la misma forma que a su hermano Víctor Manuel. Enseguida me dije que quizá no, pues aseguran que el general se ensaña más con los civiles. Sufrí una especie de ahogo, como si de pronto me hubiesen avisado de que Clemen había sido capturado. Saqué mi rosario del bolso de mano y comencé a rezar, para espantar los pensamientos malsanos. Pero no pude superar el desasosiego, las palpitaciones en el pecho y en mis sienes. Me propuse terminar el rosario. Luego le dije a doña Chayito que no me sentía bien, que pronto me retiraría; le pregunté si se quedaría donde los Marín o quería que la condujésemos a otro sitio. Me pidió que la lleváramos a casa del capitán Piche. Me despedí con culpa, porque eran tan pocos y la densidad del dolor apabullaba en el salón casi vacío. Salimos a la calle oscura en busca de don Leo. Rogué a Dios que no tuviéramos problemas al cruzar de nuevo el retén. Pasamos sin contratiempo, ni siquiera vi al guardia de la mirada siniestra; me sentí más leve, sin el comunicado encima, aunque sabía que la jaqueca merodeaba y en cualquier momento me atacaría, demoledora. Doña Chayito guiaba a don Leo. La ciudad me pareció tétrica, como si el viento fuera miedo soplando en las calles. No hubo guardias en los alrededores, sólo policías secretos fisgoneando. Le dije a don Leo que bajaría un momento a dar el pésame, pero que a más tardar en un cuarto de hora nos iríamos. Había tanta gente como donde los Gavidia. Angelita estaba cerca de la puerta, saludando; me dijo que acababa de llegar, que se había enterado del retén de guardias cerrando la casa de los Marín y que lamentablemente a ella ya no le alcanzaría la noche para ir hasta allá. Luego me llevó a un rincón con cierta urgencia y me preguntó si yo tenía noticias de Clemen. Me dio un vuelco el corazón. «No, ¿por qué, niña?», logré balbucear. Me dijo que a ella le acababan de asegurar que Jimmy se encuentra bien, pero no le dieron ningún otro detalle, y quería saber si yo había escuchado algo que ella no supiera. Le dije que los hombres de mi familia y de la familia de Pericles comparten la convicción de que los secretos de vida o muerte no deben contárseles a las mujeres, y que por ello yo estaba en ascuas.

Regresé a casa con un mayor desasosiego, aun ahora cuando termino de escribir los sucesos de la jornada siento que la intranquilidad me carcome, como si algo importante estuviese sucediendo a mi lado sin que yo pueda percatarme. Por suerte la jaqueca se fue de paso. A Betito lo vinieron a dejar hace un rato; le reproché que hubiese desaparecido sin avisarme. Me dijo que cuando regresó a donde los Gavidia, yo ya no estaba, y que él y sus amigos tenían otras cosas que hacer. Vi en sus ojos el brillo entusiasta de quien se ha involucrado en una aventura; le advertí que tenga cuidado. Ahora me doy cuenta, con culpa, de que no he pensado en Pericles a lo largo del día. Mi pobre marido.

Martes, 25 de abril

¡Un rayo de sol después de la tormenta! Pusieron en libertad a Chente y a los demás estudiantes de medicina que capturaron el miércoles pasado. El Gobierno suspendió el toque de queda; también autorizó la reapertura del Club y del Casino. Y un asistente del coronel Palma, el director de la Penitenciaría, llamó por teléfono cuando yo no estaba en casa y dejó un mensaje con María Elena para avisarme de que me presente mañana temprano porque se permitirán de nuevo las visitas a los presos políticos. Todos estamos sorprendidos, felices. Yo no terminaría de creerlo si no fuera porque estuve en casa de mis vecinos, celebrando con Chente. Quiera Dios que pronto liberen a Pericles y que mañana le pueda entregar todo lo que le hemos preparado: ropa, comida, implementos para su aseo personal. Betito me acompañará, aunque llegue tarde al colegio. Mi suegra llamó para decirme que lamentaba no poder venir, pero que la artritis la tiene doblada, que por favor le dé su bendición a Pericles. Doña Chayito y las demás compañeras del grupo tienen la esperanza de que liberen a nuestros familiares en los próximos días; nos encontraremos a la entrada de la Penitenciaría.

Cené en casa de mis padres; el tío Charlie llegó un rato, pero sólo bebió un whisky. Según él, los gringos están indignados con los fusilamientos y le han hecho saber al general que consideran la intervención de tropas de la policía militar para proteger a los ciudadanos estadounidenses en caso de que se produjese un nuevo levantamiento, que ésa es la amenaza que lo ha obligado a aflojar. «Ese brujo no se acobarda con una de esas amenazas», comentó papá. Y luego dijo: «Algo se trae entre manos: seguramente ha aflojado para ver quiénes son los que saltan y luego cortar cabezas». Yo metí mi cuchara: les dije que en lo que son peras o son manzanas, lo importante es que pueda visitar a Pericles y que hayan liberado a los muchachos. Mamá comentó que Carlota está feliz con la reapertura de los clubes, porque ya no habrá problemas para la fiesta de bodas de Luz María.

He revisado una y otra vez todos los bastimentos que

le llevaré a Pericles; no quiero dejar nada por fuera. Estos veinte días sin ver a mi marido me parecen una eternidad. Estoy nerviosa, más bien con la ansiedad de la novia que verá al novio luego de una larga separación. Pero tantas malas experiencias que he sufrido en las últimas semanas encienden una lucecita roja dentro de mi cabeza, una lucecita de alerta para que no me sorprenda si las cosas se tuercen, si al brujo lo envenena otra vez el diablo.

Miércoles, 26 de abril

¡Por fin pude estar con Pericles una hora entera! No encuentro palabras para explicar la emoción que sentí. Al principio, mientras pasábamos los controles y los custodios revisaban la maleta y la cesta, me ganó la ansiedad, como si fuera una niña que está a punto de recibir el juguete siempre deseado, pero una vez que estuve frente a Pericles, volví a controlarme, aunque mi alegría era tal que cada cierto momento tenía ganas de saltar y abrazarlo. Lo primero que hizo, después de saludarnos, fue hurgar la cesta en busca de los paquetes de cigarrillos y encender uno en el acto, mientras me pedía que le sirviera un café del termo. Luego le echó un ojo a las otras cosas; hizo guasas de la loción para después de afeitar: dijo que yo daba por supuesto que él apestaría, pero que su problema será conservar la loción sin que los compañeros le pidan un trago. Hablamos de todo; estaba muy contento porque dejaron entrar a Betito. Le conté que no hay novedad sobre Clemen, el susto que nos llevamos a la salida de la iglesia el domingo, la captura y liberación de Chente, y los chismes políticos. Betito le refirió con entusiasmo la idea de hacer una huelga general que impulsan los universitarios. Nos pidió que tengamos mucho cuidado, que recordemos que al «hombre» nunca hay que ponérsele de frente; dijo que la mayoría de los custodios se comporta correctamente con los presos políticos, incluso con respeto, que entre las autoridades de la Penitenciaría priva una atmósfera de incertidumbre, muchos están convencidos de que más temprano que tarde habrá un cambio y que el «hombre» se terminará yendo. Me pidió que, en cuanto regresáramos a casa, llamara de inmediato a Pati para darle la noticia de que él se encuentra bien, para bajarle la preocupación. Le dije que también me comunicaría con su madre, que la pobre quería venir pero la artritis la tiene tirada. Al paso del tiempo empecé a ver los estragos del encierro en su rostro, cierto tic en el ojo derecho, la tos más fea que nunca, la palidez. Le dije que la próxima vez le llevaré un jarabe para la tos. No dejó de fumar mientras duró la visita; es la primera vez en que conseguir cigarrillos ha sido la gran aventura de su encarcelamiento, dijo. Luego me preguntó por Mila y los nietos. Quise parecer natural cuando le dije que estaban bien, aunque ella se queja de sus apuros económicos; pero nunca he sabido mentirle a mi marido: me lanzó su mirada inquisidora, se dio la vuelta para mirar a Betito y guardó silencio. Le conté que desde ayer, cuando supe del fin del toque de queda, hablé con el abogado Pineda, quien me dijo que quizás ahora haya mejores condiciones para mover el caso en los juzgados. Me repitió que no me haga ilusiones con eso, que cuando él sea puesto en libertad nada tendrán que ver los juzgados, sino que será porque «el hombre» lo ordena o porque ya no está «el hombre». Me costó un mundo despedirme, contener las lágrimas. A la salida busqué al sargento Flores para preguntarle cuándo podremos realizar la próxima visita, pero en la pared del corredor estaba pegada una cartulina en la que se anunciaba que podremos volver el sábado en la mañana.

Chente vino en la tarde; yo creí que la temporada en la cárcel lo iba a intimidar, pero se ha metido de cabeza otra vez en la organización de la huelga. Me dijo que los compañeros que estuvieron presos con él han salido también con más decisión a luchar contra el tirano. A partir de hoy se fueron a la huelga, me informó, todos los estudiantes de último año que trabajan como médicos internos en los hospitales, asistentes legales en la Casa de los Juzgados, empleados en el Ministerio de Obras Públicas y asistentes en las clínicas dentales. Me entregó un nuevo comunicado del comité de huelga. Y me explicó que él forma parte del grupo encargado de conseguir fondos para ayudar a los estudiantes que se han declarado en huelga en las oficinas públicas y que tienen familia a la cual mantener. Le ofrecí echarle el hombro en lo que me fuera posible. Más tarde fui a casa de mis padres; le conté a papá la situación. Me dijo que él cree que no costará encontrar personas honorables que quieran contribuir a la huelga contra el «brujo», siempre y cuando, por supuesto, nunca se revelen sus nombres.

Al regresar a casa, María Elena me esperaba con la noticia de que Mila ha despedido a Ana y ha comenzado a desmontar la casa, que la entregará el próximo viernes a los dueños para que no le cobren el siguiente mes y se mudará a donde sus padres. Sentí feo, como si de pronto se me hubiera agriado el día. Pero no puedo hacer nada: a esa mujer la mueve el pecado candente entre las piernas y no hay quien la detenga. ¿Qué será de Clemen cuando se entere? Me propuse concentrarme en las cosas pendientes y en el recuerdo del encuentro con mi marido para evitar los malos pensamientos. Por suerte un rato después Carmela y el Chelón vinieron a tomar un cafecito, a enterarse en detalle sobre las condiciones en que se encuentra Pericles; me preguntaron si cuando se regularicen las visitas pueden acompañarme durante un rato, sólo para saludar y llevarse el alegrón de un abrazo, sin interferir en la privacidad de nuestro encuentro. Les respondí que por supuesto, pero que también espero que Pericles sea puesto en libertad antes de cualquier regularización de las visitas. Luego hablamos de la huelga y les mostré el volante que me había entregado Chente; ellos traían otro, también una copia mecanografiada en papel carbón, y más o menos con el mismo contenido, en el que se hace un llamado a que nadie presente ninguna cooperación con el Gobierno, que nadie asista a los cines que son propiedad del brujo, ni compre billetes de lotería, ni pague impuestos municipales. Ambos volantes llaman a boicotear los diarios del Gobierno y a una gran resistencia pasiva, pero el que me trajo Chente pide que cada persona porte siempre una insignia de luto como muestra de repudio a las ejecuciones. El Chelón comentó que al parecer no hay ninguna señal de que el Gobierno autorice de nuevo la publicación de los periódicos opositores.

Hace un rato, Betito me contó que él cree que las secundarias se irán pronto a la huelga, que en su colegio hubo hoy una intensa discusión sobre el tema. Le advertí que no vaya a utilizar la excusa de la huelga para ausentarse de clases si no se ausentan todos los alumnos, la lucha contra el general es algo serio y no una justificación para que se vaya de farra con sus amigos, que muy bien conozco a mis hijos.

Ha sido un día intenso, gratificante; estar con Pericles fue como un regalo del cielo por el que debo dar gracias.

Jueves, 27 de abril

¡Otra vez la intimidación y la violencia! El general no cede, más bien contraataca. Estábamos a punto de iniciar la misa de novenario por el alma del teniente Marín, cuando los guardias nacionales irrumpieron en la iglesia. Yo había sido convocada por doña Chayito: me dijo que era importante hacer acto de presencia para solidarizarse con la familia. No lo dudé. Pero al llegar me percaté de que había mucha gente, hasta Chente y Fabito merodeaban por el atrio, por lo que supuse que también se trataba de un acto de solidaridad y repudio. Lo que nunca imaginé es que ese brujo fuera capaz de meter guardias al interior de la iglesia con orden de desalojarnos. Es un sacrílego, un apóstata. Por suerte los muchachos los vieron venir y se largaron a tiempo, para evitar disturbios y capturas. A mí aún no me baja la indignación. Es el colmo. La esposa y la madre del teniente Marín son maestras de primaria y han decidido irse a la huelga con el apoyo de muchas de sus colegas.

El día había comenzado con una excelente noticia. Mingo pasó por casa para enterarse de cómo había encontrado a Pericles y aprovechó para contarme que los americanos ya le dieron la espalda al general, que el embajador rechazó ayer la propuesta que el Gobierno le hizo para que oficiales de Estados Unidos reorganicen la

Fuerza Aérea, la cual quedó prácticamente desmantelada luego del golpe de Estado. «Ese rechazo significa el retiro de toda confianza al Gobierno», me explicó Mingo con el mayor entusiasmo. De inmediato le fui con la noticia a papá. Me dijo que hablaría con el tío Charlie para confirmar. Y al mediodía ya todo el mundo estaba enterado de que el «hombre» se está quedando solo.

Papá vino al final de la tarde a entregarme un sobre con dinero para que se lo dé a Chente, con el propósito de que el comité de huelga lo reparta entre los pasantes que deben mantener a sus familias. Quedé demudada; me sorprendió la rapidez con que había conseguido el dinero. Me explicó que el brujo cavó su tumba, no cuando fusiló a los militares que lo traicionaron, sino cuando condenó a muerte a don Agustín, al doctor Pérez y al doctor Romero. Hizo énfasis en que les dejara claro a los muchachos que nunca sabrían el nombre de los donantes y que nada de recibos ni de pruebas comprometedoras. Minutos más tarde fui a buscar a Chente, pero no lo encontré. Guardé el sobre en mi baúl y me fui a la misa.

Cuando salíamos de la iglesia, bajo la mirada de los guardias, con nuestro miedo sofocado por la indignación, doña Chayito me dijo que el Gobierno ya debe de estar enterado de la campaña de apoyo a los pasantes que se fueron a la huelga en los hospitales y oficinas públicas, porque esta mañana los dos periódicos gubernamentales traían una campaña rabiosa contra ellos, y quizá por lo mismo ordenó la suspensión de la misa, para que no creamos que está débil. Una de cal y otra de arena, como dice el refrán.

Hace un rato, cuando yo estaba a punto de recluirme en mi habitación y María Elena ya se había retirado, vino

Chente. Comentamos la iniquidad del brujo, su apostasía. Me preguntó por Betito; le dije que andaba con sus amigos, que en cualquier momento regresaría. Lo percibí nervioso. Le dije que me esperara en la sala; vine a sacar del baúl el sobre repleto de billetes y se lo entregué. «¿Y esto?», preguntó mientras lo abría con asombro. «Una contribución para los pasantes en huelga», dije. Se le iluminó el rostro; iba a ponerse a contar los billetes, pero le hice la advertencia de papá. Antes de partir, me entregó un nuevo volante escrito con papel carbón, que tengo aquí sobre el escritorio y me parece recién hecho, en el que se pide que «recemos también por nuestro humilde, santo y querido arzobispo, quien ha sido ya varias veces humillado por el tirano, porque el teósofo no cree en Dios y es un solapado perseguidor de nuestra religión católica». Betito entró poco después; asegura que el entusiasmo por la huelga crece en todos lados. Le dije que mañana iré a visitar a su abuela Licha a Cojutepeque, que me llevaré a María Elena y que si no quiere almorzar solo, mejor vaya donde mamá. Le insistí en que tenga mucho cuidado.

Viernes, 28 de abril

Sólo estuve diez horas fuera de la ciudad y a mi regreso he tenido la sensación de que ha transcurrido mucho tiempo. Betito me tenía la noticia de que hoy casi no hubo clases en su colegio, porque la mayoría de profesores se ausentó, y que la próxima semana será peor, pues dice que todo el gremio se irá a la huelga. Después supe, en casa de Raúl, que el doctor Romero se está recuperando y que, si nada cambia, en una semana le darán de alta en el hospital y enseguida el general se propone fusilarlo; Raúl dijo con total convencimiento que el Colegio Médico hará todo lo que sea necesario para impedir el fusilamiento del doctor Romero. La situación se precipita: los estudiantes han formado comités para convencer a los diversos sectores de que apoyen la huelga y parece que la gente comienza a perder el miedo, a tal grado que mamá me contó que algunas de sus amigas están considerando cerrar sus negocios a partir de la próxima semana hasta que se vaya el brujo. El Gobierno ha mostrado su cara dura: Betito trajo el volante de un comité fantasma de apoyo gubernamental, en el que se dice que la huelga es promovida por los ricos, molestos porque el general ha tomado medidas para beneficiar al pueblo. Ése no sólo es un criminal sino un sinvergüenza.

Y yo que venía como de otro mundo, porque me encanta viajar en tren; en cuanto la locomotora silba y el vagón inicia el traqueteo, me transporto a mis recuerdos de adolescencia y juventud, me embarga una sensación de laxitud, como si el paso del paisaje me sacara de la realidad. Y venía de otro mundo también porque mi suegra vive en la memoria, hablar con ella es como entrar a un desván, más bien como abrir un cofre lleno de historias; siempre regreso con un par de anécdotas nuevas sobre Pericles, curiosidades de su infancia y adolescencia. Disfruté mucho la visita al mercado con María Elena y Petronila, la vieja criada de mis suegros, a comprar chorizos, cuajada, pepitoria. Lo único que no me gusta es almorzar con el coronel: esa atmósfera marcial, silenciosa, como si uno estuviera en un cuartel con un jefe al que le disgusta hablar mientras come; de ahí le vienen a Pericles tantas manías. Me llamó la atención que en esa ciudad, apenas a una hora de distancia en tren de la capital, no se viva nada de la agitación política que acá padecemos, como si la lucha para sacar al general le fuera ajena. Sólo cuando conversé con el padre Dionisio, párroco de la iglesia Nuestra Señora del Carmen, quien llegó a media tarde a tomar un cafecito con mi suegra, regresé a la agitación de los avatares políticos. El padre Dionisio me preguntó por Clemen, a quien conoce desde que éste era un niño; yo le dije que carecía de noticias. Él se persignó y murmuró que rezaba a diario para que el Señor lo mantenga a salvo; me miró de soslayo. Mi suegra me entregó una canasta de víveres para que se los lleve mañana a Pericles. La pobre se la pasó la mayor parte del tiempo sentada a causa de la artritis; con mucha dificultad pudo dar unos pasos.

Lo que me agrió el ánimo, sin embargo, fue encontrar a mi regreso dos maletas y unas cajas con las pertenencias de Clemen, que Mila trajo a media tarde, aprovechando mi ausencia, y las cuales Betito amontonó en la que era habitación de Pati y que ahora ocupo como costurero. Mañana tendré que contarle a Pericles la situación, no vaya a ser que un día de estos lo pongan en libertad y al enterarse de la traición de Mila se amargue su regreso; mejor que lo sepa ahora, pues él mismo me ha dicho que en la cárcel los otros problemas y preocupaciones se ven «como si uno se quitara los lentes y perdieran tamaño». Ana pasará la noche en el cuarto de María Elena, pues Mila ya entregó la casa y por supuesto que no le dio posada donde sus padres, sino que la tiró a la calle; ambas partirán mañana temprano hacia su pueblo. Le he preparado unos regalitos a Belka.

En cualquier momento pueden poner en libertad a Pericles. ¡Dios escuche mis ruegos! Fuimos temprano con Betito a la Penitenciaría; había un mar de gente, porque también es día de visita para los presos comunes. No sé si se trató tan sólo de mi impresión, porque yo soy muy autosugestionable, pero me pareció que había otra atmósfera, como si la gente tuviera un ánimo positivo, menos miedo. Doña Chayito me dijo que debíamos conversar a la salida, que están sucediendo muchas cosas y ella quería que yo me enterara. Carmela y el Chelón se nos sumaron en la fila de entrada. Pericles se puso feliz de verlos. Luego llegaron Mingo y mi cuñado Toño, quien vino desde Cojutepeque. Fue la primera visita como en los viejos tiempos, cuando mi marido permanecía recluido en el Palacio Negro, en una habitación cercana a la del director de la policía. Tomamos café y pan dulce (cada quien llevaba vituallas para Pericles), chismeamos, nos reímos de los últimos chistes sobre el general y doña Concha. Mi marido dijo que al salir de la cárcel tendrá suficientes chistes e historias picantes como para llenar un libro. Carmela y el Chelón fueron los primeros en retirarse; enseguida Toño y Mingo dijeron que también se iban, pero Pericles le pidió a este último que se quedara un momento conmigo porque quería tratar otros asuntos. Betito se despidió de su papá y dijo que me esperaría afuera, con la justificación de que trataríamos cosas que a él no le competían, como si yo no me hubiera dado cuenta de su interés en Leonor, la hija de doña Julita, desde que hacíamos fila para entrar. Pericles nos reveló que el doctor Ávila lo visitó ayer viernes en la tarde para hacerle una propuesta: lo dejan en libertad si se va directamente a México y establece un enlace entre «el hombre» y don Vicente Lombardo Toledano, el líder obrero más influyente en el Gobierno mexicano y con quien Pericles hizo buenas migas durante nuestro exilio. El doctor Ávila le aclaró que se trataba de un sondeo, de una iniciativa de su ministerio, pero que ahora que el general está interesado en lanzar programas de apoyo social y mejoramiento del pueblo, escucharía con buena disposición una iniciativa de acercamiento a la experiencia de la revolución mexicana y que Pericles es la persona indicada para ello. «¿Y qué le respondiste?», le preguntó Mingo, con expresión de asombro. «Que no me hace gracia convertirme de preso en recadero en el exilio, que si quieren establecer relación con Vicente, para eso tienen a su embajador, quien buen sueldo devenga», dijo. Luego le dejó en claro al doctor Ávila que lo que deben hacer es ponerlo en libertad de inmediato, porque no hay delito ni proceso sino la pura arbitrariedad, y que cuando se convierta en un ciudadano común y corriente, con sus garantías y derechos, entonces estaría dispuesto a escuchar, en la sala de nuestra casa, los planes sociales del Gobierno y cualquier propuesta razonable. «¿Y qué te dijo el doctor?», le pregunté, porque don Ramón es muy sensible y yo sé que nos tiene cariño. «Y qué me va a decir, si ése no decide nada...», me respondió, con el típico tono de desprecio que le sale cuando su mal carácter le gana a su inteligencia. Pero yo espero que el gesto del doctor Ávila sea un anuncio de que mi marido pronto regresará a casa. De lo que no le cabe ninguna duda, agregó Pericles, es que «están con la *m* al cuello ahora que los gringos los botaron del barco» y que por primera vez tiene la impresión de que «el hombre» se ha metido en un callejón sin salida. Mingo estaba perplejo con la noticia; murmuró que no sólo se quedaron sin los gringos, sino con todos los banqueros y cafetaleros en su contra, con los estudiantes y maestros en huelga, y con un gremio médico que a partir del próximo martes presionará a fondo para que se decrete la amnistía y se evite el fusilamiento del doctor Romero. Pericles preguntó por el estado de don Jorge. Mingo dijo que él había estado ayer en la Policlínica, que don Jorge ya está fuera de peligro, pero nadie sabe a ciencia cierta cómo quedará; luego vio su reloj, dijo que el tiempo se pasó volando, sólo quedaban diez minutos de visita, que nos dejaría a solas y me esperaría fuera para conducirme a casa. Le dije que no se preocupara, yo había quedado de encontrarme con unas amigas a la salida. Entonces agarré valor y sin preámbulo le conté a Pericles, en voz muy baja, que Mila ha desmontado su casa, tiene el propósito de divorciarse de Clemen y está de amante del coronel Castillo, el fiscal de la Corte Marcial que condenó a mi hijo. Mientras farfullaba la historia padecí angustia, como si yo hubiese sido la culpable de lo sucedido, pero una vez que terminé, mientras el rostro de Pericles se contraía en una mueca de asco, de súbito me sentí leve, con un peso menos encima. Le dije que yo consideraba que era mejor que él lo supiera ahora, para evitarle amarguras cuando regrese a casa. Me preguntó por los nietos; si ya lo sabían Pati, el coronel o mamá Licha. Y luego sólo comentó, mascando las palabras, como si fuese a escupir: «No hay mal que por bien no venga». Al despedirme tuve esa sensación que aún me embarga, que muy pronto estaremos de nuevo juntos.

Cuando salí, Betito ya había tomado las de Villadiego, seguramente cortejando a Leonor. Caminé un par de cuadras con doña Chayito; el cielo se había nublado y por momentos sopló una brisa que me hizo prever que pronto tendríamos la primera lluvia de la temporada, tal como sucedió horas más tarde. Doña Chayito me dijo que la lucha para lograr la libertad de nuestros familiares ha pasado a un segundo lugar y que ahora debemos poner todo nuestro esfuerzo en el apoyo a la organización de la huelga general que impulsan los estudiantes universitarios, que debemos convencer a nuestros amigos y conocidos de que se vayan sumando a la huelga, que cierren los comercios y oficinas para que el país deje de funcionar lo antes posible y obligar a que el brujo se largue. Le dije que cuente conmigo en lo que pueda ayudar. Me explicó que lo mejor es que yo aproveche mi cercanía con Chente, que los estudiantes tienen la batuta y que ya no se trata de salir a protestar sino de que la ciudad se convierta en un sitio fantasma, que cada quien permanezca en su casa y en las calles sólo queden los policías y los guardias como almas en pena.

El almuerzo en casa de mis padres fue agitado. Mi tío Charlie y otros amigos de papá se refirieron a las gestiones que hacen con las asociaciones de propietarios y comerciantes para que mantengan los salarios a los empleados aunque los negocios permanezcan cerrados. Como el lunes será primero de mayo, día feriado, la campaña a favor de la huelga comenzará el martes, con los banqueros al frente del sector privado. Yo le confesé a papá que me siento bastante perdida en el maremágnum que se ha desatado. Me dijo que no me preocupe, que podré colaborar como ya lo hice, entregando fondos de apoyo al comité de estudiantes para que éstos lo repartan entre conductores de tranvías, taxistas, empleados de oficinas públicas, operarios de trenes y otros sectores, a fin de que compren víveres y puedan mantenerse durante los días que durará la huelga. Cuando salía de donde mis padres, me encontré a Juan White, su socio el Mono Harris y Winall Dalton, quienes venían de visita, bastante achispados para tan temprana hora. Winall siempre me piropea, respetuoso, y a mí me parece un hombre galante, pero Pericles dice que nada más es un «gringo libidinoso» ante el que no debo bajar la guardia.

En la tarde, luego de visitar a don Jorge y a Teresita en la Policlínica, me vine a casa de mis vecinos, donde celebraban el cumpleaños de Rosita, aunque en verdad la fiesta era también fachada para una reunión de médicos con vistas a la huelga de la próxima semana. Raúl me dijo que no me preocupe, que el brujo caerá antes de lo que imaginamos y podremos tener a Pericles y a Clemen entre nosotros; Chente llegó un rato, como siempre a las carreras, y me reveló al oído que los farmacéuticos, los jueces de paz y hasta las vendedoras de los mercados están alistándose para irse a la huelga y que se necesitará más apoyo en efectivo de la gente de arriba. El entusiasmo era tan contagioso que hasta me tomé una copita.

Ahora estoy sola en casa. Betito se fue a una gran fiesta al Club, la primera desde que el Gobierno autorizó su reapertura. Me digo que esto tiene que salir bien, que «el hombre» no se puede enfrentar contra todos si nadie se le pone enfrente; también me digo que serán días agitados, aunque no haya manifestaciones callejeras, y que habrá que hilvanar mucho para lograr la total paralización. Lo que lamento es que ésta sea la última página de mi precioso cuaderno de Bruselas. El martes compraré otro, antes de que las tiendas empiecen a cerrar por la huelga.

1:08 p.m.

−La hora del diablo, Clemen.

−¿Cómo?

−Que es la hora del diablo... Mirá: nada se mueve bajo este sol que golpea a plomada. Así debe de ser el infierno. Por suerte estamos bajo la sombra de estos mangles...

−Tengo sed.

−¿Otra vez?

−Ajá.

−Controlá tu ansiedad. Acabás de tomar agua. Si no te controlás, terminarás con lo poco que nos queda.

−¿Qué vamos a hacer cuando se nos acabe el agua, Jimmy? ¿Cómo vamos a salir de estos manglares?

−Tranquilizate. Dejá de pensar en ello.

−¡Cómo no voy a pensar en ello! ¡Nos estamos deshidratando! ¡Mirá cómo tengo los labios de resecos!

−Si te agitás, gastás más energía y te da más sed. Calmate.

−¡Algo le tuvo que haber pasado al Mono Harris! ¿Por qué no aparece, Jimmy? Dijo que estaría en la capital sólo durante dos días y que regresaría ayer sábado con agua y nuevas provisiones. Hoy ya es domingo a mediodía y todo se nos está agotando...

–Seguramente tuvo una emergencia. Pero no nos abandonará. En cualquier momento vendrá…

–¿Y si lo han capturado, ah? ¿Si los guardias sospecharon de él y ahora lo tienen en un calabozo? ¿Qué será de nosotros?

–No se atreverán a capturar al Mono Harris. Es un ciudadano americano. Además, él no ha participado en nada; sólo nos ha ayudado.

–¡Te parece poco!... ¿Y si uno de los remeros lo delató?

–Los guardias ya hubieran aparecido por acá.

–Tenemos que irnos a tierra firme, Jimmy. No podemos permanecer aquí hasta morir deshidratados.

–Resistamos hasta mañana temprano. Si entonces el Mono Harris no ha aparecido, buscaremos cómo llegar a tierra firme.

–No creo que el agua nos dure hasta mañana.

–Si te calmás y dejás de tomar cada vez que te entre la ansiedad, sí que el agua nos alcanzará.

–Nada tiene que ver la ansiedad. Vos mismo estás diciendo que es la hora del diablo. ¡Cómo no voy a tener sed!...

–Te agitás mucho. Tomás casi el doble de agua que yo. ¿Te has dado cuenta?

–«¡Te agitás mucho!...» ¡¿Cómo no me voy a agitar?! ¡Me estoy volviendo loco de estar en esta lancha! ¡Esto es peor que el desván! Por lo menos allá, en la casa del cura, podíamos bajar a la sala y al sanitario dos veces al día… ¡Esto es horrible, Jimmy! ¡Diez días metidos en una lanchita de dos metros y medio de largo, rodeados de agua salada, durmiendo a la intemperie y en la más horrible de las incomodidades, cuidándonos de las sabandijas, meando y cagando a la intemperie, como animales!... ¡Es peor que estar preso!

–Nada es peor que estar preso. No se te olvide que no permaneceríamos mucho tiempo en la cárcel, sino que enseguida nos llevarían al paredón de fusilamiento... Como a mis compañeros, y a ese civil hermano del teniente Marín...

–...

–Así que tranquilizate.

–Pobre hombre. Ustedes los militares son unos salvajes, Jimmy. El Mono Harris dijo que Marín estaba irreconocible a causa de las torturas...

–Los torturadores son civiles, no militares.

–No me jodás. Si son civiles es porque ustedes les han enseñado cómo torturar a la gente...

–Yo no sé cuál es tu obsesión contra los militares, como si tu abuelo no fuera militar, como si tu padre no hubiera sido militar antes de hacerse periodista político...

–¿Y qué? Mi papá ahora reniega de ustedes...

–¿Quién te salvó, Clemen? ¿Quién te sacó las castañas del fuego cuando tenías que escapar por andar metiéndote en cosas de hombres? Fue tu abuelo, ¿verdad? Si no hubiera sido por él, ni vos ni yo estaríamos aquí, sino que quizás ya nos habrían fusilado...

–Mi abuelo me ayudó porque es mi abuelo. Los abuelos ayudan a los nietos. El colmo sería que se comportaran de otra manera... ¿Qué habrá pasado con don Arturo?

–Lo último que nos contó el Mono Harris es que estaba herido en el hospital de San Miguel.

–Eso ya lo sé. No tenés que repetírmelo. Lo que me

pregunto es si el hijo de mil putas de tu general ya lo habrá fusilado.

–Dios quiera que no.

–Es una mierda estar incomunicados, sin ninguna forma de saber lo que está sucediendo. En la casa de don Mincho en la isla podíamos escuchar la radio. Tenemos diez días de estar refundidos en este manglar sin otro contacto con el mundo que el Mono Harris. Y ahora el muy cabrón desaparece. ¡No aguanto más!

–Pues tendrás que aguantar. ¡Y dejá de llorar, que de nada sirve!

–¡No estoy llorando!

–Pues parece que sí.

–No te las llevés de valiente, Jimmy, que no te luce.

–Necesitamos disciplina mental para sobrevivir. Eso de pasarse quejando sólo nos debilita.

–Débiles ya estamos. Si te vieras en un espejo, te darías lástima. Parecés espantapájaros...

–Y vos, con tus histerias...

–¿Histerias? Sólo a vos se te puede ocurrir semejante animalada, Jimmy... Histerias... Un cigarrillo es lo que necesito. ¡Tengo más de doce horas de no fumar! ¿Te parece poco? Anoche, antes de quedarme dormido, me fumé el último. ¡Doce horas sin fumar!

–Por desesperado, por ansioso. Yo te advertí que fumaras menos, te previne que podía haber un imprevisto. Al igual que ahora te estoy advirtiendo que bebás menos agua, porque el agua es para los dos, no sólo para vos. Con tus cigarrillos hiciste lo que quisiste, pero con el agua tenés que disciplinarte, respetar que es para los dos.

–¿Y si el Mono Harris no viene ni hoy ni mañana temprano? Al mediodía estaremos sin una gota de agua, más desesperados, con sed y hambre, pues ya sólo nos quedan esas dos latas de sardinas y esos huevos duros. ¿Por qué no nos largamos ahora mismo?

–Porque si el Mono Harris viene para acá, no nos encontrará y perderemos contacto con él. Cuántas veces tendré que repetírtelo...

–¿Y si nunca aparece? ¿Qué haremos?

–Ya te lo dije: trataremos de llegar a San Nicolás. No será difícil. Pero correremos el riesgo de encontrarnos con una patrulla de la Guardia.

–¿Estás seguro de que vos sabés cómo salir de este laberinto de manglares y canales? El Mono Harris dijo que éste es uno de los canales más perdidos, más difíciles de encontrar en medio de los manglares, que por eso nos trajo hasta acá. ¿Hacia dónde queda San Nicolás, Jimmy? ¡Decime!

–De aquel lado, por donde vinimos...

–¡No sabés nada! ¡No tenés ni la puta idea! Vinimos por el otro lado. Lo recuerdo perfectamente.

–No voy a discutir con vos, Clemen. Aquí, quien tiene entrenamiento para sobrevivir y para ubicarse sobre el terreno soy yo. Vos sos un pobre pendejo. Por eso, cuando nos dirijamos hacia San Nicolás vas a seguir mis indicaciones... ¿Te queda claro?

–Si me chupás los huevos...

5:13 p.m.

–Quien te entienda que te compre, Jimmy. No que según vos había que conservar energía para que no nos dé hambre ni sed, ¿cómo se te ocurre entonces meterte a nadar?

–Necesito refrescarme. Y no estoy nadando, sino flotando.

–Es lo mismo.

–No es lo mismo.

–Hasta que te asuste una culebra o una mantarraya no vas a quedar curado...

–No seás miedoso, Clemen. Yo tengo la sospecha de que vos no sabés nadar, por eso le tenés tanto miedo al agua.

–No es miedo al agua, sino a los bichos.

–No te creo... Desde que abordamos el cayuco llevabas el miedo en la jeta...

–Hace un rato, mientras dormías la siesta, mencionaste varias veces al tal Faustino Sosa...

–¿De veras? ¿Al mayor?

–Ajá.

–Seguramente estaba soñando con él. Pero no me acuerdo...

–Tenés mala conciencia, ¿verdad, cabrón?

–Metete al agua, Clemen, en vez de estar pensando tonterías.

–Lo mandaste a la muerte y ahora te jode la conciencia.

–Yo no lo mandé a la muerte. Ya te lo expliqué varias veces.

–¿Entonces por qué soñás con él?

–Nadie sabe por qué uno sueña lo que sueña...

–A mí no me engañás.

–No tengo por qué engañarte ni darte cuentas de nada... El agua está riquísima. Es la mejor hora para refrescarse. Pero ya me voy a salir.

–Pronto anochecerá y el Mono Harris no aparece...

–Ya sé.

–Y se nos está acabando el agua para beber...

–Hacete a un lado, Clemen, que voy a subirme a la lancha.

–Y ya sólo nos queda esta lata de sardinas... Nada para desayunar mañana.

–¿Y los huevos duros?

–Quedaba uno. Me lo comí mientras hacías tu siesta. Las tripas me estaban chillando.

–Desgraciado. Entonces me corresponde una sardina más.

–No jodás, Jimmy. La mitad de las sardinas para cada quien...

–Una sardina más para mí a cambio del huevo.

–Lo que debemos hacer es salir de estos manglares y buscar un caserío donde conseguir agua y comida...

–Acordamos esperar hasta mañana temprano.

–No podré dormir por estar pensando que al despertar no tendremos ni agua ni comida.

–No seás tonto. Más te vale dormir. La angustia sólo te producirá mucha más sed y hambre.

–¡Vámonos ahora mismo, Jimmy, antes de que anochezca! Ya me entró la desesperación... De nada sirve esperar si el Mono Harris no viene. ¡En la mañana será peor: estaremos sedientos y hambrientos!

–Si nos vamos ahora, nos va a sorprender la oscuridad a medio camino, tendremos que encender la lámpara y seremos presa fácil para los guardias. Te lo he explicado. Con la primera luz del amanecer partiremos.

–Los guardias no van a navegar en la noche en medio de estos canales...

–¿Ah, no? Y la lancha que pasó ahí enfrente la primera noche que estuvimos acá.

–No eran guardias...

–No discutiremos eso de nuevo, Clemen.

–Comamos las sardinas, entonces.

–Esperemos un par de horas.

–¿Para qué? Tengo hambre. Ya está anocheciendo. Es hora de cenar. Abriré la lata...

–No. La abriremos en un par de horas para no tener tanta hambre en la mañana.

–¡Dame la lata, Jimmy!

–Que no... No seás necio.

–¡El necio sos vos! ¡Dame la lata! Son cuatro sardinas. Dos para cada uno.

–Ni te voy a dar la lata ni son dos para cada uno. Son tres para mí y una para vos. Y dejá de joder...

–¡Hijo de mil putas!

–De nada te sirve insultarme.

–Voy a tomar entonces un trago de agua. Tengo un gran ardor en la boca del estómago. Necesito beber algo...

–Tampoco te vas a acabar el agua...

–¡Comé mierda, Jimmy! ¡Dame el agua!

–¡Calmate! El agua la tenemos que racionar más aún, si no mañana no podremos hacer nada, agobiados por la sed.

–¡Que me des el agua, cabrón!

–¡Deja de gritar como enloquecido! ¡Y tranquilizate si no querés que te quiebre la cara!

–¡Como estoy amarrado, verdad! ¡Dame el agua y las sardinas!

–¡Calmate! ¡Vas a volcar la lancha!

—¡Que me las des, hijo de puta!

—¡Soltá! ¡No me manoteés que te voy a reventar el hocico, Clemen!

—¡Y vos no me empujés, pedazo de mierda!

—¡Soltame!...

—¡Dámelas!...

—¡Cuidado que nos volcamos!

7:50 p.m.

—Viste que hay suficiente luz de luna como para navegar. Todavía nos podemos ir, Jimmy...

—Ya te dije que no me hablés. No quiero saber que estás aquí.

—No se puede razonar con vos.

—¡Callate!

—Aún tenemos un remo...

—Que cerrés el hocico...

—Nos podemos acercar a la aldea y buscar la casa del guía o de uno de los remeros. Estoy seguro de que nos darán agua y comida...

—¿No entendés? ¡Silencio!

—Entre más tiempo pase, más nos desesperaremos...

—Si no fueras mi primo, ya te hubiera ahogado...

—¿Serías capaz de matarme, Jimmy?

—Jamás te voy a perdonar... Por tu culpa perdí mi pistola.

—No fue sólo mi culpa, sino de los dos...

—No te hagás el imbécil.

—Ni era tu pistola, sino del Mono Harris... Y ahí está

bajo el agua, nadie se la va a llevar. Después el Mono Harris puede venir con uno de los pescadores y sacarla con una red.

–No comencés con lo mismo, Clemen, que ahora no me voy a poder controlar y vas a terminar muy lastimado...

–Vos pensando en la pistola... Lo más importante es que perdimos el agua para beber y las sardinas.

–Por tu culpa no tenemos con qué defendernos, ni qué beber ni qué comer. Y por tu culpa también perdimos la lámpara y el otro remo... Has abusado de mi paciencia.

–Yo puedo comenzar a remar con éste, si vos no querés remar.

–Vos sos un inútil. No sabés remar. No sabés nada de nada. No merecés estar vivo. Cualquiera de los compañeros que fueron fusilados vale cien veces más que vos...

–Estás muy encabronado...

–¿Y cómo querés que esté?

–De nada sirve enojarse.

–¡Cerrá la trompa!

–¿Qué hacés, Jimmy?

–Comienzo a remar, ¿no te das cuenta?

–¿Vamos hacia San Nicolás, entonces? ¡Qué bien que te decidiste! ¡Bravo!

–Hacete ilusiones...

–¿Qué haces? ¿Para que nos estamos metiendo entre los mangles? ¡Es peligroso, Jimmy! ¡Está muy oscuro!

–Ése es el mangle que buscaba...

–¿Para qué? ¿Qué querés hacer?...

–Yo, nada... ¿Ves esa rama gruesa a tu derecha?

–Ajá...

–¡Pues, subite!

–¡Estás loco!...

–¡Que te subás ahora mismo si no querés que te reviente con este remo!...

–¡Has enloquecido, Jimmy! ¡Calmate!

–¡Que te subás a la rama, pendejo!

–¡Me estás golpeando, Jimmy!...

–¡Y te voy a reventar, hijo de puta, si no te subís ya!

–¡¿Para qué querés que me suba?!

–¡Subite!

–¡Dejá de golpearme, loco de mierda!

–¡Eso es! ¡Así! ¡Sentado en la rama, pendejo!

–Te has vuelto loco...

–Ahora te vas a quedar ahí...

–¡¿Qué decís?! ¡No estás en tus cabales!

–Ahí no vas a molestar a nadie.

–¡Regresá, Jimmy!... ¡No me dejés aquí!...

–Mañana volveré con el Mono Harris a recogerte...

–¡Jimmy! ¡No seás pura mierda! ¡Regresá! ¡Te lo ruego! ¡Jimmy!...

6:15 a.m.

–Todos estos canales parecen iguales...

–¿Estás seguro de que vamos en la dirección correcta, Jimmy?

–Espero que sí. Hay que aprovechar esta luz del amanecer.

–Tenemos media hora de andar dando vueltas y yo no veo que salgamos a ningún lado. Sólo manglares...

–Es lo que te digo, que todos parecen iguales.

–Yo recuerdo que cuando el Mono Harris nos trajo desde las cercanías de San Nicolás hasta acá tardamos como veinte minutos.

–Porque el cayuco venía remolcado por su lancha de motor...

–Tenés razón...

–Por eso creo que pronto saldremos de la bahía.

–Ojalá, porque el sol ya comienza a subir... Tengo la boca seca.

–Yo también. Y el esfuerzo de la remada me está dando una tremenda sed.

–¿Querés que te ayude a remar?

–No. Ya vamos a salir de los canales...

–Oí cómo me chillan las tripas del hambre.

–Tiene que ser aquí a la derecha...

–Yo todo lo veo igual, Jimmy. ¿Cómo hará el Mono Harris para orientarse?

–Dijo que se sabe la ruta de memoria, que si no se perdería, que incluso muchos pescadores prefieren no meterse a estos manglares porque les da miedo extraviarse, dicen que están embrujados...

–Yo creí que estaba fanfarroneando para asustarnos.

–Ahora por acá...

–No se ve la salida, Jimmy. Todo parece lo mismo. Manglares y más manglares.

–Ya me comencé a preocupar.

–Debimos haber realizado viajes de exploración desde hace varios días.

–El Mono Harris nos advirtió que no nos moviéramos de ese canal, que nos podíamos extraviar. Por eso no nos movimos.

—¿No es éste el canal en el que estuvimos los diez días?

—Cómo creés...

—¡Estoy casi seguro de ello, Jimmy!

—No me jodás. No puede ser...

—¡Acercate a ese lado!...

—Yo lo veo distinto.

—Porque ha subido la marea... Acerquémonos... ¡Ése es el árbol en que me dejaste!

—¿Cómo podés reconocerlo?

—Porque me dejaste más de una hora ahí, cabrón... La peor hora de mi vida.

—Pero era de noche, estaba oscuro, ¿cómo lo vas a reconocer ahora?

—Ahí abajo, mirá, al ras del agua...

—Creo que te estás equivocando.

—¡No! ¡Yo arranqué las ramitas y los retoños para poder usar el tronco como respaldo!...

—No veo nada...

—¡Fijate bien: ahí! ¡Ahora el agua está cubriendo esa parte! ¡Ése es el mangle! ¡Hemos navegado en un círculo, Jimmy! ¡Estamos en el lugar de donde partimos!...

—¡No lo puedo creer!

—¡Pero así es!... ¿Qué haremos ahora?

—Volvamos a intentarlo.

—¡Estamos perdidos! ¡Esto es un laberinto!...

—Tranquilo que saldremos...

—¡¿Por dónde?!

—Ahora remá vos... Quizá por eso me perdí... No iba poniendo suficiente atención por ir remando.

—Dejame pasar para sentarme ahí... Dame el remo...

—No se te vaya a zafar, Clemen, que entonces sí estaremos perdidos...

–¡Cómo vas a creer!

–Mientras vos remás, yo me puedo concentrar mejor, para recordar por dónde nos trajo el Mono Harris... Dale por este lado...

–Okey. ¿Cómo se hace para cambiar de rumbo?

–Mové el remo para allá... Así...

–Está duro...

–Dale...

–...

–...

–Me arden las manos, Jimmy. Se me van a ampollar.

–Sos una inutilidad.

–No veo que salgamos a ningún lado.

–Dejame remar a mí... Dame chance...

–¿Y ahora qué hacemos?

–Seguir intentando. No tenemos más opción.

–Me estoy muriendo de sed, Jimmy...

–Lo mejor es no pensar en ello.

–¡Cómo no voy a pensar en la sed! Tengo la garganta seca. El sol ya subió. ¡Si no salimos pronto de este laberinto de canales, vamos a morir insolados y deshidratados!

–No digas eso.

–¡Es la verdad!

–Yo también tengo una gran sed. Descansemos un rato en esta sombra. Lo peor que nos puede pasar es desesperarnos.

–Todos estos mangles son iguales.

–Nosotros los vemos iguales, pero no son iguales.

–¡Odio estar aquí!... ¡Parece una pesadilla, Jimmy!

–Es una pesadilla.

–¡Qué puta mala suerte tenemos!

–Ojalá pudiéramos despertar...

–Hemos andado de arriba para abajo como dos horas en estos canales y no hemos encontrado ni señales de pescadores. Nada de nada...

–No perdamos la fe.

–No hay ni siquiera corriente, mirá... La lancha apenas se bambolea.

–Quizás es la marea. Ya subió del todo y pronto empezará a bajar.

–¡Estamos peor que antes, Jimmy: ni logramos salir del manglar ni estaremos en el sitio en el que nos buscará el Mono Harris cuando regrese!...

–Ya lo sé. ¡No tenés que gritarme!

–¡No te estoy gritando!

–Te está ganando la desesperación, Clemen... Calmate.

–¡Logramos escapar del hijo de mil putas de tu general para venir a morir de esta manera!... ¡No me lo puedo creer!

–Que te calmés. Si te desesperás y seguís gritando, te dará más sed... Por lo menos aquí el sol no nos pega...

–Deberíamos tratar de regresar al canal donde estábamos, Jimmy, donde nos dejó el Mono Harris...

–Ahora debemos ahorrar nuestra energía. No comenzar a remar a lo loco.

–¿Vos creés que el Mono Harris va a venir?

–Su lancha tiene motor. La oiremos si pasa cerca.

–Es cierto.

–Y si no nos encuentra en el canal, nos buscará en todo el manglar...

–Dios te oiga.

9:12 a.m.

–¡Hey, Jimmy!

–¿Qué pasó? ¿Qué pasó?

–Nos quedamos dormidos.

–Es cierto.

–¿Cuánto tiempo habrá pasado?

–Dejame ver...

–El sol está bien arriba.

–Son como las diez.

–Yo creo que ya son más de las once, Jimmy. Siento demasiado calor...

–No, no es tan tarde.

–¡Puta, qué sed más insoportable!

–Mirá dónde estamos... Nos ha llevado la corriente, Clemen.

–Con razón me desperté, si el gran solazo me estaba pegando en la cara...

–¿Estaremos en el mismo canal?

–Yo veo los mismos mangles por todos lados...

–Remaré hacia la sombra...

–Me siento un poco mareado, Jimmy.

–Es el sol. A vos te estaba pegando más. Suerte que te despertaste. Si no, te hubieras insolado.

–Me parece que el agua reverbera.

–Ya estamos en la sombra. Aquí te vas a sentir mejor.

–¿Dónde estaremos?

–Tengo la sensación de que la salida de los manglares está aquí cerca, como a la vuelta, pero hemos tenido mala suerte.

–Necesito beber agua, Jimmy. De veras. Estoy sintiéndome mal...

–Voy a intentar otra vez...

–¿Qué?

–Buscar una salida...

–¿Todavía tenés energía para remar?... Yo no puedo.

–Hay que hacer un esfuerzo... Además, debemos aprovechar la corriente. Tiene que sacarnos al mar...

–Vámonos por debajo de los mangles, Jimmy, para que no nos pegue el sol.

–Es imposible. Mirá... Algunos son demasiado bajos, con las ramas en el agua... Tendremos que ir por el centro del canal...

–¡Shh...!

–¿Qué?

–¿Oís?

–¿Qué?

–Dejá de remar y callate...

–...

–¡Es un zumbido, Jimmy! ¡Es el motor de una lancha!

–No logro distinguir nada...

–¡Claro! ¡Yo lo oigo perfectamente!

–Estás alucinando, Clemen...

–¡No, no estoy alucinando!... ¡Poné atención!... ¡Es un motor!... ¡Es el Mono Harris!...

–¿Dónde?

–¡De aquel lado! ¡Se viene acercando!

–¡Es cierto! ¡Ya lo oigo!

–¡Remá hacia allá, Jimmy, no se nos vaya a ir de paso!... ¡Es el Mono Harris! ¡Estamos salvados!

–¡Yo lo oigo más bien de aquel lado!...

–¡No seás necio! ¡Es hacia allá, Jimmy! ¡Remá hacia allá!

Diario de Haydée

Dos noches sin escribir y tanto que contar. El Gobierno giró ayer orden de captura contra Chente y otros estudiantes universitarios; por suerte fueron advertidos a tiempo y no hubo detenciones. Permanecen escondidos; su paradero sólo lo saben los dirigentes del Comité Estudiantil de Huelga, según me dijo Raúl. También me explicó que el general dictó esa medida para amedrentar a aquellos que quisieran conmemorar el primer mes del alzamiento armado. Raúl se ha comprometido a fondo con el movimiento de huelga en el gremio médico. Esta tarde participó en la reunión de doctores convocada por el director del hospital Rosales, en la que éstos redactaron un memorándum para emplazar al Gobierno a que conmute las sentencias de muerte y decrete una amnistía general para los presos políticos. Dice Raúl que los médicos están juntos y decididos, que si el general no responde paralizarán los servicios médicos en toda la capital y no permitirán que el brujo fusile al doctor Romero. Le pregunté si la medida tendrá efecto también en la Policlínica, o sólo en los hospitales públicos, y qué sucederá en casos como el de don Jorge; me dijo que la huelga será general, pero

281

que los pacientes en cuidados intensivos seguirán recibiendo atención. La pobre Rosita está fuera de sí: se pregunta una y otra vez qué es lo que ella ha hecho mal para que su hijo y su marido le paguen de esa manera, como si la culpa fuera de ellos y no del brujo. Yo he tratado de convencerla de que ambos hacen lo que les dicta su conciencia, que éste es el momento en que todos debemos arriesgar un poco para obligar a que ese hombre cruel se largue del país y nos deje en paz.

Un contingente de policías vigila la calle, frente a nuestras casas. Temo que capturen a Betito; le he pedido que tenga mucho cuidado. Mamá le ha propuesto que se vaya a casa de ellos hasta que la situación se normalice; Betito le ha dicho que no quiere dejarme sola. Don Leo vino en el auto esta mañana para conducirlo al colegio y en la tarde lo trajo de regreso, con la novedad de que las clases serán suspendidas a partir de mañana hasta nuevo aviso. Betito dice que él y sus compañeros se dedicarán a apoyar la huelga; no puedo detenerlo. Anoche recapacité en que la desaparición de Chente me ha dejado sin enlace directo con el movimiento universitario, que me urge tener un canal seguro a través del cual enviar los fondos que papá consiga para la huelga. Raúl me dijo que él les hará llegar mi preocupación a los muchachos, a fin de que ellos decidan con quién debo tratar. Llamé a doña Chayito, pero no la encontré. Esta mañana fui a donde los Figueroa; Fabito no aparece en la lista de los estudiantes con orden de captura, y pensé que tal vez lo encontraría. No tuve suerte. Carlota me prometió que le dirá a su hijo que ando en su busca, aunque me advirtió que Fabito a veces ni siquiera llega a dormir a casa, que se la pasa de arriba para abajo en lo de la huelga. Me sorprendió que tanto Carlota como Luz María estén ahora muy receptivas al movimiento contra el general, incluso esta última me reveló que con sus amigas están formando un grupo para visitar a las amistades y convencerlas de que cierren sus negocios cuando se convoque a la huelga. Carlota me aseguró que su marido también apoya el ultimátum dado por el gremio médico al general, y que harán todo lo posible para evitar que el brujo fusile al doctor Romero, el ginecólogo de la familia.

Les conté a mis padres el ofrecimiento que el doctor Ávila le hizo a Pericles. Papá dijo que mi marido ha hecho lo correcto al rechazarlo; mamá llamó ayer a doña Tina para sonsacarle información, pero ésta no estaba enterada. Yo no he querido meterme porque Pericles no me lo perdonaría, aunque ganas no me han faltado de llamar a don Ramón. Se supone que mi día de visita en la Penitenciaría es el sábado; he tratado infructuosamente de comunicarme con el coronel Palma para que me autorice una visita previa, a fin de enterarme de si otro miembro del Gobierno ha entrado en contacto con mi marido o si el doctor Ávila ha regresado. Quisiera poder comentarle a mis suegros del ofrecimiento hecho a Pericles, pero tendría que ir hasta Cojutepeque, porque hacerlo por teléfono es demasiado comprometedor.

Esta tarde pasé por la papelería Hispania a buscar un cuaderno bonito, que se le asemejara a mi diario de Bruselas, pero no tuve suerte: había un par de diarios, con formato juvenil, incómodo para la escritura. Le pregunté a don Sebastián si de casualidad guardaba más cuadernos en su bodega; me dijo que sólo había lo que estaba en los mostradores. Me preguntó por Pericles, su cliente favorito, como lo llama, porque mi marido es un fanático del papel, las plumas y las tintas; le conté de mis visitas a la Penitenciaría, de la arbitrariedad de las autoridades, de la desesperación y la esperanza. Y enseguida le pregunté qué pensaba de la huelga para obligar a la renuncia del general, si él apoyará el movimiento y cerrará la papelería. Me respondió que teme represalias por parte del Gobierno, pero que si todos los negocios de la manzana cierran, él también se unirá a la huelga. Le compré este cuaderno, bastante ordinario, en el que ahora escribo, bajo la condición de que me consiga en su próximo pedido un diario tan lindo como el que compré en Bruselas.

La papelería de don Sebastián está ubicada en la misma cuadra que la mercería de las Estrada. Aproveché para hablar con Carolina. Me dijo lo mismo que su vecino: que cerrará su tienda si también lo hacen las otras, que si no lo hacen todas al mismo tiempo sólo se pondrán en la mira del brujo y perderán dinero por gusto. Tiene razón. A mí se me ocurrió decirle que los estudiantes quizás ya han decidido una fecha para el inicio de la huelga, que ojalá nos la hagan saber pronto. Abordé el taxi de don Sergio en la plaza Morazán; le pregunté su opinión sobre la huelga, pero ese hombre es una tumba, la pura discreción.

Fui a casa de mis padres después de cenar. Le pregunté a papá por la fecha. Me reveló que los estudiantes querían iniciar el cierre de negocios ayer mismo, pero que los empresarios les han pedido un poco más de tiempo para prepararse, que lo más probable es que el paro comience el viernes, aunque aún hay reuniones con representantes de gremios, sobre todo con los comerciantes, que son los más cautelosos, en especial los chinos y los turcos, quienes temen que el general los expulse del país. La señal para el inicio de la huelga será el cierre de los bancos, me dijo papá, y el principal reto será paralizar el transporte público, que no haya trenes ni tranvías ni autobuses ni taxis. Le dije que debido a la orden de captura contra Chente me he quedado sin contacto con el movimiento estudiantil, por lo que no encuentro la manera como colaborar ni un canal para entregar fondos en caso de que sea necesario. Papá dijo que no me preocupe, que los contactos entre los empresarios y los estudiantes son muchos y no hay necesidad de que yo me arriesgue, que me debo concentrar en convencer a todos mis conocidos para que cierren sus negocios cuando sea el momento; luego se fue a una reunión con sus amigos. Yo me quedé un rato hablando con mamá, quien me contó con indignación que ayer vio, en la carretera a Santa Tecla, que Mila era conducida en un auto por un hombre que le pareció el tal coronel Castillo. Nada más arrugué el ceño, sin hacer comentarios. No tengo por qué amargarme más a causa de esa mujer. Si la huelga triunfa, y el brujo y sus criados tienen que largarse, me daré por satisfecha, siempre y cuando, por supuesto, nada le suceda a Clemen ni a Pericles.

Mientras esto escribo, un poco antes de las once de la noche, espero a Betito, con temor y desasosiego, pues aunque el toque de queda haya sido levantado, policías y guardias asuelan las calles. Lo reñiré, por su bien, porque en estas circunstancias, a su edad y con su ímpetu, si le doy la mano se tomará hasta el codo.

Miércoles, 3 de mayo

La situación se precipita. Hace unos minutos regresé de casa de los Alvarado. Raúl estaba con otros dos médicos en la sala; bebían whisky y hablaban con indignación. Reconocí al doctor Salazar. El otro era el doctor Luis Macías, hasta hace unas horas director del hospital Rosales, y quien encabezó la delegación que se entrevistó esta tarde con el general para entregarle el memorándum en el que se exigía la suspensión de las condenas a muerte y una amnistía. El pobre doctor Macías estaba conmocionado: iba de la más brava indignación a la peor de las vergüenzas, de la risa nerviosa al espanto, con una facilidad asombrosa. Me contó lo sucedido en la Casa Presidencial: el brujo los hizo esperar una hora, luego los recibió con frialdad en su despacho, les ordenó que permanecieran de pie y guardaran silencio, tomó de su escritorio el memorándum que unos minutos antes le habían tenido que entregar a su secretario particular y, sin decir nada, lo alzó como si fuera una cochinada, le pegó fuego con un fósforo y lo lanzó al suelo frente a ellos. «La traición en este país es castigada, señores», les dijo con tono amenazante. «Ninguna cobardía le puede poner condiciones a mi Gobierno y si ustedes no cumplen su juramento como médicos, lo pagarán», les advirtió antes de ordenarles que se retiraran, sin permitirles pronunciar una sola palabra. Cuando salieron a la calle les temblaba todo el cuerpo, uno de ellos estuvo a punto de sufrir un vahído, y el doctor Macías decidió renunciar de inmediato a la dirección del hospital, porque luego de la humillación a la que lo sometió el brujo no se siente digno de encabezar a los médicos en la huelga que decretarán de un momento a otro. Raúl y el doctor Salazar insistían en que no debió renunciar, pero yo entiendo sus motivos y me parece que su actitud ha sido valiente, tal como se lo dije.

El día fue agitado desde temprano. Mientras desayunaba recordé de pronto que mañana es el cumpleaños de Carmela; por andar en el ajetreo casi me olvido de ello. Ni Carmela ni el Chelón gustan de las fiestas, sino que celebran sus cumpleaños en privado con una comida austera, pero Pericles y yo siempre llegamos hacia el final de la tarde con un postre y un regalo. Fui a la pastelería de los Bonet, a ordenar una tarta especial de chocolate con nueces. Me atendió Montse; me dijo que pasara a recoger mi pedido a media tarde, porque le han dicho que mañana o el viernes comenzará la huelga y ellos no abrirán la tienda. Después me dirigí con prisa al almacén La Dalia: compré un lindo pañuelo brocado para Carmela; don Pedro me dijo que circula el rumor que el brujo pretende fusilar al doctor Romero este viernes al alba, que él cerrará su almacén a partir de mañana, que no es posible que ese malvado se dedique a fusilar a la gente decente a su antojo. Al regresar a casa, me apresuré a llamar por teléfono al salón de belleza; no quiero quedarme en fachas para el cumpleaños de Carmela ni para la visita a Pericles. Silvia me dijo que tendrá abierto mañana, que me espera temprano.

Luz María me había dejado un mensaje con María Elena: que pasara a su casa a las dos de la tarde a tomar un cafecito para mostrarme unos modelos de tarjeta de invitación para su boda. Yo supuse que se trataba de Fabito, porque las tarjetas ya están listas. Y no me equivoqué: conversé con Fabito unos cinco minutos, porque él iba con prisas. Me indicó que todos los fondos que consiga para la huelga se los haga llegar a través de Luz María, que ella es el canal más seguro y siempre sabrá cómo contactarlo. Le pregunté por Chente; me dijo que se encuenta muy bien, que no me podía dar más detalles. Y sobre la fecha de inicio de la huelga enfatizó que es ahora mismo, que no hay que esperar más, ellos (los estudiantes) ya tienen una semana en huelga y de lo que se trata es de crear un alud. Enseguida partió. Luz María, quien nunca se ha destacado por sus luces, me preguntó qué era «un alud»; luego me reveló, advirtiéndome que se trata de un secreto que no debo contar a nadie, que Fabito es el tesorero del Comité Estudiantil de Huelga y que, según él dice, los apoyos económicos fluyen generosamente por muchos lados.

Doña Chayito vino a casa antes de la cena con la noticia de que los empleados de los cines ya se fueron a la huelga y las salas permanecerán cerradas desde hoy; me dio una copia del comunicado en el que se hace el anuncio y se exige una amnistía general. La mayoría de cines pertenece al general y su familia; le dolerá que hayan sido sus propios empleados los primeros en iniciar el paro. Siempre entusiasta, doña Chayito me transmitió su confianza en que la huelga obligará a la renuncia del brujo y a la liberación de nuestros familiares. Lamentó, sin embargo, el cierre de los cines, porque en la oscuridad de sus salas realizaba, dijo a media voz y con un guiño, algunos contactos delicados. Según ella, la huelga general arrancará mañana. Y me convocó a una misa que se realizará el viernes en la iglesia El Rosario, para pedir el descanso del alma de los fusilados por el general.

Es la segunda noche consecutiva en que termino de escribir en este cuaderno sin que Betito haya regresado a casa. Ni siquiera vino a almorzar: llamó para decir que estaba donde Henry y que cenaría donde el Flaco. No me gusta discutir con él por teléfono. Le pedí, mientras desayunábamos, que tenga cuidado, que venga a casa a las horas de comida y temprano en la noche, pero mi advertencia le entró por un oído y le salió por el otro. Le pregunté a María Elena si sabía algo de sus andanzas, pues yo pasé buena parte del día fuera de casa; me respondió que no ha regresado desde que salió en la mañana. Ahora mismo deberé pensar cuál es la mejor forma de enfrentarlo, qué haría Pericles en esta situación.

María Elena lamentó no poder probar la tarta; yo también hubiera querido comer un pedazo para endulzar la espera de Betito. A ambas nos encanta el chocolate, pero María Elena colecciona recetas y me pide que le compre ingredientes para hacer pasteles. Hace un par de meses me dijo que le gustaría ir unas horas a la semana como aprendiz a la pastelería de los Bonet, que si yo le podía pedir a Montse que la autorizara, pero con tanta agitación no ha sido posible. Admiro sus esfuerzos por superarse. Dios quiera que Belka, tan linda mi muchachita, herede esa y otras virtudes.

Jueves, 4 de mayo

Lo primero que hice al salir de la cama fue llamar a Carmela para felicitarla por su cumpleaños; desde que nos hicimos amigas en el colegio ha sido lo mismo: tratamos de ser la primera que le desea feliz cumpleaños a la otra. Luego, en el periódico de esta mañana –el «pasquín» oficial, como lo llama Pericles– me enteré de que el Gobierno anunciaba haber puesto en libertad a los civiles que permanecían presos por su participación en el golpe de Estado. Me lancé de inmediato a llamar a medio mundo para confirmar si la noticia era verdad, pues aunque mi marido no participó en el levantamiento, el hecho de que liberaran a los golpistas, quienes habían atentado contra el general, significaba que también liberarían a Pericles. Ninguna de las compañeras del comité sabía nada; todas estuvimos excitadas, moviendo cielo y tierra para averiguar qué estaba sucediendo. Hasta que finalmente doña Consuelo descubrió que era una treta del brujo: puso en libertad a aquellos que habían sido capturados por equivocación, a quienes aún permanecían en la cárcel sin haber participado en el golpe y sin antecedentes políticos. Casi me enfermo de la indignación. ¡Cómo se puede jugar con los sentimientos de la gente de una manera tan horrible! Si no caí en la desesperación fue gracias a la intensa energía y al entusiasmo que se siente en las calles, dentro de las casas, en todos lados, como si hubiera un magnetismo en el aire, y también gracias a que María Elena me trajo a la realidad cuando, al regresar del mercado, me contó que las vendedoras se irán a la huelga mañana, que ellas dicen que la ciudad amanecerá paralizada, sin bancos, sin almacenes, sin hospitales, sin farmacias, por supuesto sin mercado, y que mucha gente está haciendo compras de emergencia. Mamá las hizo por nosotros: fue en el auto con don Leo y la Juani.

El salón de Silvia estaba a reventar, como si todas hubiéramos temido que la huelga pudiera sorprendernos en fachas. Esperé media hora, conversando con las demás clientas: el chisme era que algunos ministros consideran que el general debe renunciar y que si éste no lo hace, lo harán ellos en los próximos días. Mingo no los cree capaces de tal desafío. «Tienen miedo de lo que la gente les hará si el general es derrocado, por lo que ponen a sus mujeres a regar el chisme de que quieren renunciar, pero en cuanto están frente al brujo les tiembla hasta el alma», dijo mientras saboreábamos la tarta de chocolate con nueces, en el hall de la casa de Carmela y el Chelón, hacia el final de la tarde. También dijo, en son de broma, que con los banqueros al frente de la huelga, todos los empresarios se sumarán, porque no hay quien no les deba dinero o necesite un préstamo, «y si los dueños del dinero se tiran por un precipicio, todos nos tiraremos pues significa que hay más dinero allá abajo». Es impresionante cómo los amigos pueden llegar a parecerse, porque ese comentario pudo haber salido de la boca de Pericles, tal como lo hizo notar la misma Irmita, quien con un aspecto más saludable acompañaba a Mingo esta tarde. Lo que me tiene alterada es la posibilidad de que, si la huelga estalla mañana, las autoridades decidan suspender las visitas a la Penitenciaría el sábado; el Chelón fue quien se refirió a ello, bastante preocupado. Dios quiera que no sea así.

Betito regresó a casa temprano en la noche; le di las gracias por hacerme caso, por evitarme más preocupaciones. Pero los chicos están desatados, según me cuenta, no han parado de trabajar a favor de la huelga en los últimos dos días: tienen grupos que visitan cada negocio, manzana tras manzana, con el propósito de convencer a los propietarios de que cierren a partir de mañana; otros grupos tratan de persuadir a los chóferes de buses, tranvías y taxis de que suspendan sus labores; dice que hay un comité secreto de los universitarios que es el que coordina todos los esfuerzos, que él y sus amigos están en contacto permanente. A Betito le brillan los ojos cuando habla, rebosante de entusiasmo. Me queda claro que las mujeres de mi edad sobramos frente a tanta energía y juventud, al grado que hasta papá lo ocupó hoy como correo para enviar dinero de apoyo, y le prestó a don Leo con el auto para que hiciera algunas visitas, a las que Betito llama «operaciones». Me mostró algunas de las hojas volantes llamando a la huelga que han repartido en toda la ciudad. No me canso de repetirle que tenga cuidado.

Le he rezado a la Virgen del Perpetuo Socorro desde lo más profundo de mi corazón para pedirle que la huelga funcione, que el brujo se vaya sin derramar más sangre, que nada le suceda a Clemen y pronto podamos reunirnos todos en familia. Mañana iré a la misa en la iglesia El Rosario con doña Chayito y las otras señoras. Trataré de dormir porque será un día de nervios.

Viernes, 5 de mayo

¡Qué día, Dios mío! Tantas emociones, esperanzas, miedos. ¡El inicio de la huelga ha sido una victoria! La ciudad permaneció paralizada; el brujo se vio obligado a hablar por la radio hace un rato, a las siete de la noche, para ser precisa, y denunció que los huelguistas son «agitadores nazis» que buscan crear «una guerra de nervios». ¡Hábrase visto semejante desfachatez! Tiene que estar en muy mala situación; de no ser así, no hubiera salido al aire personalmente, con esa voz tan horrible que tiene, sino que hubiera delegado en don Rodolfo o en cualquier otro ministro el mensaje radial, para que a la gente le quedara claro que a él no le importa ni le afecta la huelga. Pero no fue así. Cómo me hace falta Pericles en estos momentos, cómo extraño sus explicaciones sobre las ideas escondidas del general y sus estados de ánimo a partir de la entonación con que habla en la radio...

A las nueve en punto de la mañana, vestidos de riguroso luto, María Elena, Betito y yo llegamos a la iglesia El Rosario. Fuimos a pie, aunque aún había unos pocos tranvías y buses en las calles, porque la consigna era que nadie se subiera al transporte público para terminar de convencer a los conductores de que apoyen la huelga. Una multitud abarrotaba la iglesia; había grupos de jóvenes en el parque y en sus alrededores. El ambiente era de expectación. Nosotros nos quedamos cerca de la entrada; reconocí a varias amistades y a las compañeras del comité; conversé con Angelita, con Luz María y con doña Chayito. Pero pasaron los minutos sin que diera inicio la misa. Pronto supimos que el padre no se presentaría, que no había sido autorizado a celebrar la eucaristía. La gente lo comentaba con indignación. Un dirigente estudiantil anunció, entonces, desde el atrio mismo de la iglesia, entre vivas y aplausos, el comienzo de la huelga general de brazos caídos. Grupos de jóvenes, incluido Betito y sus amigos, se dispersaron por el centro capitalino para convencer a los dueños de las pocas tiendas abiertas de que cerraran de inmediato. Mientras regresábamos a casa, María Elena y yo pudimos comprobar que los bancos y los grandes almacenes ubicados en nuestra ruta permanecían cerrados, también las farmacias y las oficinas del Ministerio de Salud, los despachos de abogados y dentistas. Pero a esa hora encontramos mucha gente recorriendo las calles, con excitación y alegría, como si fuera día de fiesta, como si todos quisiéramos comprobar que la huelga era una realidad; horas más tarde, sin embargo, las calles quedaron vacías, pues en todos los volantes se hacía énfasis en que debíamos permanecer en nuestras casas.

Antes del mediodía me dirigí a almorzar a donde mis padres. Aquello era un hervidero: papá y sus amigos habían convertido la casa, en contra de la voluntad de mamá, en una especie de «centro de operaciones», tal como en varias ocasiones la denominó tío Charlie, adonde llegaban los conocidos de la familia con informaciones sobre la huelga, con chismes de última hora; corría el whisky y el teléfono no paró de timbrar. Cuando entré a la sala, papá hablaba con don Milo Butazzoni, el dueño de la abarrotería Milán, la más importante del barrio San José, quien se negaba a cerrar su negocio; don Milo es un viejo cascarrabias, admirador de Mussolini y del general, pero que se lleva bien con papá, por eso a éste le había tocado ponerse al teléfono, para convencerlo, si no de apoyar la huelga, al menos de bajar la cortina de su almacén en la tarde. Estuve un rato en la cocina ayudándole a la Juanita a preparar bocadillos para tanta visita. Mamá no podía contener su pesimismo, decía que la huelga llevará el país al caos y el brujo seguirá en el trono. Me enteré de que los banqueros y cafetaleros ejercían una amenazante presión sobre los miembros civiles del gabinete para que renunciaran a sus cargos esta misma tarde si el general no presentaba su dimisión; pero la respuesta de éste fue el discurso agresivo en la radio y hasta hoy en la noche, que yo sepa, no ha habido renuncias. Betito, Henry, el Flaco y Chepito aparecieron después de la comida; traían sus cervezas adentro y la fogosidad a flor de piel; nos mostraron nuevos volantes en los que se anunciaba que los estudiantes y los médicos de otras ciudades, como Santa Ana y San Miguel, se han sumado a la huelga y que también varias oficinas públicas, incluida la Dirección de Aduanas, donde trabajaba Víctor Manuel Marín, han acuerpado la suspensión de labores. Tío Charlie dijo que el gran desafío es paralizar el sistema de trenes, que como se trata de compañías extranjeras no será fácil involucrarlos; Betito y sus amigos expresaron las dificultades para convencer a los taxistas de que apoyen la huelga, ya que la mayoría son soplones a sueldo de la policía. Hubo un momento, en medio del ajetreo y del entusiasmo, en que me sentí inútil; me pregunté de qué manera doña Chayito y las demás compañeras estarían contribuyendo al movimiento, qué podía hacer yo, aparte de ayudar a preparar bocadillos y morderme las uñas de la ansiedad, cuando mis amistades ya habían cerrado sus tiendas y negocios, y no tenía a nadie más a quien convencer de que suspendiera sus labores. Después de la comida, tío Charlie se fue a la embajada para conocer de primera mano, dijo, la impresión que tienen los americanos de la huelga y para alentarlos a que brinden todo su apoyo. Yo decidí venirme a casa. Mamá insistió en que don Leo me condujera en el auto, porque las calles no le parecían seguras. Fue entonces, mientras cruzábamos la calle Arce, cuando la idea me llegó como un chispazo: le dije a don Leo que enfilara hacia la plaza Morazán, que necesitaba ir a hacer un mandado a esa zona. Me sentí como si de pronto me hubiera agarrado la corriente eléctrica, poseída por una energía que me conducía con la mente clara y el propósito preciso. Al llegar a la plaza, le pedí a don Leo que me condujera al sitio de taxis, sin ninguna duda, ansiosa más bien por cumplir la tarea que me había impuesto; enseguida le indiqué que se detuviera junto al taxi de don Sergio, le dije que me quedaría ahí, que confiaba en su discreción y nada fuera a comentar a mis padres. Don Leo lo comprendió al instante; sólo dijo: «Cuídese, señora». Salí de un auto y entré al otro. Don Sergio me saludó, un poco sorprendido, pero más bien contento por mi presencia, como si yo hubiese sido la primera clienta del día. «Y ese milagro, señora Haydée. Ordéneme, ¿adónde la conduzco?», dijo. Le indiqué que me llevara a la casa del doctor Figueroa, ubicada a una cuadra del hospital Rosales, pero le pedí que fuera a baja velocidad, porque iba un poco temprano y así aprovechaba para hablar con él. Se volvió a mirarme con asombro. «¿Hablar conmigo?...» Sí, don Sergio, le dije, con una inspiración que no sé de dónde me vino, y enseguida le solté mi reclamo: que no entendía cómo ellos, los taxistas, eran tan ingratos, tan insensibles a la injusticia, y se negaban a apoyar una huelga en la que participa toda la sociedad, como si ellos no fueran parte de la sociedad, como si no les importara el futuro de sus hijos, de sus familias, del país, porque si ahora iban en contra de la voluntad de todo el pueblo, cuando el general se haya ido, ¿quién meterá las manos en el fuego por ellos?, ¿quién los ayudará?, ¿de dónde obtendrán los créditos que toda la gente honrada necesita?, ¿quién les arreglará los autos?, ¿quién les renovará sus permisos de conducir?, ¿qué médico los querrá atender?, ¿qué profesional les prestará sus servicios?, ¿con cuánto desprecio los mirará la gente en las calles? Le dije que era una vergüenza que hasta los jueces de paz y muchos empleados públicos se hayan sumado al paro, mientras ellos, los taxistas, seguían como si nada, como si el general fuera a ser eterno. Si yo misma me quedé sorprendida de mi vehemencia, y me sorprendo más ahora que recapitulo los hechos, don Sergio conducía anonadado, sin decir palabra, absorto seguramente ante el negro futuro que acababa de pintarle. Y aún le dije que en cualquier momento comenzarán las renuncias de los ministros, que yo recién me había enterado gracias a gente que sabe, que en cuestión de horas o pocos días el general tendrá que largarse porque nadie puede gobernar un país sin dinero, y entonces ellos quedarán en la estacada. Fue cuando don Sergio murmuró que ése era el problema, que ellos tienen familias que mantener y no pueden darse el lujo de abandonar su trabajo, aunque, a decir verdad, ésa era su primera carrera del día. Le respondí que ese problema se podía resolver gracias a que todo el mundo apoya la huelga, a que la gente honrada está aportando ayudas económicas para los más necesitados, que me dijera cuánto ganaba en promedio diariamente y yo hablaría con los muchachos para que consiguieran ese dinero para su gremio, pero que él tendría que convencer a sus colegas, hacerles conciencia de lo que yo recién le había explicado y comprometerlos a que suspendieran sus labores y se fueran a casa. Don Sergio guardó otra vez silencio; conducía despacio, observándome de cuando en vez por el espejo retrovisor. Al fin murmuró que lo había convencido, pero que por favor no lo fuera a comentar con nadie, que sería un trato entre él y yo; enseguida discutimos sobre las cantidades. Llegamos a donde los Figueroa; le pedí que me esperara unos minutos en el auto. Dios escuchó mi ruego, porque la propia Luz María me abrió la puerta de la calle. La puse al tanto rápidamente de la situación: teníamos que encontrar a Fabito con urgencia. Me dijo que no sería tan fácil, porque éste andaba de arriba para abajo. Como ni Luz María podía conducirme al lugar donde su hermano estaba ni yo quería asustar a don Sergio, dispuse regresar a casa de mis padres, adonde ella o Fabito tendrían que llevarme el dinero para los taxistas. De nuevo en el auto le dije a don Sergio que, mientras yo conseguía los fondos, él volviera al sitio de taxis y empezara a convencer a sus colegas, uno por uno, pues siempre es más fácil persuadir a solas, y que en cuanto yo tuviera la cantidad requerida, quizás en un par de horas, lo iría a buscar, que si le salía otra carrera me dejara dicho cuándo regresaría; él me advirtió que corríamos riesgo en el sitio, vigilado por detectives y confidentes policiales, y propuso venirme a buscar a una hora convenida. Mis padres se sorprendieron de verme regresar, agitada, a bordo de un taxi; no pude ocultarles mis andanzas. Mamá se irritó, dijo que yo me estaba arriesgando innecesariamente. Pero papá se mostró emocionado: no hay que esperar a Fabito, dijo, esa cantidad yo la puedo juntar con los amigos en un rato. Y así procedió: hizo un par de llamadas y enseguida salió en su auto acompañado por el tío Charlie. Mientras bebíamos té y yo hacía ruegos para que don Sergio lograra convencer a sus colegas, mamá me propuso que le avisara a Luz María de que ya no había necesidad del dinero, a fin de que ésta no hiciera el viaje en balde; le respondí que era mejor esperar, no fuera a ser que a papá se le dificultara conseguir los fondos a causa del cierre bancario. Mamá insistió, con mala cara, en que no le parecía prudente que mujeres honorables, como Luz María y yo, estuviéramos involucradas en cosas de hombres y con gente de la calle. Pronto papá y tío Charlie regresaron. Nos encerramos en el estudio: hicimos cuentas, me entregaron el dinero en un sobre de papel manila y me dieron indicaciones. Cuando el taxi llegó a recogerme, yo estaba sudando de la ansiedad, en especial porque, pasado el arrebato de inspiración, me acechaba la idea de lo que sucedería si don Sergio le iba con el chisme a la policía; pero, una vez dentro del auto, cuando me dijo con entusiasmo que ya había convencido a cuatro de sus colegas de que se sumaran a la huelga, me sentí de nuevo con resolución y ánimo. Me contó también que en otros sitios de taxis el movimiento estaba comenzando a prender. Mientras me conducía a casa, y comprobaba que las calles estaban casi desiertas, le expliqué que en el sobre de papel manila había la cantidad correspondiente al ingreso de tres días para los siete taxistas de su sitio, él incluido, por supuesto, que eso implicaba que se fueran de inmediato a sus respectivos hogares y permanecieran a la espera, sin acercarse a la plaza Morazán. Me preguntó si en los tres días se incluía el sábado. Le respondí, con tono admonitorio, que no fuera cicatero, que la mayoría del pueblo se estaba sacrificando, oponiéndose a la injusticia por conciencia y no por una remuneración, que si la huelga tenía que mantenerse más allá del próximo miércoles viniera a buscarme. Di gracias de que los policías apostados en nuestra calle se hubieran largado desde la mañana.

Sólo entré un momento a casa para preguntarle a María Elena si no había novedad, y enseguida fui a donde los Alvarado. Raúl me contó que esa mañana el doctor Luis Velasco había asumido la dirección del hospital Rosales, que para no sufrir otra humillación por parte del brujo todos los médicos habían decidido irse de una vez a la huelga. Estaba emocionado, porque a mediodía pudo ver a Chente; dice que éste se encuentra bien, pese a los días de encierro. Rosita no para de quejarse. Yo les pregunté si se habían percatado de que ya no había vigilancia en nuestra calle. Raúl dijo que al parecer el general ha dado la orden de acuartelar a los policías, que quizá teme otro levantamiento militar en respaldo de la huelga.

Luego me vine a preparar las cosas que le llevaré a Pericles mañana. No quiero pensar en lo que Dios nos depara; de nada sirve afligirme. He hablado con doña Chayito: me ha asegurado que todas las del comité nos presentaremos a la Penitenciaría para exigir nuestro día de visita; aunque haya huelga, es nuestro derecho. No estoy segura de si le contaré a Pericles mi aventura de esta tarde; quizá sólo sirva para preocuparlo. Lo decidiré cuando estemos juntos.

(10 de la noche)

Me he enterado de que esta noche está teniendo lugar una importante reunión en la residencia de los Alcaine: se ha congregado un montón de gente con el propósito de preparar un gobierno para cuando caiga el brujo, lo que sucederá muy pronto, en las próximas horas, dicen. Dios los oiga. Me lo contó Betito, quien vino a casa hace un rato, a las carreras, entrada por salida. Allá vio a papá, a tío Charlie, a muchos amigos de éstos, a Fabito y Chente, al doctor Velasco, a Mingo y también a doña Chayito, entre otros conocidos. Me da ternura: mi hijo venía indignado porque no lo dejaron entrar a la reunión; de su grupo de estudiantes de secundaria sólo podía ingresar un representante y la suerte le tocó a Chepito. Le he pedido que se cuide mucho.

Sábado, 6 de mayo

Estoy muerta, agotada, como si de pronto me hubiera caído encima el cansancio de toda la semana; sólo quiero dormir. La huelga crece; pero el brujo ha contraatacado. Papá dice que el lunes será el día decisivo, cuando se medirán las fuerzas.

Me quedé con las ganas de ver a Pericles. No hubo visita; ni el director ni el sargento Flores dieron la cara. Desde que llegamos, temprano en la mañana, los custodios nos advirtieron que no habría visita para los reos políticos, que de nada nos serviría esperar o proferir reclamos, que ellos nada más cumplían órdenes. Doña Chayito con un grupo de estudiantes aprovecharon para repartir volantes y hacer llamamientos a favor de la huelga entre las decenas de familiares de los presos que estábamos concentrados frente a la Penitenciaría. Hubo vivas, algarabía, gritos de desafío. Es como si todos hubiésemos perdido el miedo.

En la reunión de anoche, en casa de los Alcaine, se formó un Comité de Reconstrucción Nacional, que se encargará de negociar la salida del brujo y al que se han integrado el doctor Alcaine mismo como representante de los banqueros y el doctor Velasco como representante de los gremios profesionales, según me contó papá. Y es que la huelga va viento en popa: los empleados de la alcaldía capitalina, los del Viceministerio de Fomento y los del Ministerio de Relaciones Exteriores han decidido suspender sus labores a partir del lunes, y se espera que otras oficinas de Gobierno se sumen al paro ese día. Yo comenté que el pobre doctor Ávila no tendrá más remedio que renunciar a su cargo, pero mamá lo puso en duda, luego de hablar con doña Tina.

Todo el día ha sido de rumores, reuniones, idas y venidas. Dicen que delegaciones de la Asamblea Legislativa y del gabinete mismo se han presentado en la Casa Presidencial para convencer al general de que renuncie, pero éste no da su brazo a torcer, al contrario, ha comenzado a presionar a los comerciantes para que reabran sus tiendas, a través de hojas volantes, llamadas telefónicas, e incluso un grupo de desconocidos estuvo dando de golpes a las puertas del almacen La Dalia y profiriendo amenazas. El último rumor es que hordas de campesinos armados por el Gobierno se están concentrando en los cuarteles y se disponen a venir a la capital para abrir los negocios por la fuerza. Dios quiera que no sea más que un rumor.

Me voy a la cama; no aguanto más el sueño. Le he dejado una nota a Betito en la mesa del comedor pidiéndole que no olvide entrar a darme mi beso de buenas noches.

Domingo, 7 de mayo

¡Mataron a Chepito White, el hijo de Juan! Fue un policía quien le disparó al grupo de muchachos que salía de su casa. ¡Betito estaba ahí, Dios mío, junto a Henry, el Flaco y los demás amigos! Le doy gracias al Señor de que no le haya sucedido nada a mi hijo. ¡Pobre Chepito! Apenas tenía diecisiete años, qué injusticia. ¡Brujo maldito! No le basta con matar a sus propios compañeros de armas, sino que ahora ordena asesinar a jóvenes inocentes... Betito está conmocionado: presenció el desangramiento y la muerte de su amigo. Mi pobre niño. Las cosas de las que nos ha tocado ser testigos, Señor... Al conocerse la noticia, todos nos hemos volcado a la calle, indignados. Los White son americanos, de las mejores familias de este país; dicen que el embajador Thurston le ha ido a exigir la renuncia a ese criminal. He venido deprisa a vestirme de luto para asistir al velorio.

(Medianoche)

¡El brujo tiene que caer pronto, muy pronto, a menos que decida matarnos a todos! Papá y sus amigos dicen que es cuestión de horas, que el gabinete ha presentado su renuncia. No es para menos. En casa de los White no cabía un alma; cuando salí a tomar aire a la calle no daba crédito a lo que mis ojos veían: miles y miles de personas aglomeradas varias manzanas a la redonda, como si todos los habitantes de la ciudad hubieran salido a expresar su repudio. Con Carlota y Luz María dimos una vuelta para tener una idea. Todos los amigos y conocidos estaban ahí, con sus familias, hasta con niños de brazos; muchos no pudieron entrar a casa de los White, como era su deseo. Los estudiantes universitarios formaron grupos de seguridad para ordenar a la muchedumbre, para evitar disturbios; tuvieron incluso que cuidar las casas de los ministros ubicadas en esa zona, como la de don Miguel Ángel y la del propio don Rodolfo Morales, desde donde dicen que el agente le disparó a Chepito. La policía permanece acuartelada por órdenes del brujo. Mañana a las diez será el entierro; el país estará paralizado. Tío Charlie comentó que Pan American suspenderá sus vuelos. Desde la casa de Carlota hablé con mi hermana Cecilia: me dijo que también en Santa Ana la gente está indignada y ha salido a las calles, que los empleados de la alcaldía se han ido a la huelga y mañana todo estará cerrado. Luz María me contó que al final de la tarde había ido con unas amigas a casa del controlador de la compañía de ferrocarriles, un viejo conocido de su familia, a convencerlo de que mañana no salga ningún tren hacia el interior del país; dijo que el hombre estaba consternado por el asesinato de Chepito, impresionado porque señoritas de sociedad estén tan voluntariosamente comprometidas con la huelga y aseguró que pondría manos a la obra para detener a los maquinistas. Cuando venía para acá, me encontré con Chente; nos abrazamos como si fuéramos amigos de la misma edad y él no tuviera la edad de mis hijos; me dio tanta alegría verlo sano y salvo. Los muchachos tienen una resistencia bárbara; Betito no se quiso venir a casa, dijo que pasará la noche en vela, con sus amigos, trabajando en lo que haga falta trabajar. Don Leo me vino a dejar. Yo tengo que dormir un rato. Pati ha estado llamando muy preocupada, me informó María Elena. Ahora ya es muy tarde. La llamaré mañana temprano, antes de partir hacia el entierro.

Lunes, 8 de mayo

¡Renunció el brujo! Lo anunció por la radio, a las siete de la noche, mientras miles y miles permanecíamos en la plaza frente al Palacio Nacional, adonde nos habíamos trasladado en masa luego del entierro de Chepito. Yo estaba con María Elena y doña Chayito, a un costado de la catedral, cuando nos llegó la noticia. Después de los abrazos, en medio del llanto emocionado y la algarabía de la multitud, partimos deprisa hacia la Penitenciaría. Éramos montones quienes nos concentramos enfrente del portón a exigir que liberaran a nuestros familiares. Los custodios estaban atemorizados; se parapetaron y dijeron que los jefes no estaban presentes, que ellos no podían tomar esa decisión. Nosotros no cejamos en nuestra demanda, con consignas y cánticos que eran respondidos por los presos desde dentro de la cárcel. El ambiente era de fiesta; hasta los vigilantes mismos hacían guasas y celebraban. Luego el sargento Flores dio la cara, nos dijo que recién había hablado por teléfono con el coronel Palma, que éste le había dicho que los presos no serán liberados hasta mañana, en cuanto llegue la orden firmada por el nuevo ministro. Ninguna de nosotras quería moverse de ahí hasta que nuestros familiares fueran puestos en libertad, pero entonces comprendí que lo mejor era buscar a papá para que sus amigos presionen al nuevo ministro. Regresamos a la plaza. Ahí estaban Carmela, el Chelón y muchos más amigos, felices, celebrando. Me encontré con Chente, Fabito y Raúl, quienes me explicaron que las negociaciones para la formación del nuevo gabinete tomarán toda la noche, que la huelga se mantendrá hasta que el brujo se largue del país. Me vine a casa para contarle la situación a Pati, pues la pobre está muy preocupada en Costa Rica. Me disponía a levantar la bocina cuando entró una llamada de Mila. ¡Dios mío, la mujer estaba completamente borracha! Le colgué en el acto, porque no estoy como para que me amarguen un momento de tanta alegría. Le dije a Pati que su papá vendrá a casa mañana y que su hermano podrá salir del escondite, donde quiera que se encuentre, en cuanto aprueben la ley de amnistía. ¡Dios ha escuchado nuestros ruegos!

Segunda parte
El almuerzo
(1973)

SARPEDÓN: Nadie se mata nunca.
La muerte es destino.

Diálogos con Leucó, Cesare Pavese

El viejo Pericles llamó a las diez y media de la maña-na. Contestó Carmela: sorprendida, lo invitó a que vinie-ra a comer a casa, que estaba preparando un guisado que le encantaría. Tomé la bocina con cierta aprensión: me dijo que necesitaba hablar conmigo; quería saber si yo te-nía tiempo, si estaba de humor. Le pregunté desde dónde llamaba. Respondió que desde el teléfono público ubica-do frente a la clínica. Le dije que ya Carmela lo había in-vitado, que se viniera de inmediato. Quise creer que su tono era el mismo, ajeno al sobresalto. Cuando colgué, Carmela inquirió alzando las cejas; mi gesto habrá sido de resignación.

Volví a la mecedora, a la terraza donde transcurro mis mañanas, pero ya no pude retomar la lectura. El viejo Pe-ricles era apenas dos años mayor que yo y su turno esta-ba llegando. Percibí el desasosiego, la leve brisa que se colaba desde el patio. Me desperecé. Luego caminé hacia el estudio, al escritorio donde ahora escribo, a releer los apuntes de esa madrugada. Pensé que debería tener un es-pantapájaros para ahuyentar a los cuervos de mi mente.

Poco después me pareció oír que Carmela discaba el teléfono en la sala. Supuse que estaría llamando a María Elena, la empleada doméstica de los Aragón, la única otra persona que ahora vivía en casa con el viejo Pericles. Carmela cuchichearía, para que yo no la escuchara; me desagrada que fisgonee en la vida ajena, que se preocupara por el viejo como si se tratase de un niño indefenso y no de un hombre de setenta y cinco años.

Al viejo Pericles le tomaría alrededor de cuarenta y cinco minutos llegar a casa. Vivimos en la cumbre del cerro, frente a la última parada del autobús, a la entrada del parque Balboa, que cada domingo se llena con el bullicio de la gente que sube desde la ciudad. La casa es pequeña, pero sobrada para dos viejos solos como Carmela y yo; el patio colinda con el costado más boscoso del parque. El aire es limpio y el cielo de noche apabulla. Tenemos casi quince años de vivir acá. Es cierto que la zona está cada vez más poblada. Los ruidos crecen: durante el día, los jovenzuelos juegan en la carretera, y los autobuses arriban y parten cada veinte minutos. Pero en la noche el silencio se impone, roto apenas por el zumbar de los grillos.

El viejo Pericles tendría que tomar un autobús desde el hospital Rosales hasta el centro de la ciudad y enseguida abordar la ruta 12 que lo traería a casa. Una vez al mes, por lo menos, venía a comer con nosotros, siempre y cuando estuviera en el país y no en la cárcel, o en el exilio, como desde hacía año y medio por suerte ya no sucedía. En esa última ocasión lo habían detenido en el puesto migratorio del aeropuerto de Ilopango, lo sometieron a un interrogatorio y enseguida lo deportaron en un avión con destino a Costa Rica. La prensa dijo que las autoridades habían impedido el ingreso al país de un conocido comunista que traía dinero de Moscú para financiar actividades subversivas. Me dije que un miedo perverso debía de corroer a quienes procedían así contra un anciano.

De vez en cuando, en las madrugadas, aún escribo líneas en mi diario, garabateo un verso, un aforismo; en las mañanas, a medida que el sol sube, dibujo, hago bocetos, apenas un par de trazos, a veces; hacia el final de la tarde me gusta tomar los pinceles, pararme frente al ventanal desde donde contemplo el parque, columbro la mancha verde que se sume en el azul profundo. Hace más de cincuenta años que esta vagancia es mi oficio. El viejo Pericles decía que todo arte carece de sentido; jamás le discutí, aunque en una que otra ocasión se resquebrajaba su dureza, reconocía que había «pecado» con un verso. Nunca, por supuesto, me lo hubiera leído: decía que eso de alzar las plumas para mostrar el culito es propio de pavorreales, no de viejos curtidos. «Amargos», decía yo, y él sólo sonreía, porque yo recordaba que muy al principio él también había tenido ilusiones, la musa de la poesía lo había tentado, pero sucumbió más bien a otra tentación, a la que él llamaba «la pérfida mujerzuela», la desgraciada política.

Carmela entró al estudio, se acercó al escritorio donde yo divagaba; puso su mano en mi hombro y me ofreció un vaso con fresco de sandía. Ella tampoco había dejado de pensar en el viejo Pericles. Quince días atrás nos había revelado que padecía cáncer en los pulmones. Estábamos en la terraza, en las mecedoras, bebiendo café luego del almuerzo. Lo dijo de pronto, sin énfasis, mientras fumaba, que esa mañana se lo habían informado en la clínica, con los exámenes en mano. «Sin retorno», dijo con un rictus, lo recuerdo con precisión porque era la frase que utilizaba, en nuestras conversaciones, para burlarse de la posibilidad del eterno retorno, con la que a mí a veces me gustaba coquetear.

Pero el médico le había dicho que lo someterían a un tratamiento para evitar que el mal siguiera expandiéndose, que en quince días se presentara para la primera sesión. Por eso ahora lo esperábamos, a medida que el sol calentaba.

–¿Quién sabe qué habrá sucedido, por qué salió tan rápido de la clínica? –murmuró Carmela a mis espaldas.

Le pregunté si había hablado con María Elena. Era la empleada doméstica de toda la vida, incluso en una ocasión Haydée la había llevado con ellos a su exilio en Costa Rica.

–Me dijo que ella lo suponía en la clínica. Salió de casa desde temprano, con un maletín en el que llevaba su pijama y sus cosas personales para el aseo, dispuesto a internarse para el tratamiento. Ella se sorprendió cuando le dije que nos llamó y que viene para acá.

–Quizá le pospusieron el ingreso –dije.

María Elena también le contó que en los últimos días el viejo Pericles permanecía más ensimismado que de costumbre, comía poco, apenas salía a la calle y se la pasaba encerrado en el estudio; su tos había empeorado.

Ahora me parece que lo conocí desde siempre, porque la memoria es tramposa y se apega a lo que quiere. Pero debió de haber sido allá por 1920, un poco antes de mi boda con Carmela. El viejo Pericles ya estaba casado con Haydée, y Clemente era un niño de unos tres años. Carmela y Haydée habían sido compañeras del colegio, vecinas en la misma colonia, amigas en el mismo club.

Del Pericles de entonces sólo recuerdo su corte de cabello militar, el porte envarado, la mirada dura y el ceño fruncido, como si ya hubiera sido viejo. Era subteniente, graduado en la Escuela Militar, en la rama de caballería. Seguía los pasos de su padre, que en ese entonces era teniente coronel. Pronto, sin embargo, abandonaría la carrera castrense y se inscribiría en la universidad para estudiar leyes. Ésa fue su primera insubordinación en regla, decía: la ruptura del hijo mayor con la autoridad paterna. Una insubordinación contra el mundo militar de su padre que con el paso de los años se convertiría en eje de su vida. «Ya con la estafeta en las manos, he descubierto la estupidez de seguir en la carrera», me dijo una vez. «Ésa es mi historia.»

El momento en que conocí a Haydée, en cambio, permanece nítido en mi memoria. Fue una tarde, en casa de la familia de Carmela, cuando yo aún la cortejaba: una pelirroja, delgada, de tez lechosa, con pecas y ojos verdes, estaba en el sofá con una taza en el regazo. Deslumbrado, supe que era la amiga querida de Carmela sobre quien ya había oído historias, la esposa del subteniente Aragón, la madre de la criatura que mi futura suegra traía entre brazos. Un pensamiento reptó entonces furtivamente a mi costado: que Haydée pudo ser la chica que en realidad me hubiera gustado.

Ni media hora había pasado desde que recibimos la llamada del viejo Pericles, cuando tocaron a la puerta. Me dije que no era posible que llegara tan pronto, a menos que alguien lo hubiera traído en carro. Era don Tobías, el cartero. Dos veces a la semana visitaba la zona, las últimas casas de la carretera después de las cuales sólo yacía el enorme parque y, más allá, el monte deshabitado del cerro. Era un hombre flaco, de baja estatura, con un bigote delgado, al estilo Cantinflas; sudoroso, repartía la correspondencia en la zona desde hacía cinco años. Carmela lo invitó a pasar, como siempre, para que tomara su fresco de sandía. La carta era de Maggi, nuestra única hija; Carmela la abrió, ansiosa, mientras don Tobías bebía su fresco, y empezó a leerla, algunos fragmentos en voz alta. Maggi contaba de los fríos postreros y de la milagrosa llegada de la primavera, de sus compañeras en el convento de Maryland, del trabajo pastoral que mucho la entusiasmaba, de su reciente viaje a Baltimore.

Don Tobías nos preguntó si ya sabíamos la última noticia: las autoridades habían descubierto que la gran casa azul del kilómetro nueve había sido habitada por un grupo guerrillero durante los últimos meses. Cuando lo escuchó en el noticiero radial de la mañana no daba crédito, dijo. En ese periodo nunca llevó correspondencia a la casa, como no fueran los recibos de la luz, el agua y el teléfono que dejaba en el buzón; pero eso no era raro, pues muchos vecinos preferían recibir su correspondencia personal en un apartado postal en la ciudad, dada la lejanía de la zona, explicó. Le dije que también nosotros habíamos escuchado la noticia en la radio, que por suerte cuando las autoridades irrumpieron en la casa, ésta ya había sido abandonada por los guerrilleros y no hubo víctimas que lamentar.

–Vaya las cosas que comienzan a pasar –dijo don Tobías mientras le devolvía el vaso a Carmela; se limpió el bigotito, dio las gracias y se despidió.

Carmela leyó una vez más la carta; luego me la entregó. Fui a la terraza, a echarme de nuevo a la mecedora. La temperatura subía; estábamos en los estertores de la época seca, con la tierra porosa y la vegetación marchita, y aún quedaba por lo menos una semana antes de la primera lluvia. Al final de la carta, abajo de su firma, Maggi trazaba siempre el mismo dibujo desde que era niña: el sol con un pájaro en el centro. Ahora ella cumpliría cincuenta años. Hice la carta a un lado; di gracias a los invisibles de que mi hija estuviera viva. Un año atrás habían asesinado a Clemente, y el viejo Pericles lo había encajado mal, muy mal, aunque él mismo tratara de convencerse en sentido contrario. Clemente era su hijo mayor y había muerto en discordia con su padre.

Le dispararon por la espalda una noche cuando salía de la sede del grupo de alcohólicos anónimos de la colonia Centroamérica. En el momento creímos que se podía tratar de un crimen político porque el país estaba revuelto por las elecciones. El viejo Pericles permanecía exiliado en Costa Rica; las autoridades le otorgaron el salvoconducto de retorno. Nunca capturaron al culpable y supongo que el caso está engavetado. Lo más seguro es que haya sido la venganza de un poderoso militar, según los rumores, un ajuste de cuentas por una puesta de cuernos. Desde joven, Clemente fue proclive a los enredos de faldas.

Unos días después del entierro, el viejo Pericles vino a casa y me confesó los sentimientos contradictorios que lo embargaban: por un lado, el dolor por la muerte de Clemente, y por el otro, una rabia sorda contra éste, contra el mundo, contra la vida. Entonces le dije que los hijos, por una extraña ley que parecía regida por un movimiento pendular, se ubicaban en el otro extremo de donde los padres queríamos, y que a mayor necedad por intentar definirles un futuro, más se alejaban de nuestro deseo. Yo era el mejor ejemplo: un agnóstico, empapado de esoterismo, que siempre había despreciado la superficialidad del ceremonial católico y repudiado la corrupción vaticana, me tuve que contentar con que mi única hija se convirtiera, por su propia voluntad y vocación, en monja.

–La mejor demostración, viejo, de que la vida decide lo contrario a nosotros –le dije.

Pero el viejo Pericles era duro de roer:

–La diferencia, Chelón, es que vos creés que después de esto hay otra cosa, un más allá, por eso te sale el perdón. Yo no –dijo.

–¿Vos no creés en el más allá o a vos no te sale el perdón?

–Las dos cosas... –dijo, como para zanjar el tema.

–¿Aún no le perdonás a Clemente que no haya sido como vos? –insistí–. Quizás él sólo rompió con tu idea del mundo de la misma forma que vos rompiste con la idea del mundo del coronel.

El viejo Pericles arrugó más el ceño.

Tuve la tentación de decirle que a veces lo que más detestamos y no perdonamos en quienes nos rodean es esa parte oculta que no reconocemos ni aceptamos en nosotros mismos. Pero el viejo, con sorna, me hubiera preguntado dónde había dejado la sotana.

A Clemente, el viejo Pericles lo llamaba «el disparate», una forma de paliar su decepción ante el primogénito en quien había puesto expectativas. Clemente participó en el golpe de Estado contra el dictador en abril de 1944. Entonces fue condenado a fusilamiento, pero milagrosamente logró escapar. Tal sería el susto padecido que desde entonces abjuró de la política y lo que le restaba de vida simpatizó con los gobiernos militares.

–Nadie debería juzgar el miedo ajeno –le había dicho yo al viejo en aquella ocasión en que conversábamos luego del entierro de Clemente. Quién sabe lo que aquel joven condenado a muerte sintió, el trastorno y la conmoción cuando supo que sería fusilado; algo de lo que nunca pudo regresar, sin importar el ejemplo de lucha de su padre, más bien agradecido del conservadurismo de su abuelo, que le había salvado la vida.

–Una cosa es el miedo y otra la desvergüenza. Pudo haberse abstenido de la política sin necesidad de convertirse en curita confesor de chafas borrachos y en paño de lágrimas de sus mujerzuelas –me dijo, sin cambiar un ápice el desprecio y la amargura.

No insistí. Pero para mí el retrato de Clemente era de trazos fuertes: del terror a la muerte pasó al alcoholismo, y para salir de ambos necesitaba una fe, que encontró en el movimiento de alcohólicos anónimos, del cual se hizo tenaz activista. Terminó formando grupos de abstemios en altos círculos del poder militar y ahí se le fue la vida.

La vida privada de Clemente también despertaba el escarnio del viejo Pericles: primero se casó con una casquivana que lo abandonó; luego con una niña bien hondureña que representaba lo que el viejo Pericles más detestaba, pero a la que, desde el asesinato de Clemente, había comenzado a frecuentar con cierta simpatía. Y estaba, además, el secreto de la familia, una honra que Clemente se había llevado entre las patas cuando joven, un hecho del que nunca se hablaba.

Esa mañana, sentado en la mecedora, mientras me perdía en mis recuerdos y esperaba al viejo Pericles, me dije una vez más que la historia de la familia Aragón no era material para un relato, sino para una tragedia, que yo nunca me atrevería a escribir, por pudor, lealtad, incomprensión, falta de oficio, porque ya la vida se me había pasado y de volver a vivirla quizás optaría por el silencio, tal como el viejo Pericles, pero sin su amargura. Y después me dije que los hombres no tenemos remedio, que ahí estaba yo refocilándome en la desgracia del viejo Pericles, preguntándome por la mejor forma de escribirla, como si yo no hubiera tenido mi propio calvario, como si la rabia que me carcomió cuando la tragedia de Maggie no estuviera conmigo, para siempre, impronunciable. Y ahora que escribo estos recuerdos del viejo confirmo que los hombres somos incorregibles, inconstantes, que casi siempre terminamos haciendo lo que nos propusimos evitar, y viceversa.

El teléfono timbró de nuevo; nos sobresaltó. Temí que al viejo le hubiera surgido algún contratiempo, pero no, era Ricardito, me dijo Carmela, el joven que vendía mis cuadros. Tomé la bocina: me preguntó si podía darse una vuelta en la tarde. Le dije que ya tenía un compromiso, que lo dejáramos para el día siguiente. Era curioso, metiche, simpático; decía que anhelaba ser mi agente, manejar toda mi obra, como si yo hubiera necesitado algo así. Le expliqué que estaban las galerías, Carmela y él, con eso bastaba, que tampoco yo pintaba con tanta abundancia. Le encantaba darme cuerda, que le hablara de esoterismo, del pensamiento oriental, como si al convertirlo en discípulo le fuese a otorgar un porcentaje mayor de las ventas. Yo lo dejaba correr, que preguntara y opinara a su antojo, y una que otra vez me entusiasmaba con la perorata. Carmela me advertía que algo en él no le gustaba, que de pronto le sentía el hedor a ave de rapiña. Yo le decía que cuando los zopilotes empiezan a rondarnos es porque algo putrefacto los atrae en nosotros y que es mejor entretenerlos para que retrasen los picotazos.

Pero lo que en verdad le fastidiaba a Carmela era que Ricardito a veces se hacía acompañar por espléndidas jovencitas, que me llamaban «maestro», elogiaban mi obra y me preguntaban por qué yo no daba clases, que ellas con gusto las tomarían. Y le fastidiaba en especial una flaquita, rubia, de pelo ensortijado, muy desenfadada; se llamaba Andrea y repetía con vehemencia que quería ser mi modelo.

Cuando inauguré mi primera exposición, unos óleos que entonces me henchían de orgullo, corría el año 1927, el viejo Pericles había abandonado las leyes y ya se había metido de cabeza en el periodismo y en la política. Lo visité en la redacción del diario donde trabajaba: publicó un artículo en el que se hablaba con bastante generosidad sobre mis cuadros. Un año después, cuando me atreví a enviar a la imprenta los versos que desde hacía rato escribía, también visité la redacción; el viejo Pericles hojeó la plaquette y, muy serio, me preguntó si de verdad pensaba que podía ser pintor y poeta al mismo tiempo. Le respondí que sí.

–¿Tan grande es la herida? –preguntó.

Me quedé sin entender.

–Digo, si no te basta con la pintura –comentó con ese rictus de sarcasmo que desde entonces supe distinguir.

Y enseguida me dijo que no se explicaba cómo la musa de la poesía, tan insolente y depravada, podía escoger a un tipo como yo, sobrio, fiel esposo, ajeno a los excesos, que en algún lado tenía que haber una equivocación, porque a partir de los buenos sentimientos y de la corrección no se hace arte que perdure.

No supe qué decirle.

A la semana siguiente publicó un artículo breve en el que se daba la bienvenida a un nuevo poeta que ya era pintor, pero nada se decía sobre la calidad de mis versos. El recuerdo tan claro en mi mente es prueba de la herida en mi amor propio.

En diciembre de 1931 sucedió aquel fatídico golpe de Estado: de pronto el viejo Pericles apareció –seguramente a través de los vericuetos conspirativos de sus ex compañeros de armas y de su padre, el coronel Aragón– como secretario particular del nuevo presidente, un general con complejo de brujo que nos gobernaría durante doce años. Yo dejé de verlo en ese periodo; el ejercicio del poder encierra siempre a los hombres y el viejo Pericles no fue la excepción. Pero me enteraba de sus andanzas a través de Carmela, quien visitaba a Haydée con la misma frecuencia.

Apenas había pasado un mes del golpe cuando estalló

la insurrección campesina encabezada por los comunistas. Aquello fue el caos. En la capital vivimos la zozobra, pero en la zona occidental del país fue peor. Mis suegros estaban en su finca de Apaneca cuando las hordas indígenas se alzaron con machetes y fusiles; lograron escapar por un pelo y llegaron espantados a la capital. La respuesta del Gobierno fue enérgica. Hubo masacre y fusilamiento de dirigentes.

No conozco la pasión del poder, pero he leído sobre ella, por eso no me extraña que el viejo Pericles haya vivido esas semanas de la insurrección con la mayor de las intensidades, embriagado de adrenalina, con la fogosidad necesaria para derrotar a sus enemigos. Lo supuse hablando al oído del general, trazando planes, desplegando su brillantez. Había sido formado en la escuela militar, pero también en la Facultad de Derecho, donde había compartido aula y quizás andanzas con algunos dirigentes comunistas a los que entonces combatía, a los que muy pronto derrotarían.

La insurrección fue un desastre; su principal líder militar fue capturado casi desde el principio de la misma. Era el Negro Martí, un ex compañero de facultad del viejo Pericles. Una corte marcial lo condenó a fusilamiento. La noche antes de que se cumpliera la orden, el viejo llegó a la Penitenciaría con una caja de puros, se encerró en la celda con el Negro y sus dos lugartenientes, también condenados a muerte, y permanecieron conversando y fumando en capilla ardiente hasta la madrugada. A las cinco de la mañana acompañó al Negro al paredón de fusilamiento en el Cementerio General. Era el 1 de febrero de 1932. Ahí le cambió la vida.

El viejo Pericles era poco para las confesiones y los

detalles, y yo nunca conocí al Negro, pero puedo ver la escena como si hubiese estado muy cerca, a pocos metros de donde la ejecución tenía lugar, sentado en una tumba desconocida, con mi libreta de bocetos sobre los muslos, tratando de captar el mínimo detalle, bajo la luz azul grisácea del amanecer, cuando un tipo más bien bajo y delgado, trigueño, con bigote, grandes entradas en la frente y el poco cabello ensortijado y revuelto, llega con las muñecas esposadas a la espalda, flanqueado por un cura y por el jefe del pelotón, rodeado de custodios, con el paso firme, resuelto, y el porte altivo, consciente de ser el personaje central de la escena y quien, por tanto, debe poner el tono y el ritmo. El viejo Pericles camina a un costado, silencioso; el cura perora, invocando a Dios, y gesticula con amaneramiento. El condenado le dice que no, con una mueca de desprecio, que no se va a confesar, que haga el favor de retirarse. El cura insiste, necio, lambiscón. El jefe del pelotón y el viejo Pericles intercambian miradas. Es la hora, lo dice el jefe militar con gravedad y le quita las esposas. El viejo se acerca al condenado y le da un abrazo fuerte, de nervios y músculos crispados; nada se dicen, sólo el destello en sus ojos. El jefe del pelotón blande un pañuelo para vendar al condenado. Éste le dice que no necesita ninguna venda, que proceda. Entonces el cura se resigna y, mascullando su jerigonza, le da un abrazo al condenado, quien le corresponde con frialdad. El viejo camina, con ánimo de alejarse; va a la altura de donde el pelotón se ha alineado, cuando escucha que el condenado le grita: «¡Pericles!». El viejo se voltea. «Vení, damé un abrazo», le pide. «Pero si ya te lo di», responde el viejo, desconcertado. «Vení, damé otro, que no quiero que sea de un cura intrigante el último abrazo que me lleve de la vida», dice el condenado. El cielo aclara. Pericles vuelve tras sus pasos. Se abrazan nuevamente; el condenado aprovecha para decirle al oído: «Vos vas a ser uno de los nuestros». El viejo se retira, aturdido, cabizbajo, dando la espalda a la escena; apenas se detiene para encender un cigarrillo. El condenado se para frente al pelotón, con el pecho enhiesto, retador. El jefe militar grita: «¡Pelotón, firmes!». Luego les ordena que preparen sus armas. Entonces resuena la voz del condenado, a todo pulmón: «¡Apunten!». El jefe militar sufre un segundo de desconcierto, pero enseguida alza la fusta y hace un gesto enérgico con la cabeza hacia la tropa para que ésta cumpla la orden del condenado. Y entonces éste grita: «¡Fuego!». El jefe militar golpea el aire con la fusta y se escuchan las detonaciones. El condenado se ha desplomado. Un silencio inmoviliza a los presentes entre volutas de pólvora. Resollando, agitado, como si recién terminase de protagonizar un intenso combate, el jefe militar se acerca al cuerpo, que aún sufre los espasmos postreros; desenfunda la pistola 45, la acerca a la sien del condenado y dispara. El motor de un auto se ha encendido en las cercanías.

Repito que el viejo Pericles era poco para los detalles –a nadie jamás le contó lo que habían conversado con el Negro durante esas más de cinco horas de capilla ardiente, fumando puros en la celda de la Penitenciaría, antes de que llegara el momento de conducirlo al paredón. Y esa escena, candorosa y heroica, la imaginé gracias a lo muchas veces leído y escuchado, y nunca pude pintarla como hubiera querido, porque algo me incapacitó para siempre y no pude trazar más que una media docena de bocetos, impresentables, en especial al viejo, quien sin ninguna compasión se hubiera dado la vuelta para mirarme con las cejas alzadas y enseguida me hubiera preguntado desde cuándo me creía yo el Goyita del barrio Candelaria.

Desde la cocina, Carmela me dijo que ya iba siendo hora de que el viejo Pericles llegara, que sacaría los cubitos de hielo por si le apetecía tomarse un whiskito. Le dije que no se acelerara, yo me encargaría de ello. Me puse de pie; sentí el dolor en la columna. Caminé hacia la alacena a constatar que hubiera suficiente whisky en la botella, con mucho cuidado, temeroso de que el dolor creciera; luego coloqué un cenicero en la mesa del comedor y otro en la mesita de la terraza. Le dije a Carmela que hasta que no oyéramos el ruido del autobús no había que sacar el hielo, para evitar que se derritiera. Carmela me pidió que le ayudara a poner los cubiertos. En ese instante la máquina traqueteó en la calle.

Abrí la puerta. Tomé los cubiertos de la gaveta del chinero y me disponía a colocarlos cuando apareció el viejo.

–Vaya, vaya... Qué hacendoso –dijo poniendo el maletín sobre el sofá. Vestía como casi siempre: la guayabera blanca de manga corta, el pantalón gris oscuro, los bostonianos negros; las gafas de carey y el rostro impecablemente rasurado.

Me tendió la mano, le dio un beso a Carmela, quien había asomado por la puerta de la cocina, y nos dijo que lo disculpáramos, que le urgía pasar al baño.

El viejo Pericles aseguraba que la rebeldía le venía de lejos, que su rencor era herencia materna. Llegó a esa conclusión con el paso de los años y a medida que envejecía era mayor su certeza. Su abuelo había sido un famoso general, jefe de la tropa indígena y cabecilla liberal, que allá por 1890 fue fusilado por los conservadores, luego de encabezar una revuelta. La madre del viejo Pericles, doña Licha, entonces una muchacha de quince años e hija mayor del general, fue conducida a la plaza de armas para presenciar el fusilamiento de su padre; la cabeza del general rebelde fue clavada en una estaca a la entrada del pueblo para disuadir a los indígenas de cualquier resistencia. «Sólo así me explico la rabia que a veces siento contra estos cabrones», me dijo el viejo Pericles una noche en que se permitió confesiones. Lo que no dijo es que le decepcionaba que ninguno de sus hijos heredara esa rebeldía, ese rencor ante los poderosos, que él consideraba uno de sus más caros valores.

–No entré –dijo el viejo Pericles, sentado en la mecedora, con el vaso de whisky en el regazo.

–¿Por qué? ¿Qué pasó? –preguntó Carmela desde la cocina, alzando la voz.

–Esta mujer entre más envejece, más oído de tísico tiene –comenté, porque el viejo Pericles estaba conmigo en la terraza y hablaba sólo para que yo lo escuchara.

Pronto Carmela estuvo detrás de nosotros, agitada, secándose las manos en el delantal, con la preocupación en el rostro.

–¿Te pospusieron el tratamiento? ¿Para cuándo? –preguntó.

–Que no entré –repitió el viejo Pericles, mirándome de soslayo, apelando a mis buenos oficios, porque Haydée había muerto doce años atrás y él quizás ya había perdido la costumbre de dar cuentas, de ser inquirido por una mujer–. Estaba en la sala de espera de la clínica cuando decidí que no iba a entrar y no entré. Me vine para acá –dijo y sorbió un poco de whisky; luego se volvió a ver a Carmela, un par de segundos nada más, los suficientes como para que ella entendiera.

–¿Y entonces?... –dijo ella, consternada.

–Entonces nada –me metí yo–. ¿No lo ves que aquí está, pues? –le dije con cierto énfasis.

Carmela regresó a la cocina. La supe a punto del llanto, porque había comprendido que el viejo Pericles había decidido dejarse morir y ella, la mejor amiga de Haydée, le había prometido a ésta, al pie de la cama, en la agonía de aquel repentino cáncer de mama, que cuidaría del viejo como si hubiese sido su hermano.

–Ya no estoy para calvarios. El médico me advirtió que el tratamiento es doloroso y que, con suerte, podría contener por un tiempo el cáncer, pero jamás revertirlo –dijo el viejo Pericles, mientras encendía un cigarrillo.

Había caído el mediodía con su vaho, con su luz hiriente: ni una brisa, las hojas de los árboles inmóviles.

–Pero no dejás de fumar –dijo Carmela, quien traía un plato con tostadas untadas con frijoles y aguacate; lo dijo con resentimiento, como si el daño se lo estuviera haciendo a ella.

–Y ahora para qué, dijo el loro, si ya me llevó el gavilán... –masculló el viejo un dicho popular.

–Me acuerdo de la época en que fumabas pipa –dijo Carmela, con otro ánimo, ofreciéndonos el plato de tostadas–. Eso te hacía menos daño, olía más rico y lucías elegante.

El viejo Pericles era reservado en extremo, ajeno a los discursos; su estilo era la frase sarcástica, agria, o la pregunta y la duda. Dos años después de la insurrección, partiría como embajador a Bruselas, junto con Haydée y los tres chicos; volvería ya convertido en opositor al general, quien no pocas veces lo puso en la cárcel durante sus doce años de dictadura. Nunca supe cómo se convirtió en comunista, dónde lo habían reclutado, ni quiénes. Una vez se lo pregunté; me respondió que ya habían pasado tantísimos años, y su memoria estaba en tan mal estado, que no valía la pena intentarlo; era su salida elegante para no hurgar en el basurero del tiempo. Pero una tarde, con los retazos escuchados al paso de los años y mi impúdica fantasía, tirado en la hamaca de la terraza, ocioso, me fue creciendo una historia que comienza en un cóctel en una embajada latinoamericana en Bruselas, quizás en 1935, o al año siguiente, cuando reventó la guerra civil en España, un cóctel en el que el viejo Pericles se pasea solo con su vaso de whisky, en busca de un colega centroamericano para chismear, cuando de pronto es abordado por un tipo al que nunca había visto.

–¿El señor embajador Aragón? –pregunta el tipo en un castellano impecable. Tiene el cabello rubio, la tez blanca, los ojos azules.

–Su servidor –dice el viejo.

–Permítame presentarme –dice el tipo, con un acento que el viejo no logra ubicar–. Mi nombre es Nikolai Ogniev. Soy periodista. Trabajo como corresponsal del periódico soviético *Pravda*.

El tipo le tiende la mano.

–Mucho gusto –dice el viejo, cortés, pero en guardia–. ¿Y en qué puedo servirle, señor Ogniev?

—Tengo entendido que usted también fue periodista, antes de dedicarse a la política y a la diplomacia.

El viejo sorbe su whisky, luego coloca el vaso en una repisa y saca de su chaqueta una pitillera plateada.

—¿Gusta? —pregunta el viejo; el tipo dice que no.

El viejo está encendiendo su cigarrillo cuando un gordo campechano y de risa estruendosa los aborda. Es el anfitrión.

—Permítame que le quite un segundo al señor embajador —le dice el gordo a Nikolai, mientras toma al viejo por el brazo y lo lleva aparte. Le cuchichea algo rápidamente y enseguida se va a hablar con el siguiente grupo.

—Perdón. Me decía que usted es periodista... —dice el viejo, de regreso, tomando su vaso de whisky de la repisa.

Un mesero les ofrece una bandeja con bocadillos.

—Exactamente. Y mi especialidad son los países de habla española...

—Se encuentra usted un poco lejos de su especialidad —comenta el viejo.

—Bueno, déjeme explicarle —dice Nikolai—. Estoy destacado en esta ciudad un poco alejada del torbellino europeo precisamente para aprovechar mi tiempo libre en la escritura de un libro sobre la actual situación en la América hispana.

El viejo descubre al otro lado del corredor, en medio del trasiego de invitados, a sus colegas de Guatemala y Nicaragua. Desearía sumarse de inmediato a aquella charla de patanes.

—No tengo la menor duda —continúa Nikolai— de que usted es un gran conocedor de la realidad de su país, como partícipe y testigo, y que es para mí una fortuna haber coincidido con usted en este preciso tiempo y espacio. Mi intención es pedirle que me conceda una entrevista para plantearle algunas de mis dudas en torno a la historia de Centroamérica. Nada formal. Podemos juntarnos para cenar el día que usted prefiera.

Desde el otro lado del corredor, el zamarro guatemalteco, ojo de lince, le hace una seña al viejo, apenas un leve movimiento de cabeza, que interroga y apura.

–En especial usted me podría ayudar a entender los hechos que acaecieron en su país hace dos años, cuando se produjo esa sangrienta insurrección –dice Nikolai y deja escapar un breve rictus que el viejo no sabe si es de malicia o un tic nervioso.

El viejo Pericles expele el humo del cigarrillo y mira fijamente los ojos azules de Nikolai; se pregunta cuántos años tendrá este ruso: ¿cuarenta?, ¿cuarenta y cinco?

–¿Usted estaba en su país cuando la revolución de Octubre? –pregunta el viejo, a boca de jarro, antes de beber lo que queda de whisky.

Nikolai sonríe, asiente con un guiño.

Y pactan para cenar un día de esa misma semana en un restaurante de esa ciudad que yo nunca conocí y nunca conoceré, pero que tampoco me costó imaginar esa tarde de marras, tirado en la hamaca, cuando la historia del viejo Pericles en Bruselas rodaba en mi mente como una vieja película, que tenía lugar en un restaurante escogido por Nikolai, con reservados propicios para la conspiración, en uno de los cuales el viejo se sentaría luego de entregar su abrigo al mesero, con esa sensación de asombrosa levedad que acompaña al hombre que ha decidido asumir su destino.

No me cuesta imaginar la liberación que sintió el viejo Pericles cuando tomó la decisión de renunciar a su cargo diplomático, de convertirse en el opositor que desde entonces sería, en el «agente soviético», como lo llamarían las autoridades cada vez que lo encarcelaban o lo exiliaban; esa sensación de libertad y aventura al saber que regresaba al país siendo otro, su opuesto, sin que nadie al principio lo sospechara; esa levedad producto de haberse despojado por fin de la contradicción de pertenecer y representar a un bando hacia el que sentía repugnancia. Corrían los últimos meses de 1937, si mal no recuerdo. El viejo Pericles vino crecido, empapado de los acontecimientos europeos; contaba anécdotas, sorprendentes en aquella época, sobre los nazis y los fascistas, y podía hablar horas sobre lo que entonces sucedía en España, sobre los republicanos y el alzamiento de Franco.

Haydée vivió la renuncia del viejo de otra manera, tal como nos confesó a su regreso: con la incertidumbre de madre (Clemente y Pati eran adolescentes y Alberto un niño), con los temores propios de la mujer perteneciente a una familia conservadora que no termina de comprender las decisiones de su marido, pero al mismo tiempo con la inmensa alegría de regresar a su tierra y con los suyos.

Antes de servir la comida, Carmela dijo que le llevaría un vaso de fresco de sandía al pobre Vikingo, quien afuera esperaba, sentado bajo la sombra de una ceiba, él mismo una sombra del viejo Pericles de años atrás. Carmela se compadecía de él, siempre le llevaba su vaso de fresco y le decía que se despreocupara, que se fuera a almorzar al comedor donde se reunían los empleados del parque,

que el viejo Pericles permanecería en casa hasta el final de la tarde, como si se tratara de un amigo y no del sabueso policial destacado para vigilar a nuestro amigo. El Vikingo no era tan viejo como nosotros, pero yo tenía la impresión de que envejecía más rápido, como si padeciera una enfermedad secreta.

Cuando la conocí, ya lo dije, Haydée era una joven alta, delgada y de cabello rojizo; guapa, rebosante y tan expresiva que a su lado el viejo Pericles, que entonces no era viejo pero sí igual de ceñudo y reservado, parecía mudo. Décadas después, y cada vez que lo quería molestar, Haydée relataba cómo fue flechada en el corazón por aquel apuesto y gallardo joven subteniente de caballería, que desfilaba brioso sobre su alazán, al frente de la tropa sudorosa, en la plaza central de la vieja Santa Ana. Hija mayor y niña de los ojos de don Nico Baldoni, un cafetalero amigo del padre de Carmela, Haydée tuvo la sabiduría de tomar lo que la vida le daba con una buena dosis de asombro. Nunca la escuché quejarse de las mutaciones que debió padecer al lado de su marido: a veces hablaba con entusiasmo de alguno de sus exilios o de los malabares que tuvo que hacer para subsistir durante las temporadas que el viejo estuvo en la cárcel. Pero estoy seguro de que su familia nunca la dejó en el descampado. Don Nico respetaba al viejo Pericles y tuvo que haberlo apoyado al menos hasta 1944, cuando la caída del dictador, porque a esa altura todos éramos oposición; después, terminada la segunda guerra mundial y con el viejo tachado de comunista, quizá la cosa cambió. Pero Haydée le fue leal en las malas y en las peores. Hasta que llegó el cáncer de mama, fulminante, que la arrebató antes de que pudiéramos hacernos a la idea de su muerte.

Carmela había preparado un guisado de carne molida con verduras y plátano verde; sirvió aparte los frijoles enteros, en platos soperos con crema y queso rallado, tal como al viejo Pericles le gustaban.

–¿Has sabido algo de Estela y Alberto? –preguntó Carmela, con ganas de animar la comida, como si el viejo hubiera estado más ensimismado de lo usual, cuando yo lo miraba como siempre, parco, reticente a la cháchara.

–Están bien –masculló el viejo Pericles–. Y Albertico también; está contento en la universidad.

Carmela dijo que lo mejor era que hicieran su vida allá, en San José de Costa Rica, adonde se habían exiliado un año atrás, luego del frustrado golpe de Estado en el que habían participado amigos cercanos de Alberto, y quizás éste mismo, aunque él lo negara; desde hacía más de tres décadas, en esa ciudad también residía su hija Pati.

–Hoy recibimos carta de Maggi –dijo Carmela, como si se propusiera impedir los silencios; después comprendí que no lo hacía por compasión hacia el viejo Pericles, sino por ella, por nosotros dos, porque temía pensar que almorzábamos con la muerte en la silla contigua.

–Sin el tratamiento, los dolores te van a tumbar –dije para agarrar al toro por los cuernos.

–Los dolores me tumbarán con tratamiento o sin tratamiento –dijo el viejo Pericles. Y se metió otro bocado.

El médico le había dicho, en la cita anterior, que si no se sometía al tratamiento le quedarían muy pocos meses de vida, y que cada vez tendría mayores dificultades para respirar y sufriría dolores insoportables.

Sentí como si Haydée hubiese entrado al comedor, una presencia extraña, fugaz; Carmela se volvió para verme. El viejo Pericles terminó el picadillo de carne y se acercó con fruición el plato con frijoles, luego esbozó una sonrisa y dijo:

−Qué miedo, verdad.

El tronido de un autobús rompió el silencio espeso del mediodía.

−Deberías pedir una nueva cita. Si no te sometés al tratamiento, después te arrepentirás −dijo Carmela, con agitación. Y enseguida, antes de ponerse de pie, preguntó−: ¿Van a querer más fresco?

El viejo Pericles le pidió también más tortillas, tostadas, como a él le gustaban, no recién hechas.

−¿Te enteraste de quiénes vivían en la casa del kilómetro nueve? −pregunté.

El viejo restregaba un pedazo de tortilla en el poso de los frijoles. Asintió, sin levantar la vista.

−Nada bueno se nos viene encima... −comenté.

−Aquí siempre las cosas son peor de lo que imaginamos −dijo, antes de llevarse el pedazo de tortilla chorreante a la boca; dejaba el plato hondo limpio, nítido, sin rastro de los frijoles con crema−. Por suerte ya no me tocará verlo −agregó sin autocompasión, como si de verdad previera.

Ahora entiendo que el viejo Pericles quizá dio gracias de que Albertico se haya ido del país: algunos de sus compañeros de generación y de universidad ya entonces aparecían en la prensa como supuestos integrantes de las nacientes células guerrilleras enfrentadas con el gobierno militar. Y seguramente al viejo se le aparecía el fantasma de la insurrección de 1932, la hecatombe a la que conducen las armas.

Albertico era el nieto con quien el viejo se identificaba; se le notaba cuando nos contó que el muchacho había ingresado a estudiar sociología en la Universidad de Costa Rica, que asumía la política con un porte y una lucidez que ni su padre ni su tío Clemente jamás tuvieron; a los hijos de éste los llamaba «carne inútil» y a los de Pati «mansos corderos ticos».

Carmela sostenía que luego del tratamiento lo mejor era que el viejo Pericles viajara a San José, donde estaban sus dos hijos, para pasar sus últimos meses en familia. Yo estaba seguro de que él no apostaría por esa ruta, demasiado cómoda, previsible; nada le hubiera fastidiado tanto como ver su intimidad de súbito invadida por las aprensiones de sus hijos y nietos: no tenía temperamento de paciente, mucho menos de agonizante.

De sus hijos, Pati era quien más se parecía al viejo Pericles: era una trigueña altiva, delgada, garbosa; de genio duro y nada de fruslerías. Casada con un pudiente comunista tico, tenía una pareja de hijos y fundó su hogar en aquella ciudad, donde Haydée había pasado largas temporadas, sobre todo en sus últimos tiempos, cuando el cáncer la consumía. El viejo Pericles se refería siempre a la casa de su hija como la «retaguardia tica», porque para allá lo desterraban cada vez que lo ordenaba el primate de turno. A Pati la conocí jovencita, pizpireta; luego supe de su matrimonio y nunca volví a verla hasta en el velorio de su madre.

–¿Qué estás pintando, Chelón? –me preguntó, mientras Carmela preparaba el café en la cocina.

–Sigo con los ángeles caídos –respondí.

–Ya llevás más de dos años en ello –dijo–. Has encontrado tu minita de oro.

–A los compradores les gustan y a mí aún no me aburren –le expliqué, lo cual era rigurosamente cierto; cada semana pintaba un óleo o una acuarela con un ángel padeciendo un oficio diverso, y se me daban solos, sin mucho esfuerzo–. Pero tanto como una minita de oro, no...

–Ahora está pintando uno en que un pobre sorbetero, todo sudoroso, conduce su carrito con las alas, bajo el gran solazo –dijo Carmela desde la cocina–. Ha copiado el carrito del sorbetero que se estaciona aquí a la entrada del parque los domingos.

–No sólo el carrito –dije–. También el sombrero.

–Es una forma de consuelo –comentó el viejo Pericles, mientras encendía un cigarrillo.

–¿Cómo? –preguntó Carmela, acercándose con la cafetera.

Pero yo entendí en el acto.

–Que a la gente le gusta comprar consuelo, y a los ricos más aún –respondió.

–Ya vas con tus ideas, viejo –dije–. Los pobres son los que necesitan consuelo.

–Pero no tienen con qué comprarlo...

–Este cuadro del ángel sorbetero ya lo apartó el nuevo embajador italiano –dijo Carmela, contenta, mientras servía el café.

Era uno de esos palurdos que, una vez destacados en un país bárbaro, se consideran señores renacentistas; cuando le expliqué lo que pintaba, dijo que era amante de los helados, que le reservara ese cuadro y hasta se atrevió a dar sugerencias. Había estado en casa el sábado anterior, insistiendo en que fuéramos a una recepción a su embajada, como si no pudiera entender que su mundo me fuera ajeno, que ni ofreciendo enviar a su chofer podría convencernos de bajar a su fiesta, que ya habíamos vivido todo el protocolo que nos tocaba en la vida.

—Me trajeron unos puros de primera —dije, al recordar el lado gentil del italiano—. ¿Querés uno?

—Claro. A ver si no se me inflama la trompa... —dijo el viejo Pericles, irónico, pues los cigarrillos que fumaba eran de los más baratos.

—Los que se te van a inflamar más son los pulmones —terció Carmela, censurándome con una mirada por lo que ella consideraba mi imprudencia, como si aún no quisiera aceptar que ya no había retorno, que nuestro amigo había traspasado la línea, que la negativa a someterse al tratamiento no era un capricho, el mero miedo, sino que respondía a una decisión final, contundente, y el viejo Pericles siempre había sido un hombre de decisiones.

Me dirigí al estudio, a buscar en la estantería la caja de puros.

Poco hablábamos de política, a menos que en la calle la gresca zumbara, por huelgas, elecciones o algún golpe de Estado. El viejo Pericles siempre tenía chismes recientes, pero los escanciaba de a poco, como si fueran chistes viejos, de todos sabidos. Y desde antes de la muerte de Haydée su tono era sardónico, incluso cuando se refería a las andanzas de sus propios camaradas, como si ya no creyera en su prédica, y nada más perteneciera a ese bando porque de algo había que agarrarse en la vida. Detestaba a los militares, aunque él mismo, su padre y su abuelo habían sido militares; pero detestaba más a los ricos: las catorce jaurías de hienas, decía al referirse a las llamadas catorce familias dueñas de esta parcela. Era la repugnancia ante la soberbia de los poderosos lo que lo mantuvo comunista hasta el fin, más que la ilusión en la supuesta bondad del otro mundo. «La mierda por todos lados rebalsa, Chelón. Pero a mí me tocó ésta. ¿Qué le vamos a hacer?», comentó un día, después de haber regresado de un largo viaje por Moscú y Pekín, cuando estas ciudades aún eran amigas.

En algún momento de la tarde siempre entraba al estudio: le echaba una ojeada al lienzo que yo estaba pintando, hurgaba entre los libros con la esperanza de que yo hubiera comprado algo que le interesara y se quedaba contemplando a través del ventanal. Nunca opinaba sobre mis cuadros, decía que era nulo para valorar las artes plásticas; despreciaba el arte no figurativo y agradecía que yo jamás hubiera gastado mis pinturas de esa manera. Cuando le mostraba alguno de mis textos poéticos, inédito o ya publicado, hacía un comentario atinado, pero siempre terminaba con la frase: «Hacés bien en preferir la pintura». Ése era otro de sus detalles: parecía que andaba perdonando al mundo. Se lo recordé entonces, cuando lo descubrí observando con atención el lienzo del sorbetero como ángel caído:

–¿Cuál es el juicio de Su Santidad? –le pregunté, con su mismo estilo socarrón, mientras le entregaba el puro.

–Deberías ponerle la jeta del embajador italiano a ese sorbetero –dijo.

Luego se quedó contemplando con fijeza a través del ventanal, como si no quisiera que se le escapara ningún detalle. Me pidió los binoculares. Le dije que se los había prestado a Ricardito y aún no me los había devuelto. Me lanzó la mirada que se le echa al hombre que se deja embaucar pese a las advertencias.

–Y la niña Andrea, ¿ha regresado? –me preguntó, con un cuchicheo cómplice, conspirador, porque yo le había contado de las visitas de quien quería posar para mí, de la alergia de Carmela, de las fantasías y los miedos que ni la vejez menguan.

Le respondí que no, sin despegar los labios, oscilando el dedo índice.

Carmela se asomó por el umbral.

Ahora, cuando la rememoro, descubro que la nuestra fue sobre todo una amistad de viejos. Ciertamente desde la década de los veinte nos conocíamos, y la relación entre Carmela y Haydée era a prueba de bombas desde la niñez, pero durante treinta años nos frecuentamos con irregularidad, porque ellos vivían a la deriva de las aventuras políticas del viejo, entre exilios y mudanzas, mientras que Carmela y yo partimos a residir a Estados Unidos, donde nos quedamos diez años, primero gracias a una beca de artes plásticas y luego bajo mi cargo de agregado cultural de la embajada. Al mismo primate que encarceló en más de una ocasión al viejo Pericles, yo debí agradecerle el nombramiento que me permitió vivir parte de esos memorables años entre Washington y Nueva

York. En 1958, cuando regresamos a instalarnos definitivamente en esta casa, nuestra amistad se estabilizó, pese a que no terminaron sus sobresaltos políticos y a que pocos años después el cáncer derrumbó a la pobre Haydée.

–No entiendo para qué regresaste –me decía el viejo Pericles, moviendo la cabeza, como si yo lo hubiera decepcionado–. Te debiste haber quedado en Nueva York o mudarte a París, donde se consagran los artistas.

Y es que, diez años atrás, cuando yo le había contado del ofrecimiento de la beca por parte de la embajada americana para irme a la academia de Nueva York, temeroso de que me hiciera una crítica demoledora por su antiyanquismo, y dubitativo yo mismo de si valía la pena irnos a vivir a una ciudad donde no teníamos familia ni conocidos, el viejo Pericles no había escatimado argumentos para convencerme de que aceptara la beca.

–Todo tiene su tiempo, viejo –le decía yo–. Y mi tiempo en el norte ya se acabó.

Volvimos a las mecedoras en la terraza; el viejo Pericles contento con su puro en la boca.

–Es de los mismos que fuma Fidel Castro, según dijo el Signore Embajador Strasato –comenté.

El viejo me lanzó una mirada perdonavidas; yo sabía que mi amigo había permanecido un año en la isla de Castro, luego de que la revolución de éste triunfara, como una especie de embajador de los comunistas locales. Fue unos meses después de la muerte de Haydée. El cambio le debió de haber ayudado a sobrellevar la pena. Luego de su regreso subrepticio, lo invité a casa para que saciara mi curiosidad sobre su experiencia caribeña. «Los cubanos se endrogan con ruido», sentenció como todo comentario. Unas semanas más tarde fue capturado y arrojado de nuevo al exilio.

Carmela lavaba los trastos en la cocina. Preguntó si queríamos que nos preparara otro cafecito antes de que se fuera a tomar su siesta.

El viejo Pericles dijo que prefería otro whisky, algo raro en él, que nunca tomaba más que el del aperitivo.

Fui a preparárselo; por suerte aún había hielo.

—La vez pasada sentí como si la muerte siempre hubiera estado aquí agazapada, esperando —dijo el viejo Pericles, tocándose con ambas manos el pecho a la altura de sus pulmones.

El coletazo de una brisa procedente del parque golpeó la terraza con jirones de vaho.

—No es poesía ni metafísica barata. No te equivoqués, Chelón —dijo, y le pegó otra chupada al puro; siempre se había referido a la «metafísica barata» cuando hablábamos sobre el más allá, los invisibles, los otros mundos probables—. No hubo ocurrencia ni ganas de descubrir el agua tibia, sino una sensación, como si el cuerpo me lo estuviese diciendo... Muy extraño.

—Y vos que no creés en nada —le dije, sin reproche, por molestar nada más.

—Bien sabés que no se trata de creer —masculló, con el puro fijo entre sus labios. Y yo sabía que él sabía que yo sabía, pensé, jugueteando, en un amago de astucia, para evitar el recuerdo del sitio donde estaba agazapada mi muerte esperando.

Paladeó el whisky.

—Cuesta hacerse a la idea de que uno se acaba —dijo, balanceándose en la mecedora.

Supuse que si ese cáncer ya estaba agazapado en sus pulmones, el momento en que se desperezó y decidió expandirse sólo pudo ocurrir un año atrás, cuando en febrero asesinaron a Clemente. Pero puedo equivocarme: quizás en el viejo ya no había esperanza alguna y a su cuerpo nada más le había llegado la hora, como muy pronto le llegará la suya al mío.

Nunca tuve del todo claro cómo subsistía el viejo Pericles en sus últimos tiempos, de dónde sacaba el poco dinero que necesitaba. Luego de su regreso de Europa, comenzó a trabajar en los periódicos contrarios a la dictadura; el general reinaba en su esplendor, pero pronto empezaría la segunda guerra mundial y con ella vendría su declive. Después hubo un largo periodo en que lo asocio con los noticieros radiales; de esa época viene su amistad con el Polaco, un judío con el que fundaron una estación de radio y quien con el paso de los años se convirtió en el más importante empresario de radio del país. Mientras el viejo se empobrecía por su militancia comunista y vivía a salto de mata entre la cárcel y el exilio, el Polaco se forraba de plata y fundaba nuevas empresas. Dejaron de frecuentarse, pero la amistad permaneció, en especial el respeto del Polaco hacia el viejo Pericles. Lo sé de primera mano, porque una hija del Polaco me ha comprado un par de cuadros; me dijo que su papá siempre hablaba con admiración del viejo Pericles, quien había sido una especie de hermano mayor que le enseñó la entereza, aunque no compartía sus ideas políticas.

Después de la muerte de Haydée, me dijo que ganaba

un pequeño salario como corresponsal clandestino de una agencia de prensa soviética. Supongo que algo le dejaría Haydée de lo que ésta heredó de don Nico.

–En estos últimos días me he despertado con miedo. Sé que he soñado algo terrible, pero lo olvido en el momento mismo de abrir los ojos. Y no lo quiero recordar –dijo el viejo Pericles, colocando la mitad del puro en el cenicero, como si con lo ya fumado fuera suficiente.

–Será la muerte –comenté.

–Eso pienso –dijo.

–¿Antes recordabas los sueños? –le pregunté.

–Ya vas...

El gato de la casa vecina cruzó el patio; nos echó una mirada de reojo, sin detenerse. Cuando *Layca* vivía, el felino no se atrevía a entrar: la boxer ni siquiera lo correteaba, sino que lo paralizaba con la sola mirada.

–¿De veras vos podés hacer en los sueños lo que se te antoja, como si estuvieras despierto? –preguntó, reacomodándose en la haragana.

Yo se lo había contado una vez; entonces su curiosidad fue mucha, pero nunca terminó de creerme.

–Es que a veces estoy despierto cuando sueño, por eso puedo moverme con cierta facilidad, pero de eso a hacer lo que se me antoja hay mucha distancia –le dije.

–¿Entonces volás o vas en un segundo a donde querés? ¿Cómo es? –insistió.

–Más o menos. Es sencillo: mientras estás soñando tenés conciencia de que estás soñando. Eso es todo lo extraordinario.

—Cuesta creerlo.

—Como vos decís, viejo: no se trata de creer; es un don —le expliqué.

—Si eso es cierto, hay algo después.

—Yo digo que sí, pero no tiene nada que ver con las tonterías del cielo y del infierno de las iglesias que vos tanto detestás. En todo caso, la muerte es un asunto personal y cada quien la padece de distinta manera —dije, con cierto malestar, por la sensación de estar repitiendo lugares comunes—. ¿Tenés miedo? —le pregunté.

Se quitó las gafas y se restregó los ojos, como si le estuvieran ardiendo por el resplandor.

—Al dolor, nada más —musitó—. Y aquí está, mordiéndome —se tocó el pecho.

—Casi todo sufrimiento es inútil —dije.

—Cómo no, Schopenhauer —dijo con el viejo rictus. Y enseguida comentó—: Me pregunto qué pasaría si decidís que ya no querés regresar...

—¿Cómo? —reaccioné, destanteado.

—Si cuando estás consciente de que estás soñando decidieras de pronto que ya no querés regresar, que estás muy bien allá y muy mal acá, que te querés quedar en el sueño, ¿qué pasaría?

—Uno no decide cuándo regresar —dije—. El cuerpo te trae de regreso.

Le pregunté si ya no iba a fumar lo que quedaba del puro, que a Carmela le molestaba el hedor del tabaco viejo quemado. Me dijo que lo tirara. Tomé el cenicero y me dirigí al excusado.

—Hace poco leí que hay un ejercicio para quienes quieren despertar dentro del sueño —le dije al volver del excusado; coloqué el cenicero limpio sobre la mesita—.

Tenés que acostumbrarte a dar un pequeño brinco cada cinco minutos, sin que importe lo que estés haciendo, un pequeño brinco durante el cual te preguntás: «¿Estoy despierto o estoy soñando?». Es un método para que el pequeño brinco, junto a la pregunta, se graben en tu inconsciente...

–Un pequeño brinco... –comentó con las cejas alzadas y la boca fruncida.

–Así es. Y si volvés a caer al suelo como se cae normalmente es que estás despierto, y si no volvés a caer sino que te quedás flotando es que estás soñando, porque en el sueño no rige la ley de la gravedad.

–¿Vos lo has probado?

Le dije que no. Y me reí.

–Ya me veo yo camino de mi casa pegando brinquitos cada cinco minutos. Peor que Carrito...

Carrito era el loco de La Rábida, la colonia donde vivía el viejo Pericles. Corría descalzo por las calles como si fuese conduciendo un auto, se detenía frente a los semáforos, remedando el ruido de un motor, bocinaba, retrasaba el tráfico y a veces rebasaba a algún distraído, mientras recibía saludos o insultos de los conductores.

Le propuse que nos fuéramos al parque, a caminar por el bosque tupido, que si no la modorra nos fulminaría.

El viejo Pericles tenía aversión al esoterismo. Yo lo comprendía: el general que se las llevaba de brujo consultaba libros de ciencias ocultas y profesaba ideas disparatadas para justificar sus canalladas, como esa que decía que es peor matar a una hormiga que a un hombre, porque éste se reencarna mientras que aquélla no. En varias ocasiones traté de explicarle al viejo que el esoterismo nada tenía que ver con el cerebro enfermizo de un criminal, que un ignorante puede convertir el conocimiento en grosera superstición, que la profundidad del misterio es inaccesible a los hombres envilecidos por el poder. Pero el viejo Pericles quedó marcado por semejante experiencia y su desconfianza hacia cualquier metafísica sólo era comparable al sarcasmo con que se refería en privado a los dogmas marxistas.

Recuerdo con nitidez que fue durante el velorio de Haydée, a esa hora de la madrugada en que los visitantes han partido y sólo quedan los pocos deudos y los amigos íntimos, cuando el viejo Pericles me preguntó qué pensaba sobre la idea del eterno retorno. Le dije que yo prefería llamarla recurrencia y que no descartaba que las cosas sucedieran de esa manera, que el tiempo fuera circular y el momento de nuestra muerte coincidiera con el de nuestro nacimiento, y nos tocara vivir una y otra vez la misma vida. El viejo Pericles permaneció pensativo un rato y luego dijo que semejante posibilidad le parecía macabra, que si esa recurrencia era una invención de la «inteligencia superior», como a mí me gustaba llamar a la voluntad de lo invisible, no había tal inteligencia superior sino una inteligencia perversa, sádica. Y puso el ejemplo de un hombre torturado hasta la muerte con la peor de las crueldades, un hombre que estaría naciendo una y otra vez para morir torturado con la peor de las crueldades.

–Eso no tiene ni pies ni cabeza, ni pies ni cabeza –repitió el viejo, acongojado, porque en esos momentos su ateísmo le flaqueaba y no encontraba sucedáneo.

No le dije que yo acostumbraba rogar a mis invisibles que me dejaran para siempre en la nada.

El Vikingo yacía sentado a la sombra de un maquilishuat, apoyado en el tronco, dormitando. Era el sabueso destacado para vigilar al viejo; se suponía que nunca lo debía perder de vista, que debía registrar todos sus movimientos. Era un policía viejo, amargado, pero con cierto don de gente, que en sus años mozos había sido profesional de la lucha libre –de ahí le venía el mote de «el Vikingo», por sus cabellos rubios de entonces que ahora eran canas. Al principio, el viejo Pericles lo despreció: lo ignoraba y a la menor oportunidad se le perdía; después le tuvo lástima, y si se lo encontraba en la esquina de su casa al salir en la mañana, le decía que no perdiera su tiempo, que los dos ya estaban demasiado viejos para ese juego del gato y del ratón, y le revelaba su trayecto del día para que el otro no tuviera que seguirlo y luego pudiera presentar su reporte ante sus jefes. El Vikingo le había correspondido: la última vez le avisó con horas de anticipación que habían expedido la orden de expulsarlo del país, a fin de que el viejo Pericles estuviera preparado cuando llegaran a capturarlo para conducirlo al aeropuerto. Y cuando intercambiaban palabras, el Vikingo lo llamaba siempre, con todo respeto, «don Pericles».

Me hubiera gustado pintar al Vikingo como ángel caído, el sabueso viejo y cansado al que le asignan una presa aún más vieja y enferma. Pero nunca encontré la ruta que me lo revelara: un hombre viejo sentado a la sombra de un árbol no decía nada; ponerle uniforme de policía lo hubiera desnaturalizado. Quizá debí pintarlo precisamente así, como un sabueso de alas cansadas.

El viejo Pericles y yo teníamos en común el hecho de habernos casado con mujeres que estaban un peldaño por encima de nosotros social y económicamente hablando. Claro que a principios de siglo la situación era distinta: no había los prejuicios y distancias que vinieron tiempo después con la aparición de la clase media y los nuevos ricos. Entonces estábamos la gente acomodada por un lado y el pueblo por el otro. No hubo impostura ni arribismo en lo nuestro, sino el encuentro predestinado entre personas del mismo medio. Por eso el viejo Pericles se burlaba con sarcasmo de esa voluntad de figurar en sociedad que rigió la vida de su hijo Alberto desde que éste era muy joven; siempre quiso ser un dandi, desfilar en los clubes, vestir a la moda, tener autos para impresionar a las chicas. «Éste nació en el lugar equivocado: el gladiolo entre los cacharros», decía el viejo. Y así lo llamaba, «el Gladiolo», cuando quería hacer escarnio con alguna de sus andanzas. Yo creí que Alberto expresaba el típico comportamiento del hijo menor, del consentido, del que cree que el mundo está hecho para él; pero el viejo Pericles me explicó que de niño pasó demasiado tiempo con su abuela materna, que las veleidades de su hijo eran hechura de su suegra. «Hasta cuando se mete en política lo hace como si fuera un *playboy* en medio del safari», decía el viejo, riéndose, burlón; a veces, el viejo Pericles aceptaba congeniar con la frivolidad de Alberto, pero nunca con lo que una vez, en un exabrupto, llamó la «traición» de Clemente. Intuí que entonces no se refería a la amistad que éste tenía con los jefes militares que ordenaban capturar o exiliar al viejo, sino a un acto preciso, contundente, doloroso, inmencionable, que ambos se llevarían a la tumba, como yo me llevaré el caso de Maggie.

–¿Vos qué harías, Chelón? –me preguntó.

Bajábamos por la carretera para enfilar por el sendero del bosque de conacastes, donde los altos follajes no dejaban penetrar el sol y el aire era fresco, húmedo, reconfortante. Yo llevaba mi cachucha y mi bastón.

–No sé –respondí.

Pese a que aún no llegaban las lluvias, por lo que el monte estaba reseco, de colores mate, dentro del bosque los verdes emergían provocadores, en las parásitas, en los arbustos.

–Pues deberías saber, porque ya te va a tocar –dijo con cierto rictus.

–Quizás es mejor cuando ella llega de golpe, sin ningún aviso –comenté.

Tuve una intuición, una idea fugaz, pero la espanté, como se espanta a una mosca.

–Lo que yo haría, viejo, sería arreglar mis cuentas pendientes; dejar los rencores, los odios, deshacerme del lastre, que donde vamos es peso que estorba –dije.

–Y si no vamos a ningún lado...

–De todas maneras, entre más leves, mejor.

–Tengo fiebre –dijo el viejo deteniéndose de pronto.

–¿Querés que regresemos?

–No, demos la vuelta de siempre.

Lo descubrí agotado, cuando era él quien siempre llevaba el paso, firme, casi marcial, sin considerar mi temor a una caída.

–Si no te sometés al tratamiento pronto carecerás de aire para salir a la calle –dije.

–Me da pena por María Elena –dijo.

Desde la muerte de Haydée, María Elena pasaba media semana en la casa del viejo Pericles y la otra media semana en su pueblo, con su familia.

–Vamos a evitar todos esos líos –dijo.

Entonces percibí los motivos del cuervo.

Pasamos por el pequeño puente colgante sobre el manantial; se quedó un rato tomado de las cuerdas laterales, con la vista perdida en la delgada lengua de agua.

–Esta mañana, después de hablar con vos, llamé al Polaco –dijo–. Él se encargará del velorio y del entierro.

Aparté con el bastón unas cáscaras de naranja que ensuciaban la vereda.

–Te tiene cariño el Polaco –dije.

–No le cuesta nada: canjeará los costos de la funeraria y del cementerio por publicidad en sus radios –dijo, sonriente.

–No seás ingrato –le reproché.

Pero el viejo Pericles era así: jamás desaprovechaba la oportunidad de meter el aguijón.

Salimos al descampado; alcanzaríamos la carretera que circunvalaba el parque y nos conduciría a casa.

–Pati y Albertico vendrán a hacerse cargo de todo –dijo–. Y en verdad los únicos objetos de valor que hay en casa son los recuerdos de Haydée.

Caminábamos por la vereda que corría a un costado de la carretera.

Me hubiera gustado decirle que se calmara, que no se

dejara dominar por la obsesión, aún le quedaban unos meses, en el peor de los casos, pero él estaba abriendo sus cartas.

–No hay que darle gusto al dolor –masculló, tomando aire, como para que me quedara claro.

Varias veces me he preguntado qué era lo que teníamos en común, lo que nos unía, aparte de la amistad de nuestras mujeres. No era un admirador de mis pinturas, ni de mis versos («poesía metafísica», decía, ajeno a mi entusiasmo), ni de mi manera de entender el mundo («mucha marihuana orientalista, Chelón», insistía, con un dejo burlón); a mí me dejaban indiferente sus pasiones políticas, su militancia con sujetos a los que él mismo despreciaba, su lealtad a los intereses de comunistas lejanos. Pero nunca discutimos, en el sentido de irnos a la trifulca por una idea. Era como si coincidiéramos en un terreno inasible, inmencionable, que iba más allá de nuestra empatía generacional. O como si en el fondo yo hiciera algo que a él le hubiera gustado hacer y él viviera una aventura que yo hubiera querido vivir. No vale la pena hurgar tanto en ello. Ciertas amistades son destino.

Carmela nos esperaba con sendos vasos de fresco. Luego hizo más café y partió un pastel de limón que había preparado desde temprano. Hasta entonces no percibí cuánto había desmejorado el viejo Pericles en las últimas dos semanas: padecía un color ceniciento; respiraba con cierta dificultad, como si nunca se fuera a reponer del que había sido nuestro paseo tradicional vespertino a lo largo de la última década.

–Si mis pulmones estuvieran mejor, me hubiera gustado ir a la Puerta del Diablo –dijo el viejo Pericles, mientras sorbía ese último café con un cigarrillo.

La Puerta del Diablo era un peñón gigantesco, a un kilómetro de distancia del parque, donde se cortaba abruptamente el cerro. Desde ahí la vista era espléndida: se divisaba el mar y buena parte de la costa; en la noche llegaban autos con amantes furtivos.

–No te hubiera hecho bien ir con este solazo –dijo Carmela.

Antes de tanto achaque, yo solía caminar hasta la Puerta del Diablo con más frecuencia; muchas veces fuimos con el viejo. Contemplar el atardecer desde esa altura era un agasajo.

Pero el nombre del lugar procedía de su lado siniestro: Milena, aquella princesa casquivana del ballet, amiga nuestra desde la juventud, desequilibrada por los estragos de la vejez, era la última que se había tirado al vacío desde ese peñón, seis meses atrás. Y la lista era larga.

El viejo encendió otro cigarrillo.

–Es hora de irme –dijo.

Carmela le entregó un trozo de pastel para María Elena; él lo guardó en el maletín.

Lo encaminamos al autobús.

–No seás soberbio, viejo. Sometete al tratamiento –le dijo Carmela con el tono de la mamá regañona, mientras él la besaba en la mejilla. Yo sabía que ella había sopesado una y otra vez decirle esa frase, pero que ahora estaba a punto del llanto.

Nos abrazamos, como si fuera una despedida más, sin palabras.

El Vikingo se había escabullido por la puerta trasera hacia el interior del autobús.

El viejo Pericles se sentó dos filas detrás del conductor; apenas hizo un gesto de adiós con su mano.

Un par de veces, en lo que restaba de la tarde, con ataques de melancolía, rememoramos a Haydée. Primero, su entusiasmo durante la huelga de brazos caídos, en la que se involucró como nunca la hubiéramos imaginado, con coraje y audacia, exigiendo la puesta en libertad del viejo y la amnistía para Clemen; tengo grabada perfectamente en mi memoria la imagen de esa noche, cuando nos encontramos entre la multitud a un costado del Palacio Nacional y nos enteramos de la renuncia del dictador: Haydée celebraba con alegría, entre exclamaciones de júbilo y baile. Y a la mañana siguiente, cuando la acompañamos a la Penitenciaría, entre aquel remolino de gente que esperaba con ansiedad la liberación de sus familiares y amigos, y ella, radiante, gritaba consignas, aplaudía, hasta que por fin el viejo Pericles salió, entre los demás liberados, con su expresión socarrona. Esa misma tarde nos enteramos de que Clemen estaba vivo y que permanecía escondido en la isla del Espíritu Santo, junto a su primo Jimmy Ríos. Nunca la volví a ver tan alegre, tan expandida, tan plena.

Luego rememoramos cuando, a finales de los cincuenta, nosotros acabábamos de regresar de Nueva York y ellos de un exilio en Costa Rica. Haydée y Carmela se propusieron ocupar sus ahorritos para fundar una pastelería. La idea nos entusiasmó a los cuatro. El viejo Pericles la celebraba diciendo que yo haría los diseños de los pasteles más exóticos y él se encargaría de los textos para la promoción y publicidad. Yo le advertí que no se hiciera ilusiones, que dado el carácter de nuestras mujeres, a lo más que aspiraríamos era a pintar las paredes del local que alquilaran. Pero la súbita captura del viejo a manos del coronel entrante y su nueva expulsión del país echó los planes por tierra.

–Te acordás cómo le encantaba jugar al dominó –me dijo Carmela, con los ojos vidriosos, esa tarde de nubes grises que no reventarían, de sopor y nostalgia. Y era cierto que Haydée jugaba al dominó con un entusiasmo de chiquilla viciosa, haciendo apuestas, desafiando y burlándose de los contrincantes; ufana, revelaba que había adquirido sus mañas en ese juego durante uno de sus exilios en México.

–Haydée murió creyendo que el viejo llegaría a los ochenta años –recordó Carmela mientras preparaba la cena.

–Lo mismo pensamos nosotros sobre nosotros –dije, un poco por molestar, para romper la atmósfera fatídica.

Y entonces recordé los bocetos que trazaba en mi libreta de bolsillo mientras permanecíamos en la sala de espera del hospital, cuando visitábamos a Haydée cada día hacia el final de la tarde; bocetos de quienes aguardaban al igual que nosotros para entrar a ver a sus enfermos, o de alguna enfermera empurrada; trazos de la sala de espera o de cualquier ocurrencia que llegara a mi lápiz. Una vez, Haydée me pidió que se los mostrara y me advirtió que por nada del mundo fuera a dibujarla ahora que toda ella estaba consumida por el cáncer, que si la retrataba jamás me perdonaría y vendría en las noches a jalarme la cobija. Yo le prometí que nunca lo haría; pero esa misma noche, luego de regresar del hospital, cuando Carmela ya se había acostado, me encerré en el estudio a bocetearla tal como la había visto en la habitación del hospital: la belleza marchita entre las sábanas. Antes de irme a la cama, salí al patio y quemé los papeles.

La llamada entró a las siete y media de la noche. Yo contesté. Era María Elena; le costaba hablar por el llanto. Apenas la escuché supe que el viejo Pericles se había apresurado; siempre afirmó que con las decisiones, cuanto antes, mejor.

María Elena me dijo que ella estaba en su habitación, la del fondo, viendo la telenovela, con la puerta cerrada porque al viejo le molestaba la bulla de la tele, cuando escuchó un gran ruido, como si un bote se hubiera caído de la alacena. Fue a revisar a la cocina, pero todo estaba en su sitio. Entonces tuvo un presentimiento. Tocó a la puerta del estudio del viejo Pericles, donde éste se encerraba a leer después de la cena. No obtuvo respuesta. Abrió y lo supo por el hedor de la pólvora: el cuerpo yacía reclinado sobre el escritorio.

Carmela me observaba desde el umbral de la cocina. Abstraído, como autómata, hice el gesto con mi índice en la sien; ella comenzó a llorar, inconsolable, con esos llantos que desgarran. Yo me aferré al recuerdo del abrazo del viejo.

Luego llamé a Ricardito, el primero en quien pensé que podría venir de inmediato en su auto para llevarnos a casa del viejo.

Tendríamos noche para rato.

Recién he terminado el cuadro del viejo Pericles como ángel caído. Está sentado en la mecedora, en la terraza, como esa última tarde, con el vaso de whisky en su regazo, sujeto con ambas manos, y el puro en el cenicero, sobre la mesita; destacan sus gafas de carey y las alas le caen sobre los faldones de la guayabera blanca. Tiene un pequeño agujero en la sien derecha, del que mana un hilito de sangre. Su mirada me salió demasiado triste, acuosa, pero ya no la voy a corregir. Lo he pintado para mí, con mis últimas fuerzas; se titula EL ÁNGEL SIN OFICIO. Cuando lo vio terminado, Carmela lloró: «A Haydée le hubiera encantado», dijo.

Nota del autor

Comencé este libro en Frankfurt am Main, Alemania, en marzo de 2005, y lo terminé en Pittsburgh, Pennsylvania, a finales de 2007. Agradezco a Henry Reese y Diane Samuels, directores del programa City of Asylum en Pittsburgh, su generoso apoyo, gracias al cual pude culminar esta labor.

Éste es un libro de ficción. Los caracteres principales son, pues, ficticios. No obstante, la escenografía histórica de la primera parte («Haydée y los prófugos»), así como muchas de las situaciones y personajes a los que se alude en ella, tienen su base en la historia de El Salvador en 1944. Debo aclarar que en este caso la historia ha sido puesta al servicio de la novela, es decir, la he distorsionado de acuerdo con los requerimientos de la ficción. No se busque aquí, pues, la «verdad histórica». Menciono algunos libros importantes para comprender ese periodo y que me fueron de suma utilidad: *Relámpagos de libertad* de Mariano Castro Morán (Editorial Lis, San Salvador, 2000), *Insurrección no violenta en El Salvador* de Patricia Parkman (Dirección de Publicaciones e Impresos, San Salvador, 2003), *Abril y mayo de 1944* de José Raúl Flórez (s.e., s.f.), *Las jornadas cívicas de abril y mayo de 1944* de Francisco Morán (Editorial Universitaria, San Salvador,

1979) y *El Salvador 1930-1960* de Juan Mario Castellanos (Dirección de Publicaciones e Impresos, San Salvador, 2002). Agradezco a Beatriz Cortez, en Los Ángeles, y Miguel Huezo Mixco, en San Salvador, quienes me hicieron llegar estos textos. La huida de Jimmy y Clemen tiene su inspiración en el testimonio del capitán Guillermo Fuentes Castellanos, reproducido en el libro del coronel Castro Morán antes mencionado, aunque Jimmy no sea el capitán Fuentes ni Clemen el teniente Belisario Peña. Los hermanos Gavidia fueron fusilados en la vida real, pero Merceditas es un personaje de ficción.